ullstein

Das Buch

Lisbeth ist dreiundzwanzig Komma sieben, hat kastanienbraune Wuschelhaare und lebt neben Schaf Paul in einem großen Zelt im Garten von Tante Ruth. Die reine Idylle im Brandenburger Bückschitz, bis Tante Ruth findet, Lisbeth soll mal in die Welt, und sie in eine riesige Berliner Wohnung in Kreuzberg verpflanzt. Alltagsuntauglich wie Lisbeth ist – sie hat einen Zahlenfimmel und ein größeres Problem mit menschlicher Nähe –, entdeckt sie zum Glück, Kreuzberg ist im Grunde genauso ein gemütliches Dorf wie Bückschitz. Jeder kennt jeden. Und wenn man sich ausgesperrt hat, ist Russen-Dima gern zur Stelle. Nur ein Problem hat Lisbeth noch: Edgar – der einzige Mensch, dessen Nähe sie ertragen kann, ohne ihn sofort durchzählen zu müssen. Zwar bringt er höchstpersönlich Lieblingsschaf Paul nach Berlin. Dann aber lässt er Lisbeth, die gegen jeden Ansturm gewappnet ist, viel mehr Raum, als sie eigentlich haben will …

Die Autorin

Susann Rehlein, geboren in Leipzig, arbeitet als Journalistin und Lektorin. Sie stammt zwar nicht aus Brandenburg und besitzt derzeit auch kein Schaf, aber sie kennt und liebt Kreuzberg. »Auch die Liebe hat drei Seiten« ist ihr erster Roman.

Susann Rehlein

Auch die Liebe hat drei Seiten

Roman

Ullstein

Besuchen Sie uns im Internet:
www.ullstein-taschenbuch.de

Das Gedicht von H. C. Artmann auf Seite 135
wird zitiert nach: H. C. Artmann:
Sämtliche Gedichte. Jung und Jung Verlag, Salzburg, 2003

MIX
Papier aus verantwortungsvollen Quellen
FSC® C014496

Originalausgabe im Ullstein Taschenbuch
1. Auflage August 2013

Umschlaggestaltung: ZERO Werbeagentur, München
Titelabbildung: Frau mit Schirm: © getty images / Karen Ilagan
Blumen: © getty images / Cachetejack
Satz: Pinkuin Satz und Datentechnik, Berlin
Gesetzt aus der Dolly
Papier: Pamo Super von Arctic Paper Mochenwangen GmbH
Druck und Bindearbeiten: GGP Media GmbH, Pößneck
Printed in Germany
ISBN 978-3-548-28488-0

Jedes Ding hat drei Seiten,
eine positive, eine negative und eine komische.

Karl Valentin

Die Handlung und alle handelnden Personen sind frei erfunden. Jegliche Ähnlichkeit mit lebenden oder realen Personen wäre rein zufällig.

Berlin liebt Lisbeth

»Was wolltest du auch mit *dem*, Liebelein? Ich fürchte, du musst deine Auswahlkriterien überdenken.« Paul hielt ihr ein Stück Butterkuchen unter die Nase, der tröstlich duftete und wie Honig glänzte. Oder wie das Fell des Widders Chrysomeles. Oder einfach wie Butter. Lisbeth wischte sich mit einem von Pauls Stofftaschentüchern energisch die Tränen weg, stopfte es in ihren Ärmel und griff zu.

»Männer solltest du nicht ausschließlich danach aussuchen, wie viel sie wissen, sonst hast du am Ende Bill Gates auf deiner Couch hocken. Wobei – du fändest das wahrscheinlich noch cool ... Nee, Liebeleinchen, lass dir das von einem alten Kerl gesagt sein: Echte Männer sind Tiere! Echte Männer sind wie das Schaf, von dem du mir erzählt hast. Wie hieß das noch? Ach ja, auch Paul.« Paul grinste, was die Tränen, die in einer senkrechten Reihe unter sein Auge tätowiert waren, in Schieflage brachte. »Also«, fuhr er fort, »Männer sollten gelassen bis stoisch sein und kuschelig. Darauf musst du achten, Liebelein. Dass sie ein bisschen stinken und nicht viel reden, kriegst du umsonst dazu.«

Lisbeth schob Kuchen nach und fing sich wegen ihrer

Krümelei einen tadelnden Blick ein. Sie fragte sich, wie viel einer wie Paul wissen konnte von Männern und Frauen und den Sachen, die zwischen ihnen liefen. Inwieweit man einem wie Paul da vertrauen konnte. Immerhin sah er ziemlich, na ja, *unkonventionell* aus – verglichen mit dem, was sie aus Bückschitz so gewohnt war. Und verglichen auch mit dem, wie sie inzwischen wusste, was man in Charlottenburg oder Berlin Mitte so gewohnt war. Paul war eben ein echter Kreuzberger. Er war um die siebzig, so groß wie Lisbeth (also klein), klapperdürr, in schwarzes Leder gekleidet und übersät mit verblassten Bildgeschichten, in denen Frauen die Hauptrolle spielten.

Pauls Belehrungen über Männer (aber auch den Kuchen) hatte Lisbeth sich mit einem verpatzten Rendezvous eingehandelt. Dabei war sie sich so sicher gewesen. Sie hatte sich so gut gefühlt: Neue Stadt, neuer Job und gleich noch ein Mann, hatte sie gedacht, da würde Tante Ruth aber Augen machen über ihre Fortschritte. Sie hatte nämlich kurzerhand den IT-Typ von *Fokus Fleisch- und Wurstwaren*, wo sie jetzt arbeitete, zu sich eingeladen, weil an dem attraktiv war, dass er so ganz andere Sachen wusste als sie selbst. Wenn zu Web 2.0 bei *Wer wird Millionär* eine 1000-Euro-Frage käme, wäre sie glatt aufgeschmissen. Doch der Doc, wie ihn im Büro alle nannten, der Doc hätte sicher eine Antwort parat. Zusammen würden sie unschlagbar sein. Sobald er das begriffen hatte, fing ihre gemeinsame Zukunft an. Nur verlief der Abend irgendwie anders als geplant. Die Sache ging von Anfang an schief.

Gebeugt, als hätte ihn einer mit dem Stuhlbein verprügelt (aber immer noch attraktiv!), stand der Doc in ihrem

Flur und schwitzte und meckerte erst mal, weil es keinen Fahrstuhl gab.

»5. Stock, 105 Stufen«, sagte Lisbeth und nickte.

Der Doc hob eine Augenbraue und fragte beinahe drohend: »Wo steht dein Rechner?«

Lisbeth gab sich einen Ruck und hörte auf, an den Karos auf seinem Hemd herumzuzählen.

»Wen hast du denn umgebracht, um an *diese* Wohnung zu kommen?«, fragte er in das Schweigen hinein. »Was zahlst du? Wie viele Quadratmeter?«

Er fragte auch nach Zahlen. Das war gut. Aber er sah Lisbeth nicht. Das war ein Problem. Zumal sie sehr dicht vor ihm stand. Stattdessen ging er, ohne eine Antwort abzuwarten, um sie herum, setzte sich an ihren Rechner und behob den Fehler, den sie gestern erst eigenhändig in Outlook eingebaut hatte. Hinterher ließ er sich doch tatsächlich zwanzig Euro geben und verschwand wieder. Wie angepflockt stand Lisbeth in ihrem 23-Quadratmeter-Flur und schaute an sich runter: Großes Dekolleté, knallrotes Minikleid. Sie schaute in den Spiegel: Kastanienbraunes, schulterlanges Wuschelhaar, getuschte Wimpern. Waren hier irgendwelche Signale zu schwach gewesen?

Und weil Lisbeth sich das mit den Männern nicht so schwer vorgestellt hatte, saß sie jetzt frustriert und Kuchen mampfend auf Pauls mint-weinrot geblümtem Omaküchensofa in seiner pieksauberen Küche, während es draußen allmählich dämmerte.

»Liebelein, du bist doch keine achtzehn mehr«, krächzte Paul, »also ...«

»23,7.«

Paul guckte schon wieder, als hätte sie gekrümelt. »Wie kann man denn in deinem Alter so wenig über Männer wissen und so gar keine Auswahlkriterien haben? Schon mal was von Verlieben gehört, Frau Korrektorin? Ich verliebe mich. Du verliebst dich. Wir verlieben uns …?«

»Ich werde verliebt gewesen sein. Du wirst verliebt gewesen sein. Wir werden verliebt gewesen sein …« Verlieben war so künstlich und blöd wie Futur II. Darauf konnte sie gut verzichten.

»Ich hätte einfach nur gern jemanden mit Verstand in der Nähe – schon für den Fall, dass meiner mal aussetzt. Und der Doc machte echt einen guten Eindruck: Sachlich, attraktiv … viele Karos …«

Kopfschüttelnd nahm Paul ihr das vierte Stück Kuchen aus der Hand, legte es zurück auf den Blümchenteller, zog Lisbeth hoch und klopfte ihr die Krümel ab. Klopfte ihr auch auf Schultern und Kopf, dabei hatte sie da gar keine Krümel.

»Du hast echt ’nen Schuss, Mädel«, sagte er schließlich, schüttelte wieder den Kopf und schob sie Richtung Küchentür. »Wir zwei beiden gehen jetzt mal unter Menschen, äh, Kreuzberger …«

Draußen war es fast schon dunkel und endlich auch ein bisschen kühler geworden.

Als in der Wrangelstraße eine ältere Frau mit der für ältere Frauen obligatorischen beigefarbenen Jacke von Paul im Vorbeigehen gestreift wurde, was nur dadurch zu erklären war, dass dieses Oma-Beige, wie Tante Ruth immer sagte, tatsächlich unsichtbar machte, blieb er wie angewurzelt stehen. Seine Hand schoss vor und schloss sich um den Oberarm der Frau. Und während Paul sie so festhielt, stammelte er immer wieder, sie solle sich entschuldigen. Lisbeth brauchte eine Weile, ehe sie begriff, was hier gerade passierte. Beherzt packte sie Paul an der Schulter und drängte ihn schäfermäßig mit ihrem ganzen Körper von der verängstigten Frau weg.

»Entschuldigung!«, sagte sie über die Schulter zu der Frau, »das muss die Hitze sein, für Ende Mai ist es einfach zu heiß, er ist sonst nicht so ...« Und zu Paul: »Du bist doch sonst nicht so, oder? Was ist denn in dich gefahren? Ich kann nicht mit jemandem befreundet sein, der alte Tanten« – an dieser Stelle guckte die Frau empört – »belästigt. Sag sofort, dass es dir leidtut!«

Paul duckte sich, als hätte man ihn angegriffen und nicht umgekehrt, und ging wortlos weiter, Lisbeth und die beigefarbene Frau, die gerade wieder zu sich kam und zu schimpfen anfing, hinter sich lassend. Lisbeth entschuldigte sich noch einmal – dann rannte sie ihm nach.

Schweigend gingen sie Seite an Seite weiter, sehr schweigend. In der Köpenicker bogen sie ab, kamen an einem Gebrauchtwagenacker vorbei – hier endete abrupt die Beleuchtung –, gingen einen Sandweg entlang – links zotteliges Gras, rechts Ruinen, zwischen denen ein einsamer Schornstein aufragte –, bis sie den Fluss erreichten. Stimmen wehten heran, Lachen. Darüber lag dezent Technomusik.

Aber die Lichter! Die Lichter auf dem Fluss! Lisbeth schnappte nach Luft, ein Ring legte sich um ihren Hals, sie würde doch jetzt nicht anfangen zu heulen! Immerhin war sie seit 12 Tagen die superstrenge Korrektorin der Zeitschrift *Fokus Fleisch- und Wurstwaren*. Aber das hier ... Also ...

Sie folgte Paul ans Lagerfeuer, und jemand drückte ihr

ein Bier in die Hand. 13 Leute rückten auf den Bierbänken zusammen, aber nur für Paul und Lisbeth. Das spanische Partyvolk (21), das lärmend abseits stand und hasserfüllte Blicke rüberschickte, war und blieb ungebeten. Aus unerfindlichen Gründen zog eine Frau unbestimmten Alters ihr T-Shirt hoch und zeigte ihre Brüste.

Ob Tante Ruth ahnte, worin sie ihr Geld investiert hatte, als sie die 93-Quadratmeter-Wohnung in Berlin-Kreuzberg für Lisbeth gekauft hatte? Mit Sicherheit. Und dennoch scannte sie bestimmt jeden Tag die Titelseite der BILD-Zeitung nach einem Foto von Lisbeths Leiche unter der Hochbahn.

Am Lagerfeuer war gerade eine Art Versammlung im Gange. Einziger Tagesordnungspunkt: Durfte Kampfhund Dagmar in Pauls Hausgemeinschaft einziehen oder nicht. »Keine Haustiere!«, echauffierte sich eine Frau Ende vierzig, deren pinkfarbene Haare verfilzt waren wie ein alter Teddy und die Paul ihr flüsternd als Babsi G-Punkt vorstellte.

»Keine Haustiere, haben wir bei der Gründung beschlossen, und dabei bleibt es!«, sagte sie schrill. »Sonst hätte ich 1983 Che und Guevara …« – »… ihre Ratten«, flüsterte Paul, »widerliche Biester, bissig von hier bis Kuba« – »nicht im Görlitzer Park aussetzen müssen.«

Babsi schnaufte. Ihr Sitznachbar, ein bleicher Alter in Tarnanzug und mit einem rotbraunen Pelzstirnband, grinste höflich und sagte dann: »Babsi, lerne du doch erst mal, den Deckel von der Mülltonne nach Benutzung zu schließen, ehe du den Mund aufreißt.«

Wortlos stand Babsi auf und schritt mit durchgedrücktem Rücken in Richtung Bar. Die anderen freuten sich sichtlich über die Abfuhr. Diese Babsi schien nicht sehr beliebt zu sein. Lisbeth machte sich mit der Frau zu ihrer Linken bekannt. Karin war Hebamme und sah aus wie Brigitte Bardot.

»Lieb, dass du dich um Paul kümmerst«, sagte sie.

»Also, eher kümmert Paul s…«

»Wir zahlen für alles unseren Preis. Die einen früher, die anderen später. Paul hat halt nichts ausgelassen, und jetzt ist er müde und hat ein löchriges Nervenkostüm. Fang gar nicht erst an mit irgendwelchen Drogen, Mädchen.«

Karin zupfte einen Tabakkrümel von ihrer Lippe, und Lisbeth wäre fast in Ohnmacht gefallen vor Ehrfurcht. Diese Frau war einfach zu schön. Aber da hatte Karin sich zum Glück schon abgewandt und redete mit dem Typ zu ihrer Linken.

Als Babsi nach 23 Minuten noch nicht zurück war, erbot sich Lisbeth, neues Bier zu holen und bei der Gelegenheit zu schauen, wo sie abgeblieben war. Zwar hatte Lisbeth noch kein Gehalt bekommen, sie arbeitete ja erst seit 12 Tagen bei *Fokus Fleisch- und Wurstwaren*, aber sie würde den Leuten vom Rest ihres Ersparten ein Bier ausgeben, selbst wenn sie nächste Woche Spaghetti mit nichts würde essen müssen. Die Grenze zwischen Nettsein und Einschleimen war schmal, und sie hatte es in ihrem Leben selten geschafft, auf der richtigen Seite zu bleiben. Bei Tante Ruth und dem Schaf Paul musste sie sich solche Gedanken nicht machen. Die liebten sie bedingungslos. Tante Ruth vielleicht nicht ganz so bedingungslos … Sonst hätte sie sie nicht rausgeschmissen. Das Schaf Paul war wieder in der kleinen Schafherde abgestellt worden, aus der er kam. Paul hasste es, Lisbeth wusste das. Seit Lisbeth Paul mit der Flasche aufgezogen hatte, weil Pauls Mutter ihn nicht säugen konnte, glaubte er, er wäre ein Mensch, und fühlte sich unter Schafen einfach nicht wohl. Gemerkt hatten sie es, als er immer wieder in der Tür stand, während die anderen Schafe rund 38 Meter weit weg in der Nähe der Eiche grasten. Sobald sich ein Mensch der Herde näherte, machten die Schafe einen kleinen Satz und verzogen sich. Paul aber kam auf einen Plausch her und wich ihr oder Tante Ruth nicht von der Seite. Nicht selten endete es damit, dass Paul sich bis in die Stube drängelte, sich vors Sofa schmiss und erst wieder aufstand, wenn Tante Ruth den Fernseher ausschaltete. Wäre die Sache einseitig gewesen, hätte man von einem Irrtum Pauls ausgehen können. Aber auch die anderen Schafe schienen in ihm einen Menschen zu sehen. Näherte er sich, machten sie einen Satz und verzogen sich. Jedenfalls hatte Lisbeth das Schaf Paul damals in Pflege genommen. Aus Beständen von den Russen, die bei Army-Köhler in Brandenburg angeboten wurden, hatte sie ein großes Mannschaftszelt gekauft, in dem sie fortan lebte, das Schaf Paul vor dem Zelteingang und oft auch im Zelt selbst, dann meistens neben dem Küchentisch, wo die Äpfel lagen, oder vor dem Feldbett.

Lisbeth ging rüber zur Bar, schob 8 leere Flaschen auf die Theke und ließ sich neue Biere geben. Dabei trank sie im echten Leben gar kein Bier. Ob die sie mögen würden, wenn sie wüssten, *wie* anders sie war? Sie klemmte sich die Biere unter den Arm und stakste über den Technoteppich zurück. Der Barmann hatte sie angelächelt. Und geduzt. Irgendwie kriegte hier keiner mit, dass sie das Trojanische Pferd war, der Elefant im Porzellanladen, Paul in der Schafherde. Im

Gegenteil: Großes Hallo, als sie kam, schon weil sie noch 10 Feiglinge in ihrer abgewetzten Cord-Handtasche hatte. Das trank man in Bückschitz am Maifeuer. Hatte sie von Tante Ruth gekriegt. Funktionierte hier aber offenbar genauso. Nach Babsi G-Punkt zu sehen, hatte sie vergessen. Es fragte auch keiner nach. Es wurde angestoßen, dann vertieften sich alle wieder in ihre jeweiligen Gespräche. Schließlich bat der Alte mit dem Pelzstirnband theatralisch um Ruhe und schlug vor, Dagmar solle sich nächsten Samstag im Plenum vorstellen. So werde ja mit Anwärtern auf eine Wohnung immer verfahren, warum also nicht auch mit einem Hund. Allgemeine Zustimmung. Dann ließen alle noch mal ihre Bierflaschen gegeneinanderkrachen, die meisten wollten auf ein Feierabendbier in die Hölle, Lisbeth wollte auf ihren Balkon, Karin saß schon sehr dicht an ihr dran mit ihrem Oberschenkel und trug außerdem eine schwarze Bluse mit winzigen gold-braunen Rhomben – noch fünf Minuten länger, und Lisbeth würde sich ganz dicht vor die Frau setzen und sie gewissenhaft durchzählen. Sie stand mal lieber auf, und als hätte sie hier was zu melden, standen auch alle anderen auf, und die seit einer halben Stunde lautstark wartenden Spanier (inzwischen vierunddreißig) okkupierten sofort die Bänke. Keine 14 Sekunden später sprangen die ersten mit unfassbar lautem Gejohle übers Feuer. Nach Spanien würde sie keinesfalls von ihrem ersten Urlaubsgeld reisen, schwor sich Lisbeth. Lieber in ein Land, wo die Menschen witterungsbedingt eher niedergeschlagen waren und fettes Essen und Alkohol zu sich nahmen, um sich nicht auch noch umzubringen, wo sie sowieso schon den ganzen Tag froren – und wo es 26 Geysire (und seltsamerweise auch Elfen) gab.

Drei Wochen vorher, Samstag 7. Mai

Obwohl sie gar keinen Haushalt hatte, umfasste Lisbeths Haushalt 38 949,5 Dinge. Packungen mit Nudeln, Zwieback, Teebeuteln hatte sie zur Sicherheit jeweils als 1 gezählt, die angebrochene Tüte Gries hatte sie vor dem Umzug weggeworfen. An Gries konnte jemand von ihrer Konstitution sich in den Wahnsinn zählen. Aber es war Lisbeth einfach unmöglich, das Kinderbesteck, das ihre Mutter ihr gekauft hatte, als sie noch klein gewesen war, einfach als 3 zu zählen – so als wäre nichts. Sie hatte sich schließlich für 0,5 entschieden, weil es ja als Kinderbesteck in einem Erwachsenenhaushalt gewissermaßen nicht vollwertig war. Aber im Grunde – mit solchen Gedanken verbrachte sie vielleicht anderthalb der 2 Stunden und 36 Minuten im stockdunklen Laderaum des Lieferwagens auf ihrem olivgrünen Sofa liegend –, im Grunde müsste das Kinderbesteck mit den eingeprägten Clowns mindestens als minus 7 Milliarden gezählt werden. 7 Milliarden war eine Zahl, die Lisbeth sich nicht mehr vorstellen konnte. Und dass ihre Mutter sie als kleines Mädchen immer wieder tagelang allein gelassen und dann irgendwann ganz verlassen hatte, konnte sie sich auch nicht vorstellen, obwohl das natürlich immer noch präsent war. Zum Glück war Tante Ruth noch präsenter, und es würde nie wieder über die Sache gesprochen werden müssen. Sowieso erlaubte Lisbeth sich diese Gedanken nur, weil sie sich gewissermaßen in der schwärzesten aller Ausnahmesituationen befand und eine innere Inventur irgendwie nahelag. Rechnete sie nur so mal mit 7 Milliarden für das Kinderbesteck, kam sie bezüglich ihrer Habe auf ein Minus von 6 999 961 050,5. Und das, musste sie zugeben, war schon ein ziemlich guter Grund, von Bückschitz nach Berlin zu ziehen. Die Bilanz ihres Lebens musste dringend aus den roten Zahlen gehievt werden.

Apropos rote Zahlen: Kein Zählen mehr, war ihr guter Vorsatz für den neuen Lebensabschnitt! Na gut, fürs Erste vielleicht nur noch 3 Mal am Tag.

Irgendwann war sie über solche Gedanken in dem Geruckel und Geschepper im Bauch des Transporters eingedöst. Als sie aufwachte, hielten sie gerade. Ihre drei Umzugsleute, Richard, Holger und Torsten aus Bückschitz, waren über Lisbeths Sinneswandel so überrascht wie diese selbst. Offenbar hatten sie sich darauf eingestellt, die Umzugsunwillige auf ihrer grünen Couch nach oben tragen zu müssen – und jetzt packte sie sogar mit an.

Als Lisbeth die Dachgeschosswohnung betrat, staunte sie nicht schlecht. Der eine Raum war riesig, so hoch wie tief. Eine Art Hallenbad. Aber wie sollte man bitte in einem Hallenbad wohnen? Sie sagte: »Miau.«

»Au!«, hallte es zurück. Aber es gab noch einen kleineren Raum, in den sie all ihre Sachen bringen ließ. Und es gab eine große Küche mit einem Balkon, von dem aus sie einen Hinterhof überblickte. Unten saß gerade eine türkische Großfamilie beim Abendessen. Neben Lisbeth auf einer Satellitenschüssel eine Amsel. Und über ihr war der graue Himmel.

Gemeinsam trugen Richard, Holger, Torsten und Lisbeth Lisbeths Sachen hoch. Viele Stufen, Lisbeth wusste, wie viele, aber gute Vorsätze sollte man wenigstens am ersten Tag einhalten.

Nach ~~36 Minuten~~ ungefähr einer halben Stunde waren alle Sachen oben, Richard, Holger und Torsten hatten geschnauft und gestöhnt und Witze gemacht darüber, dass es kein Leben geben konnte in solcher Höhe. Jetzt saßen sie in der Mitte des großen Raumes auf dem Parkett und aßen die Buletten und den Kartoffelsalat, die Tante Ruth ihnen mitgegeben hatte. Richard kramte in einem dreckigen Jutebeutel, auf dem *Gut gekauft bei Leopold's* stand, und holte Tabletten heraus. »Ich hab's im Nacken«, sagte er mit einem jämmerlichen Grinsen, »die Couch hat mir den Rest gegeben. So was wird heute zum Glück gar nicht mehr hergestellt.«

Lisbeth überraschte Richard, Holger, Torsten und sich selbst zum zweiten Mal, als sie jetzt aufstand, fragte: »Soll ich mal?«, sich hinter Richard kniete, ihre Hand in seinen Nacken legte und die Augen schloss. Hatte sie da gerade ihre Hand auf einem Männerkörper? Sie war definitiv dabei, ein neues Leben anzufangen!

»Autsch«, sagte Richard, »das bizzelt und brennt.« Aber er blieb ruhig sitzen und lehnte sich dann sogar ein bisschen gegen Lisbeths Hand. Lisbeth hatte das Gefühl, sich elektrisch aufzuladen. Fühlte sich gut an. Sie hatte Lust zu zischen. Ein Glück, dass sie ein Kopftuch trug, sonst würden ihr wahrscheinlich jetzt die Haare in alle Richtungen vom Kopf abstehen und Funken schlagen. Das musste mit der Körperwärme zu tun haben.

Sie nahm die Hand weg, Richard bewegte den Kopf langsam nach rechts und nach links. »Wie hast du denn das gemacht, Mädchen?«, fragte er.

»Ich hätte da auch so 'ne Stelle, wo du mal deine Hand drauflegen könntest«, witzelte Holger, aber Torsten war zum Glück schon aufgestanden. »Meine Kids warten. Heute beißen die Fische.«

Als Richard das Auto anließ, wäre sie am liebsten ~~105 Stufen~~ runtergerast. Sie stand auf dem Austritt an dem türhohen Fenster zur Straße, winkte ihnen nach – natürlich sahen die drei sie nicht – und heulte ein bisschen. Aus der Ferne glotzte ungerührt der Fernsehturm herüber. Gegenüber im obersten Stockwerk saßen auf einer schwarzen Couch mit niedriger Lehne mit dem Rücken zu ihr zwei Punks in signalorangenen Latzhosen. Lisbeth heulte, holte sich zwei Buletten, in jede Hand eine, aß abwechselnd davon, heulte weiter, zog den Rotz hoch, holte sich die letzte Bulette. Und als die alle war, hörte sie auf zu heulen, zog ein Tempo aus dem Ärmel, schnäuzte sich und beschloss, Tante Ruth anzurufen, sich einzurichten und dann die Umgebung zu erkunden.

Am Telefon erfuhr Lisbeth, dass Tante Ruth beschäftigt war. Wahrscheinlich räumte die Tante gerade Lisbeths Sachen in den Keller, damit nichts mehr an sie erinnerte. Lisbeth erkundigte sich nach Paul, ihrem Schaf, aber da gab es keine Neuigkeiten, seit sie vorhin abgefahren war. Sie bedankte sich sehr halbherzig, beinahe kalt, für die riesige Wohnung, benutzte das Wort »weitläufig«, aber von der Ironie schien Tante Ruth – vielleicht wurde sie langsam wirklich alt – gar nichts mitzukriegen. »Wunderbar, dann leb dich mal ein, mein Mädchen. Und in genau fünf Wochen sehen wir uns wieder hier bei mir.«

Pfffff, dazu sagte man am besten gar nichts. Man zählte jetzt auch nicht das Parkett im Hallenbad durch oder maß einmal nach, wie hoch das war – bestimmt 6 Meter 30 –, sondern kümmerte sich um seinen Kram. Auspacken und so.

Selbst das kleinere Zimmer war schon zu groß für Lisbeths Sachen. Das grüne Sofa stand da wie ein Sperling im Elefantenkäfig. Zum Glück hatten Richard, Holger und Torsten ihr gleich eine Lampe und die zwei Regale angebracht. Sie sortierte Bücher, ihre Hefte und CDs ein, bezog das Feldbett mit Blümchenbettwäsche, legte ihr Notheft (Nr. 9) und ihr Kinderbesteck ans Kopfende, klopfte dreimal drauf, und danach sah es ein bisschen aus wie im Zelt in Bückschitz. Den Rest würde sie in den nächsten Tagen machen. Sie wusste nicht, in welchem der Kartons ihre Kleider waren, Tante Ruth hatte ihr extra noch zwei genäht. Aber sie musste raus hier, sonst würde sie sich sofort hinlegen und fluchtschlafen. Darin war sie von allem nämlich am besten.

Quer über das Nachbarhaus stand meterhoch in schwarzen Krakelbuchstaben: *Freiheit für alle Gefangenen.* Davor standen vier dicke Kinder, schrien sich in gebrochenem Deutsch an und aßen aus chinesischen Instantsuppentüten die trockenen Nudeln. Lisbeth hätte sie ihnen am liebsten aus der Hand gerissen und durchgezählt. Sie ging zur Oranienstraße, sie wollte in den Bezirk, der war schließlich auch in Bückschitz ein Begriff.

Der Bezirk, stellte sich heraus, war gar keine Kneipe. Gegenüber war eine Kneipe. Davor saßen jede Menge Leute, viele tätowiert, alle so ähnlich angezogen wie Lisbeth. Ob die auch gerade erst hergezogen waren? Lisbeth wurde angelächelt und fasste sich ein Herz, sie wollte sich gerade auf den einzigen freien Platz schlängeln, als der äffchenartige ältere Mann mit den tätowierten Tränen, neben dem der Platz frei war, sagte: »Liebelein, Bier musst du drin holen, und bring mir doch auch noch eins mit.«

Wer hätte gedacht, dass mit so unspektakulären Worten große Freundschaften anfangen. Wahrscheinlich hatte Hamlet Laertes einst gefragt, wo das Klo ist, und Romeo hatte Julia im Sandkasten die Schippe weggenommen.

Apropos Hamlet. Aufs Klo ging Lisbeth auch gleich mal. Was gar nicht so einfach war, im Keller gab's wenig Licht, viele Graffiti und Zettel und Plakate – aber nirgends ein Schild, ob die rechte oder die linke Tür für Frauen war. Vielleicht war der mit Filzstift gemalte riesige, bedrohliche Busch auf der rechten Tür ein Hinweis? Neben ihr stand ein frischgewaschener junger Mann in neuen Jeans und einem weißen Hemd mit Bügelfalte am Ärmel, schaute erst unschlüssig von links nach rechts, dann Lisbeth an. »Ich rechts, du links?«

»…key.« War natürlich das Männerklo, das er ihr zugewiesen hatte, roch auch so, also wartete sie vor dem Frauenklo, bis der Tourist wieder rauskam. Dann wartete offensichtlich er auf sie. Jedenfalls stand er da, blickte ihr erwartungsvoll entgegen und sagte: »Echt spooky hier. Ich bin der Niklas. Ich glaube, wir beide sind die einzigen Normalen in dem ganzen Laden.«

»Lisbeth«, sagte Lisbeth. »Ich muss los.«

Draußen klopfte der Tätowierte auf den Platz neben sich. Sie musste unter dem Tisch durchkriechen, gut, dass sie noch mal auf dem Klo gewesen war.

»Von hier aus hast du alles im Blick«, krächzte er, »und was du wissen musst, erfährst du von mir. Da drüben …«, er zeigte nach links, »hat sich 1987 einer aus dem Fenster gestürzt.«

Musste sie das wissen?

»Prost, Liebelein«, krächzte er.

Prost Mahlzeit.

Lisbeth registrierte erstaunt, dass sie verächtlich von Passanten gemustert wurde. War sie im falschen Lokal? Mit den falschen Leuten? Ja, klar, die waren nicht Fashion Week, eher Geisterbahn, aber andere gab's hier nicht! Und Lisbeth, entschlossen alles richtig zu machen, wo sie nun schon einmal gegen ihren Willen in dieser Stadt gelandet war, fragte den Mann neben sich auf der Bierbank höflich nach seinen Tattoos und erfuhr, dass er Paul hieß und zur See gefahren war.

»Da hast du bestimmt viel gesehen von der Welt«, sagte sie – und alle am Tisch grölten. Und als denen am Tisch auf der anderen Seite vom Eingang erzählt wurde, was Lisbeth gesagt hatte, grölten die auch gleich noch.

Später würde sie erfahren, dass Paul aus der Eifel kam, erst im Kinderheim und dann im Gefängnis gewesen war (die Tattoos stammten aus dem Gefängnis) – und dass er es aus irgendeinem Grunde liebte, sich väterlich um sie zu kümmern. Was ganz praktisch war, da Lisbeth ziemlich dringend jemanden brauchte, der sich väterlich um sie kümmerte.

Zwar trank Lisbeth an jenem Abend neben Paul Fanta, aber im Laufe des Abends gab es sechs Runden Mexikaner, mit denen auf einen gewissen René angestoßen wurde – »drei Wochen sitzt der auf einer Arschbacke ab« –, und Lisbeth trank auch jeweils ein Gläschen von dem pfeffrigen Tomatensaft mit Tabasco. Dabei gab es Erhebungen, die besagten, dass der Verzehr von Tomatensaft außerhalb von Flugzeugen praktisch nicht stattfand. Na, die würden nächstes Jahr korrigiert werden müssen, dachte Lisbeth ein wenig schnippisch, hob ihr sechstes Glas und hörte sich sagen: »Die nächste Runde geht auf mich!« Die anderen johlten. Ein dicker tätowierter Junge mit einem sympathischen, milden Gesicht stieß Paul in die Seite: »Lustige Puppe, die kann öfter kommen.«

»Nicht wahr«, sagte Paul, »das hat sie auch vor«, und gab Lisbeth Five. Dann wurde er abgelenkt, weil ein Touristenpärchen die Gruppe im Vorbeigehen fotografiert hatte und er den Erschrockenen Beschimpfungen hinterherkrähen musste. Lisbeth war nach den ganzen Geschichten um Drogen, Mord und Totschlag, die sie gerade gehört hatte, gewissermaßen abgehärtet, das bisschen Drohen war doch gar nichts – zumal Paul viel zu alt war, um unter dem Tisch durch und dem Pärchen hinterherzuhetzen. Lisbeth hätte sich am liebsten an den raubeinigen Mann neben sich gekuschelt, so wohl und wattig war ihr zumute. Sie musste am nächsten Tag mal Stockholm-Syndrom googeln, kam ihr in den Sinn, kurz darauf war es schon wieder vergessen.

Die nächste Runde gab Lisbeth zwar wie versprochen noch aus, aber weil sie Probleme gehabt hatte, ordnungsgemäß unter dem Tisch durchzukriechen – von den drei Stufen hoch zur Kneipe wollte sie mal gar nicht reden –, verzog sie sich lieber mit einem Winken, nachdem sie die 10 Gläser abgestellt hatte und sich von Paul dessen Telefonnummer hatte geben lassen. Dann wankte sie heim. Tabasco hatte sie vorher noch nie probiert, das musste ja ein Teufelszeug sein, jedenfalls schwankte das Feldbett davon am Ende so sehr, dass sie ihren Fuß als Anker raushängen lassen musste.

Lisbeths zweiter Berliner Tag, ein Sonntag, war schwierig, wäre er aber sowieso gewesen, weil sie an einem Ort war, an dem sie nicht sein wollte – und das auch noch ohne ihr hochbegabtes Schaf Paul. Lisbeth konnte nicht aufstehen, wegen entsetzlicher Mattigkeit und entsetzlicher Kopfschmerzen. Sie konnte noch nicht einmal die Blümchen auf ihrer Bettwäsche durchzählen – in der Vergangenheit immer eine tröstliche Tätigkeit. Gegen fünf schlich sie im Nachthemd zum Telefon, rief Tante Ruth an und erzählte ausführlich von Kreuzberg, dass hier praktisch jeder tätowiert sei und viele übergewichtig. Das komme vom Bier, habe ihr neuer Bekannter Paul, der selbst klapperdürr sei, gesagt. Tante Ruth wirkte abwesend, wenn nicht abweisend, sagte hauptsächlich »aha« und »soso«. Lisbeth zählte die Windungen des schwarzen Telefonkabels durch (23), und als sie bemerkte, dass sie zählte, verabschiedete sie sich und ging wieder in ihr Bett.

Den dritten und vierten Tag war Tante Ruth telefonisch nicht zu erreichen. In ihrer Not rief Lisbeth einmal pro Tag ihren neuen Bekannten Tattoo-Paul an, doch der war leider am Telefon weitaus weniger gesprächig als in echt und wimmelte sie immer gleich ab, wenn er ihr erklärt hatte, wo in Kreuzberg die Post war und was es mit der Holzhütte am Engeldamm auf sich hatte. Die übrige Zeit verbrachte Lisbeth mit Fluchtschlaf auf ihrem Feldbett.

Am fünften Tag erreichte sie Tante Ruth, aber die hatte keine Zeit (Käsekuchen in der Backröhre) und wollte das Schaf nicht ans Telefon holen, also machte Lisbeth mit dem Doppeldeckerbus einen Ausflug, besichtigte das legendäre KaDeWe, ging zu Douglas, zählte sich dort erst mal durch die Zahnbürsten (sage und schreibe 178), kaufte sich knallroten Lippenstift, knallroten Nagellack, Make-up, Wimperntusche und Eyeliner. Dann ging sie in ein Straßencafé, bestellte eine Fanta, dekorierte sich auf dem Klo um, war, als sie den Gesichtsausdruck des Kellners sah, sicher, dass sie alles richtig machte, und genehmigte der Neuen, die sie jetzt war, erst mal einen Martini Bianco.

Daheim räumte sie ein bisschen die Küche ein und machte dann ein Spätnachmittagsschläfchen auf dem Feldbett. Sie träumte wirres Zeug: Weil zwei Hühner weg waren, wollte Gott ihr keine Säugetiere mehr anvertrauen. Dabei glaubte sie gar nicht an Gott.

Für den Abend hatte sie sich vorgenommen zu kochen. Aber was sollte sie kochen? Und wieso kochte Tante Ruth nicht? Wieso hatte Tante Ruth sie rausgeschmissen? Was, bitte schön, nützte denn Zuwendung, die einem irgendwann entzogen wird?

Außerirdische

Fleisch war die Antwort auf so ziemlich alle Fragen, die Lisbeth im Moment hatte.

Herr Buback war geradezu begeistert gewesen, als sie ihn angerufen hatte, um sich nach einer festen Stelle in der Redaktion des Branchenblättchens *Fokus Fleisch- und Wurstwaren* – unter Insidern kurz *Fleisch* genannt – zu erkundigen, nachdem sie drei Jahre lang als freie Korrektorin für ihn gearbeitet hatte. »Sie schickt der Himmel, Frau Ritter«, sagte Herr Buback. »Kommen Sie, kommen Sie! Ich brauche dringend einen normalen und verlässlichen Menschen in diesem Sauhaufen von Redaktion.«

Der feiste Herr Buback und seine zwei anämischen Angestellten waren für Lisbeth an deren erstem Arbeitstag ein kleiner Schock gewesen. Sie kam sich vor, als wäre sie in ein Buch von Neil Gaiman geraten. Zum Glück hatte Herr Buback einen Termin, und die Angestellten huschten lautlos in ihre Büros, so dass ihr Zeit zum Eingewöhnen blieb. Lisbeths Büro war riesig. Neben der Tür stand eine Magnettafel auf dem Boden. Der Schreibtisch hatte nicht nur einen Bürostuhl, sondern auch einen Besucherstuhl. Lisbeth setzte sich zur Sicherheit erst mal auf den Besucherstuhl. Ein eigenes Büro! Der Raum war mit schiefergrauem Teppich ausgelegt, in den von der Tür zum Tisch ein Pfad getreten war, zwei hohe altmodische Fenster und eine Tür mit goldener Klinke. Lisbeth kramte eine Flasche Fanta aus der abgewetzten roten Cord-Handtasche und trank einen Schluck. Dann krempelte sie gewissermaßen die Ärmel hoch: Sie ging um den Tisch herum, und als erste Amtshandlung schloss sie nach einer kleinen Zählaktion 189 Büroklammern, 942 Gummis und 13 Stifte weg. Sie behielt 4 Stifte auf ihrem Tisch, einen Stapel Post-its (73), ein Notizbuch, einen Kalender, zwei Radiergummis, einen Anspitzer, ein Lineal. Dann tippte jemand zweimal gegen ihre Tür, sie rief laut: »Herein!« und bekam von ihrem Kollegen den ersten Rechercheauftrag zugeflüstert.

Lisbeth hatte ihren Bürostuhl so hoch eingestellt, dass sie am Abend vom Tisch Druckstellen an den Oberschenkeln hatte, aber sie beließ es so, die Höhe tat ihr gut, verlieh ihr die Sicherheit, alles im Griff zu haben. Gelobt worden war sie gleich für ihre erste Recherche, angeschrien auch, per Mail, weil sie in der Büroküche eine Suppe gekocht hatte, deren Geruch bis ins Büro des Chefs gezogen war und dort Wut ausgelöst hatte. Aber das machte ihr nichts aus, gegen Wut hatte ihre Mutter sie einst umfassend immunisiert, da konnte ihr so ein Zweizeiler nicht die Suppe versalzen. Lisbeth saß an ihrem Schreibtisch und grinste, ehe sie in die Küche ging, alle Spuren der unerlaubten Nahrungsaufnahme tilgte, ordentlich lüftete und Tante Ruths Maiglöckchenparfüm versprühte. Sie war gleichgültig, aber sie war nicht »renitent«, wie ihre Mutter immer behauptet hatte.

Lisbeth liebte ihren Job. Tagelang las sie hingebungsvoll Korrektur, machte zwischendurch immer mal Pause, um sich am Anblick ihres ersten eigenen Büros zu erfreuen oder einfach aus Spaß die X auf der vor ihr liegenden Seite zu zählen.[1] Ihre beiden Kollegen, ein Mann und eine Frau, die sich auf unheimliche Weise ähnlich sahen – beide dürr, wächsern und gebeugt –, hatten tagsüber ihre Türen geschlossen. Kein Laut drang aus den Büros. Begegneten sie Lisbeth auf dem Flur, hoben sie kurz den Kopf, blickten sie aus blassblauen Augen an und nickten ihr zu. Außerirdische, hatte Lisbeth bei der ersten Begegnung gedacht. Außerirdische, die sich vor ihrer Ankunft zwar mit den irdischen Konventionen vertraut gemacht hatten, aber einen freundlichen Gruß einfach noch nicht überzeugend rüberbringen konnten. Am Abend waren sie schon weg, bevor Lisbeth die 4 Stifte, den Stapel Post-its – 7 hatte sie schon verbraucht –, das Notizbuch, den Kalender, die 2 Radiergummis, den Anspitzer und das Lineal auf Kante geordnet hatte. Zu gern wäre sie hiergeblieben. In ihrem Büro hatte alles eine Ordnung. Daheim dagegen war alles unangenehm vage und fremd. Aber irgendwann fasste Lisbeth sich immer ein Herz. Sie war ja nicht verrückt, dass sie im Büro übernachtete, wo sie daheim in einem Hallenbad schlafen konnte! Meist rief sie noch ihren neuen Kumpel Paul an, um sich Mut für den Heimweg zusprechen zu lassen. Am Anfang war er einsilbig gewesen bei diesen täglichen Telefonaten, aber Lisbeth hatte ihm schnell beigebracht, dass sie Text von ihm brauchte, um in die Gänge

1 Lieber hätte sie ja die E oder I gezählt, aber das war ihr nicht gestattet. X kamen so gut wie nie vor, nach ihnen zu *suchen* war also streng genommen gar kein Zählen und somit erlaubt.

zu kommen, und wenn es ein Witz war (von dem er dann allerdings meistens die Pointe wegließ, um sie zu ärgern).

Das Büro lag in einem anderen Kreuzberg als ihre Wohnung. War sie erst einmal draußen, liebte Lisbeth es, an diesen ungewöhnlich warmen Maiabenden die Bergmannstraße entlangzugehen. Sie liebte die hohen Platanen am Kanal mit ihren silbernen Stämmen. Sie kannte schon den schmucken Monsieur Chagall, den Lakritzladen, aber der hatte so spät nicht mehr auf, und natürlich die Blonde vom Edeka, die gegen 18 Uhr 54, wenn Lisbeth reinkam, verlässlich verdrießlich in ihrem dreckigen Kittel hinter der Kasse hockte wie ein Tier. Ganz sicher hatte sie in den 16 Tagen, die Lisbeth jetzt hier war, mehr über Lisbeth erfahren, als Lisbeth lieb sein konnte. Dass sie Carokaffee und Fanta mochte, welche Zahncreme sie benutzte und dass sie nichts kaufte, das zum Zählen verleitete: Keine Cornflakes, keine Linsen, keine Spirelli. Lisbeth bevorzugte Käsebrot, Leberwurstbrot und kernloses Obst. Wenn bei *Wer wird Millionär* eine Frage zu Lisbeth käme, wäre die Blonde präpariert.

Wenn Lisbeth dann, ein Leberwurstbrot in der Hand, in ihrem Hallenbad von Wohnzimmer stand und auf die Stadt hinunterblickte, fühlte sie sich nicht etwa stolz und erhaben, wie Tante Ruth sich das vielleicht vorgestellt hatte, als sie die Wohnung aussuchte, sondern einsam und jämmerlich. Das Schaf Paul fehlte ihr. Zum Beispiel. Aber Tante Ruth wollte ihn partout nicht ans Telefon holen und hatte außerdem gesagt, Lisbeth solle nicht mehrmals täglich bei ihr anrufen, sondern sich einleben. Und sie müsse auch keine Karotten mehr schicken. Die letzten vier Pakete stünden noch in der Küche. Lisbeth legte ihre Hände an die Schläfen, ging vorsichtig rüber ins andere Zimmer und legte sich auf ihr Feldbett.

Als sie wieder aufstand, war es dunkel, gegenüber brannte in den meisten Fenstern Licht, eine Frau schüttelte etwas Graues aus. Die zwei Punks darüber sahen fern. Nebeneinander hockten sie in ihren Müllabfuhr-Latzhosen auf der Couch. Lisbeth aß im Stehen ein Käsebrot und zwei Radieschen und blickte eine Weile von ihrem dunklen Raum aus in die erleuchtete Wohnung gegenüber. Lange stand sie so da. Ihr Herz puckerte im Takt der Lichter des Fernsehturms, morste irgendwas, wovon sie nichts verstand. Sie wandte sich ab, machte 43 schnelle, große Schritte bis in die Küche, fand auf dem Bord, das sie erst heute Morgen angeschraubt und befüllt hatte, die roten Grablichter von Edeka, stellte in der gesamten Wohnung welche auf, legte Purcell ein, drehte laut. Von der Tür zum Hallenbad aus schaute sie sich um und dachte, so musste es im Mutterleib sein – feierlich und behaglich zugleich. Keine 7 Minuten später klingelte es. Lisbeth machte nicht auf. Das hier war ihre Wohnung. Sie musste nicht aufmachen. Obwohl sie schon Lust hatte aufzumachen. Wieder klingelte es. Sie konnte sich nicht entscheiden. Schließlich stapfte jemand die Treppe hinunter. Lisbeth stand weiter in der Tür, hörte Musik und fühlte sich vergleichsweise wohl. Dann Rascheln und Schritte auf der Treppe. Sie schaute durch den Spion. Das Treppenhaus war nicht erleuchtet. Es klingelte. Das Licht draußen ging an. Spät am Abend Besuch – das war kein Nachbar, der ein Ei ausleihen wollte. Das war ein Abenteuer. Begeistert öffnete sie und stand einem verschwitzten, schnaufenden Feuerwehrmann gegenüber. »Gut, dass Sie da sind, ein drittes Mal hätte ich die Treppe nicht geschafft.«

»Das wären 315 Stufen.« Lisbeth begutachtete seine Uniform, den Helm und die vielen, vermutlich schweren Gerätschaften, mit denen der kleine, drahtige Mann vor ihr behängt war. Er hatte ein fröhliches Gesicht, das allerdings von der Anstrengung ganz schön gerötet war.

»Es wurde Feuerschein gemeldet. Haben Sie etwas bemerkt?«

»Ich hab Kerzen an, aber ich dachte, das ist erlaubt.« Lisbeth bat ihn herein und machte schnell die Musik aus.

»Klar ist das erlaubt. Obwohl es hier schon ein bisschen nach Schwarzer Messe aussieht.« Er blickte sich im leeren Hallenbad um und schüttelte den Kopf. »Ist da noch etwas anderes, riecht es verbrannt?« Sie gingen nebeneinander her durch die Wohnung und schnüffelten, schnüffelten auch auf dem Balkon. »Dann waren es wohl die Kerzen, der Anruf kam aus dem Hinterhaus, also ging es vermutlich um die Kerze im Badfenster.«

»Das tut mir leid«, sagte Lisbeth und blies die Kerze aus, die in der Dachschräge vor dem kleinen Fenster stand, »ich hab Ihnen Umstände gemacht. Muss ich das bezahlen?«

»Ach wo. Kommt öfter vor und hält fit. Lieber so, als dass es wirklich brennt.«

»Wollen Sie wenigstens ein Glas Fanta?«

»Das wäre nett.« Er musterte Lisbeth grinsend. Sie trug ihr Wuschelhaar offen und hatte ein hellblaues kurzes Kleid an. »Neu in der Stadt?«

»Merkt man das etwa?«

Er nickte mit dem Kinn in Richtung Hallenbad. »Ist noch ziemlich leer hier.«

»Ich bin erst seit vierundzwanzig Tagen hier. Aber ich schätze, das Zimmer kriege ich nie voll. Ich bin doch nur eine Person. Die Kerzen waren ein Versuch, es mir gemütlich zu machen.« Ihr war elend zumute.

»Das wird schon«, sagte er, trank aus, stellte sein Glas ab und ging zur Tür. »Ich muss los, aber wenn Sie in Not sind, stellen Sie einfach wieder eine Kerze ins Badfenster, dann komme ich.«

Lisbeth lächelte den netten Feuerwehrmann zum Abschied an, machte die Tür hinter ihm zu und blies in der gesamten Wohnung die Kerzen aus, sammelte sie ein und warf sie in den Mülleimer. Vom Austritt vor dem Hallenbadfenster aus sah sie zu, wie zwei Feuerwehrautos und ein Krankenwagen abfuhren. Das konnte doch nicht wahr sein! Das war ein echtes Abenteuer gewesen, oder nicht? Und er hatte gesagt, er würde im Notfall vorbeikommen. Sie holte eine Kerze wieder aus dem Mülleimer und stellte sie in ihr Bücherregal vor das Notheft (Nr. 9). Gut zu wissen, dass sie jetzt einen Feuerwehrmann hatte, zusätzlich zu ihrem Schaf, Tante Ruth und Tattoo-Paul. Na, wie hatte sie das gemacht?! Sie tanzte ein bisschen durch das Hallenbad, winkte rüber zu den Punks, aber die schauten nicht her. Lisbeth beschloss, zur Beruhigung noch ein paar Sudokus zu lösen – Sudoku war fast so beruhigend wie Zählen, aber Sudoku war im Gegensatz zu Zählen erlaubt, wurde sogar allgemein für förderlich gehalten – und dann ins Bett zu gehen.

Die Tage nach Lisbeths Abenteuer verliefen schon beinahe gleichförmig, was nicht schlimm war. So irre sich Abenteuer anfühlten – jeden Tag hätte sie das nicht erleben wollen. Lisbeth liebte ihr Gleichmaß: Morgens zu Fuß ins Büro, unterwegs einen Cappuccino bei Monsieur Chagall. Am

Abend machte Lisbeth große Bögen ums Telefon – nicht Tante Ruth anrufen, keinesfalls! –, räumte ihr Zimmer ein, schmierte sich ein Brot und stand dann auf dem Balkon an der Küche, schaute hinüber zur schweigenden Amsel und aß. Dann ging sie ins große Zimmer, um nach ihren Punks zu sehen, die Frau darunter schüttelte weiterhin mehrmals pro Woche etwas Graues aus. Lisbeth hatte festgestellt, dass sie sich etwas wünschen konnte, wenn die Frau ausschüttelte. Das schien vielleicht ein bisschen unwahrscheinlich. Aber Lisbeth hatte es getestet. Beim zweiten Mal Ausschütteln hatte sie eher zufällig gedacht, dass sie noch kaum jemanden kannte in Berlin, da war weiter rechts eine Frau ans Fenster getreten, die geschminkt war wie ein Stummfilmstar. Lisbeth hatte gewunken, die Frau hatte zurückgewunken. Seitdem wusste sie es. Jede Menge Regen war ihr schon erspart geblieben durch das Ausschütteln der Frau. Und einmal war sie spät dran gewesen, aber der Chef war an jenem Tag auch zu spät gekommen und hatte von Lisbeths Zuspätkommen nichts mitgekriegt.

Der Chef machte verlässlich jeden Tag etwas Schreckliches. Einmal zum Beispiel blieb er hinter Lisbeth stehen, als diese mit Torsten von Richard, Holger und Torsten telefonierte und ihm erklärte, wie sein Sohn sich für ein Praktikum bei *Fokus Fleisch- und Wurstwaren* bewerben konnte. »Das war aber jetzt kein dienstliches Gespräch«, sagte er, als sie aufgelegt hatte, und kam hinter ihrem Rücken förmlich hervorgekrochen. »Wenn das kein dienstliches Gespräch war, möchte ich Sie bitten, einen Euro in die Briefmarkenkasse zu tun und Privatgespräche künftig zu unterlassen.« Lisbeth kramte einen Zehn-Euro-Schein aus ihrer Brieftasche, hielt ihn dem Chef unter die Nase und steckte ihn in den Umschlag mit dem Geld für die Briefmarken. »Sie müssen das verstehen«, lispelte er, vermutlich in der Ahnung, zu weit gegangen zu sein. »Arbeitsmoral und Ordnung sind das A und O.« Am nächsten Tag wies er sie an, sein Auto, das in Wilmersdorf stehengeblieben war, abzuholen und vollzutanken, was Lisbeth zweieinhalb Stunden kostete, die sie dann unentgeltlich nachzuarbeiten hatte, weil Überstunden vom Chef nicht bezahlt wurden. »Sie wollen doch hier etwas lernen, Frau Ritter. Ich investiere sehr viel Zeit in Ihre Ausbildung. Zeit, in der ich nichts verdiene. Aber ich mache das gern, Frau Ritter. Es ist mir ein Bedürfnis, Ihnen etwas beizubringen.« Damit war das Gespräch für ihn beendet, und er legte auf.

Hätte er sie nicht am Freitag gebeten, ein paar Kulturtipps für die nächsten Hefte zu schreiben – sie hätte glatt gekündigt. Aber wie alle großen Diktatoren verstand es der Chef sehr gut, dräuende Aufstände schon vor dem Ausbruch niederzuschlagen. Und wie alle großen Diktatoren sah der Chef erbärmlich aus: Er hatte semmelblondes, verschnittenes Haar und war angezogen wie jemand, dem wegen einer saisonalen Gewichtszunahme seine Sachen nicht mehr passten und der, statt sich alles eine Nummer größer zu kaufen, einfach mal die ersten drei Januarwochen ein wenig zu enge Sachen anzog, bis seine Figur wiederhergestellt sein würde. Nur würde die Figur des Chefs niemals wiederhergestellt sein. Sie war unsichtbar geworden unter den nachgiebigen Massen des unnachgiebigen Mannes, der immer Verrat und Inkompetenz witterte und – ein bisschen feige war er auch noch – seine Mitarbeiter beinahe täglich per Mail oder SMS auf Linie zu peitschen pflegte. Das bekam Lisbeth am Samstagmorgen um 8 Uhr 3 zu spüren. Eine SMS. Vom Chef. Auf Lisbeths Feldbett. Wo sie nichts vom Chef haben wollte, kein Fitzelchen, kein Quäntchen!

Ich warte schon seit geraumer Zeit auf das Protokoll unserer Sitzung vom Mittwoch. Ich gehe davon aus, dass es am Montag 8 Uhr in meinem Postfach liegt. Buback

Sie schrieb zurück: *Bitte klären Sie dienstliche Belange in der Arbeitszeit. Ritter.* Schrieb sie natürlich nicht. Erst mal musste sie vor Schreck aufs Klo. Dann schrieb sie: *Geht klar.*

Einen Chef zu haben, war trotz der zahlreichen Nachteile etwas, das sie auf der Habenseite in ihrem in den Miesen befindlichen Leben notieren konnte. Lisbeth bekam von ihm nicht nur Geld, sondern zudem Struktur für ihren Alltag und sogar Bestätigung, wenn auch unbeabsichtigt. Gleich in Lisbeths zweiter Woche in der Redaktion, das fertige Heft lag schon beim Gestalter, beschloss der Chef, für fünf Tage zu verreisen, was Lisbeths außerirdische Kollegen veranlasste, krank zu werden, so dass sie allein in der Redaktion saß und nicht übel Lust hatte, die Bücher in dem Bücherregal hinter sich zu katalogisieren. Oder zu fliehen. Wenn nun jemand anrief? Zum Glück hatte sie gut zu tun mit ihren Kulturtipps für die nächste Ausgabe. Sie hatte ihre Purcell-CD mitgebracht und hörte Musik, während sie sich durch Websites und Info-Blätter wühlte und dann lässig aufschrieb, wohin man nächsten Monat in Berlin gehen musste, wenn man kein Kreuzberger war. Schließlich klingelte das Telefon. Lisbeth stellte die Musik lauter und schob einen Manuskriptstapel vor das Telefon, das sie nun nicht mehr sah. Aber sie konnte nicht vorgeben, es nicht gehört zu haben, so abgefeimt war sie nicht, der Chef traute ihr zu, den Laden zu schmeißen, also schmiss sie den Laden. Sie stellte die Musik leise, griff um den Manuskriptstapel herum und hob ab. Es stellte sich heraus, dass die große Fotostrecke geplatzt war, »sechs Seiten für'n Arsch«, sagte der Gestalter, »der Typ wollte einfach zu viel Geld, ich hab ihn angeschrien, ob er denkt, er ist Man Ray, und jetzt ist er weg.« Lisbeth hatte nicht übel Lust, ihrerseits den Gestalter anzuschreien, was sollte sie denn jetzt machen? Sie versprach, sich um die Sache zu kümmern. »Aber bis heute siebzehn Uhr muss ich was haben, sonst können wir die nächste Ausgabe vergessen«, sagte der Gestalter fröhlich. Lisbeth legte auf, rutschte theatralisch von ihrem grauen Drehsessel, als hätte man sie erstochen, und legte sich unter den Schreibtisch. Sie richtete sich noch einmal auf, um das Keilkissen von ihrem Stuhl zu ziehen, legte sich wieder hin und schob es sich unter den Kopf. Die Situation unter dem Tisch war auch nicht ganz unkompliziert, diese vier Dellen in dem schiefergrauen Teppich, die davon kündeten, dass der Tisch verrückt worden war – und zwar genau einmal, und zwar in Richtung Bücherregal –, lösten in Lisbeths Brust ein Druckgefühl aus. Sie drehte sich um und legte den Zeigefinger in eine der Dellen, zupfte darin, aber das Gewebe ließ sich nicht wieder aufrichten. Von dem Gewirr an Kabeln direkt vor ihrem Gesicht wurde ihr übel. Darmverschlingung, da musste man doch was machen können. Sie beschloss, nachher gleich den treulosen Doc anzurufen. Dann fiel ihr ein, warum sie unter dem Tisch war, sie drehte sich wieder auf den Rücken und schloss angesichts des hellen, lieblos verarbeiteten Holzes und eines Popels an der Tischkante die Augen. Als die CD durch war und Stille einsetzte, wachte sie auf und fühlte sich so weit gestärkt, nicht zu fliehen, sondern *Fokus Fleisch- und Wurstwaren* zu retten – egal was es kostete! Sie schob den Stuhl zur Seite und kroch unter dem Tisch hervor. Als sie ihren Stuhl zurechtrückte, um sich zu setzen, sah sie, wie im Treppenhaus gegenüber eine junge Frau rauchend am Fenster stand und interessiert zu ihr herschaute. Lisbeth griff in die Hosentasche, zog ein Taschentuch heraus und legte es auf den Tisch, jetzt dachte die Frau gegenüber hoffentlich, dass ihr das Taschentuch runtergefallen war und sie es aufgehoben hatte. Dass man angesichts von Problemen fluchtschlafen könnte, statt sie zu lösen, war den meisten Menschen unbekannt – das hatte Tante Ruth einmal angedeutet. Lisbeth musste sich wohl keine Sorgen machen, dass die Frau ihr das mit dem Taschentuch nicht glaubte. Und selbst wenn: Powernapping war DAS ganz neue Ding, im übernächsten Heft würde es einen Artikel über Stressbewältigung am Arbeitsplatz geben, in dem Powernapping vorkam. Lisbeth hatte sich eben kurz für die weiteren Aufgaben des Tages gestärkt, sie war auf der Höhe, ganz dicht dran an den Trends, seit sie bei *Fokus Fleisch- und Wurstwaren* arbeitete. Triumphierend blickte sie aus dem Fenster, aber die Frau war gar nicht mehr da. Lisbeth kochte sich einen Carokaffee und rief Paul an, der auch sofort eine Idee hatte für Lisbeths Fotostrecke.

Der Gestalter fragte: »Echt? Sind Sie sicher?«, als Lisbeth ihm das Material zumailte, aber angesichts der Tatsache, dass sie nur noch zwei Stunden hatten, ehe das Heft gestorben wäre – daher der Begriff Deadline, Lisbeth beschloss, das in ihrem Heft für Erkenntnisse und Erfahrungen (Nr. 2) zu notieren –, insistierte er nicht. Er legte ein Honorar fest, angesichts dessen am Abend von einer 24-jährigen Frau und ihren drei Mitbewohnern vermutlich Champagner getrunken werden würde, und machte sich an die Arbeit.

Die Kollegen kamen einen Tag vor dem Chef zurück. Lisbeth hatte beiden eine Kinderüberraschung auf den Schreibtisch gelegt, für die sich beide mit hochgezogenen Augenbrauen bedankten. Am gleichen Tag wie der Chef kam das neue Heft. Er ließ einen Schrei los, und Lisbeth, die dachte, es wäre etwas passiert, eilte hinüber, wo der Chef in der Mitte des Raumes stand, die rechte Hand mit dem Heft hochriss und schrie: »Handarbeitsfotos? Gestrickte Blutwurst? Gestrickte Schnitzel-Topflappen? Sind Sie völlig bescheuert? Wir machen hier in Fleisch und nicht in Menopause, verstanden?« Lisbeth wollte etwas sagen, aber da schrie er: »Raus!!!!!!!!!!!!!« Im Büro wartete eine Mail auf sie. *15 Uhr in meinem Büro. Buback.* Lisbeth nahm das Poster von der Wand, legte die Stecknadeln in ihre Brieftasche und räumte ihr Büro insgesamt so auf, dass sie nachher nur noch ihre Tasche nehmen und gehen musste. Dann setzte sie sich ans Fenster, legte die Füße aufs Fensterbrett und hörte leise Purcell.

14 Uhr 30 bekam der Chef einen Anruf vom Verleger des Blattes. Lisbeth stellte durch, hörte, wie sein Stuhl über das Parkett schabte, das nur er im Büro hatte (alle anderen hatten ebenfalls diesen stockfleckigen grauen Teppich), sie sah förmlich, wie er Haltung annahm, sie roch förmlich seine Angst. Aber dann wurde, leider konnte Lisbeth nichts verstehen, lebhaft und freundlich geplaudert, und zwar siebenundzwanzig Minuten lang. Als Lisbeth auf die Sekunde

genau um drei in das Büro vom Chef kam, legte er gerade auf, unter den Achseln hatte sein hellblaues Hemd tellergroße Schweißflecken, und er sah aus, als hätte Rudi, der Schäferhund der Könnecke, ihn einmal quer durchs Dorf und wieder zurück gehetzt. Er schaute Lisbeth fragend an und ließ sich kraftlos auf einen Stuhl sinken.

»Es ist 15 Uhr 2«, sagte Lisbeth.

»Ach so, ja«, er fuhr sich durchs Haar, »würden Sie mir einen Kaffee kochen?«

»Sonst noch was?«, fragte sie, als sie ihm den Kaffee hinstellte.

»Nein«, sagte er.

Um 16 Uhr 59 rief der Gestalter an, um ihr zu erzählen, dass der Verleger hingerissen gewesen war von ihrer Fotostrecke, die dem ganzen Heft Jugendlichkeit und Frische – »ja, das hat er gesagt, Jugendlichkeit und Frische« – verliehen hätte. »Ich arbeite jetzt seit fünf Jahren für dieses Wurstblatt, und der Verleger hat noch nicht einmal irgendwen oder irgendwas gelobt. Darauf können Sie sich echt was einbilden. Obwohl Buback ja behauptet hat, es wäre seine Idee gewesen. Aber ich hab das richtiggestellt. Ehre, wem Ehre gebührt, Frau Ritter.«

Lisbeth freute sich und Paul auch, als sie ihm am Telefon von ihrem gemeinsamen Erfolg erzählte. Aber dann musste sie sich erst mal hinlegen und schlief glatt 12 Stunden und 13 Minuten durch. Der Chef war wirklich eine Belastung. Aber schon am nächsten Tag war er wie immer, und Lisbeths Job war auch wie immer. Und nach zwei Tagen konnte sie sich kaum mehr vorstellen, dass es in dieser Redaktion je einen spannenden Moment, eine herausfordernde Aufgabe gegeben hatte.

Drei kleine Schritte vorwärts

So waren wie im Fluge 28 Tage vergangen, der Juni hatte angefangen. Wenn Lisbeth Sehnsucht nach ihrem Schaf Paul hatte, und das war jeden Tag – Tante Ruth hatte ihren Standpunkt zu diesem Thema mehr als deutlich gemacht, deshalb brauchte man bei ihr gar nicht anzurufen, und Paul hatte naturgemäß keinen eigenen Anschluss –, hatte Lisbeth sich angewöhnt, Tattoo-Paul anzurufen und pseudomäßig irgendwas zu Berlin zu fragen. So kam es, dass sie mindestens zweimal täglich mit ihrem neuen Kumpel telefonierte, der sich manchmal zu wundern schien, wie er da reingeraten war. Und wenn sie, was immer wieder vorkam, wütend auf Tante Ruth und deren beispiellose Grausamkeit war, ging sie ins Hallenbad, trat ans Fenster und sagte dem Fernsehturm mal so richtig die Meinung. Sie arbeitete, sie aß Leberwurstbrot. Sie schlief. Damit nicht alles schon wieder feststand und festgefahren war wie in Bückschitz, hatte Lisbeth gestern beim Wochenendeinkauf die Blonde vom Edeka überrascht. Drauf gekommen war sie, weil die Blonde sie überrascht hatte, indem sie plötzlich weiß war statt blond. Über Nacht gealtert, weil keine Zigaretten im Haus waren oder weil ihr aufgegangen war, dass sie nicht das Leben lebte, das sie sich einst gewünscht hatte? Vermutlich war sie einfach mit der Blondiercreme auf dem Kopf eingeschlafen. Zum Glück hatte sie keine Zigarette im Mund gehabt beim Einschlafen, weil die ja alle waren, sonst hätte sie glatt das Haus abbrennen können, und dann hätte sie auch keine Chance mehr gehabt, wenigstens den Rest ihres Lebens so zu gestalten, wie sie sich das wünschte. Jedenfalls hatte Lisbeth – alte Jungfer, gestört, ernährt sich von fettigem Industriekram, Carokaffee und Fanta – beschlossen auszuscheren und mal was Irres zu kaufen. Sie hatte sich für eine Kaktusfeige entschieden, deren fadendünne Stacheln noch am nächsten Tag in ihren Fingern stecken würden, aber das wusste sie da zum Glück noch nicht, dazu eine Flasche Martini und Kondome. Doch die Blonde hatte sich unbeeindruckt gegeben und nur stoisch die Preise eingetippt, bei der Kaktusfeige musste sie nachgucken. Wahrscheinlich tat ihr der verätzte Kopf weh.

Für diesen Samstag war Lisbeth mit Paul verabredet. Sie hatten sich eine ganze Woche nicht gesehen. Am Vortag war er auch telefonisch nicht zu erreichen gewesen, er war auf ein Punk-Konzert in die Provinz gefahren. Er wollte mit ihr für die Hausversammlung kochen, auf der über die Zukunft des Kampfhundes Dagmar entschieden werden sollte und zu der er Lisbeth kurzerhand eingeladen hatte, und er wollte ihr ein paar alte Balkonmöbel bringen, damit sie nicht mehr neben der Amsel stehen musste. Abendessen im Stehen war das Letzte, sagte Paul, und was sie so aß sowieso.

Lisbeth stand um 8 Uhr 13 auf, trank auf dem Balkon neben der schweigenden Amsel Carokaffee, ging in ihr Hallenbad von Wohnzimmer und legte Purcell auf. Leider war die Kleiderfrage noch nicht gelöst. Sie hatte nur das eine Set an Trainingshose, Turnschuhen, zerrissenem Shirt. Sie brauchte dringend neue Umzugsklamotten. Fürs Kochen zog sie erst mal eins der zwei Kleider von Tante Ruth an und wurde das Gefühl nicht los, dieses marineblaue Ungetüm sei ihr mit einer gewissen Absicht geschenkt worden, ein Korsett, das verhinderte, dass Lisbeth in sich zusammenfiel, jegliche Form verlor, auslief, auf den Grund des Beckens im Hallenbad tropfte. Unten hupte es. Sie nahm die Schlüssel, ging zur Tür hinaus, schloss ab, rannte die ersten 7 Stufen hinunter, rannte zurück, um zu gucken, ob sie abgeschlossen hatte, und rannte dann ganz hinunter. Auf der Straße stand Paul, neben sich drei dunkelblaue Klappstühlchen, von denen die Farbe abblätterte, und ein Tisch. Er lehnte am schrottigsten Auto, das sie je gesehen hatte, und dem gelbsten und dem dreckigsten. Aus den Lautsprechern kam unfassbar laut Punk. Sie umarmte ihn kurz – er stank nach nassem Hund, dabei war er sonst fast zwanghaft, was seine Körperpflege anging.

»Mach mal leiser. So autonom bin ich dann doch noch nicht, dass mir meine Nachbarn egal wären«, versuchte sie einen Witz.

»Bin ich dir peinlich?«, fragte er lauernd. Er duckte sich und sah plötzlich feindselig aus.

»Nee. Ich mir selbst, guck dir mal mein Kleid an.«

Er grinste und stellte zum Glück die Musik leise, dann trugen sie gemeinsam die Möbel nach oben. Lisbeth hätte sich am liebsten gleich mal zur Probe hingesetzt, aber Paul drängelte.

Unterwegs, er fuhr wie ein Henker, zeigte Paul immer wieder nach rechts und links und erzählte begeistert, wer in den Achtzigern wo gewohnt hatte und wo der Betreffende jetzt war. Es wechselte zwischen *Knast*, *Klapse*, *tot*. Entweder wollte er sich wichtigmachen, oder es hatten tatsächlich nur er selbst und seine Hausgemeinschaft überlebt.

»Hier, bisschen was zum Krümeln, Liebeleinchen«, sagte er und hielt ihr eine kleine Pappschachtel hin. »Ist das Auto der Hausgemeinschaft, kannste reinkrümeln, ist mir egal!« So sah es auch aus, leere Bierflaschen, Snickerspapier, Taschentücher, Lisbeth drehte sich um, hinten zwischen Sitz und Lehne steckte, glänzend wie angeleckt, ein lila Slip, daneben etliche Zeitungen, eine alte Decke und ein riesiger schwarzer Hund. Ein Hund!!!!!!!!!!?????

»Jetzt hyperventilier mal nicht. Was hätten Maria und Stefan denn machen sollen? Ehe die Hausgemeinschaft sich zu einer Entscheidung durchringt, hat längst eine Oma das Vieh aus Mitleid aus dem Tierheim geholt, und weil sie sich nicht auskennt, wird sie zehn Tage später mit zerbissenem Gesicht und abgenagten Knochen aufgefunden. Das wollen wir doch nicht! So ein Hund braucht eine feste Hand. Bei Maria und Stefan ist der gut aufgehoben. Damit er ein Notquartier hat, hab ich mich die ganze Woche für det Auto eingetragen, muss nur immer mal fahren, damit die Sache nicht auffliegt, wir waren schon Blumenerde holen, einmal Plänterwald und zurück, gestern das Konzert. Und bevor wir kochen, machen wir drei noch eine kleine Spritztour zusammen. Heute Abend wird det Viech hoffentlich legal gemacht. Ich bin zu alt für krumme Dinger.« Der Hund, der offensichtlich merkte, dass es um ihn ging, stand inzwischen, die Hinterbeine waren auf dem Sitz, der Schwanz wedelte, mit den Vorderbeinen hinter Lisbeth und hatte seine Schnauze so dicht wie möglich an der Keksschachtel. Lisbeth hielt es für eine gute Idee, von den Keksen abzugeben. Der Hund wirkte nämlich recht martialisch, er hatte einen breiten Kopf, ein Ohr war angebissen, und über dem einen Auge hatte er eine lange Narbe. Sie reichte ihm einen Keks, er nahm ihn vorsichtig und mit einem Seufzer.

Keine 9 Minuten später hielten sie. »Rundfahrt beendet!«, krähte Paul, »allet aussteigen, außer dir, Köter, wir wollen doch nicht, det du denen die Hühner reißt!«

Während der schwarze Hund in dem gelben Auto vermutlich die restlichen Kekse verzehrte, nahm Paul Lisbeth beim Arm und führte sie auf einen Kinderbauernhof. Mitten in Kreuzberg, wie Lisbeth überrascht feststellte, nicht weit entfernt von ihrer Wohnung!

»Hallo, Karlchen, wie isset? Ich hab 'ne Schaf-Verrückte dabei«, begrüßte er einen pummeligen Mittfünfziger im Blaumann, der in der Sonne saß, einen winzigen schwarzen Hahn auf dem Schoß. Paul gab ihm eine Keksschachtel. Der Mann erhob sich ächzend. »Schön, dass du vorbeikommst. Heute ist rein gar nichts los. Dank dir, Paul.« Dann ging er, den Hahn unterm Arm, in das kleine Hüttchen hinter sich und kam mit Karottenstreifen wieder heraus. »Die werden nicht so gern gestreichelt, aber gefüttert schon«, sagte Karlchen. Lisbeth und Paul gingen, in sicherem Abstand gefolgt von einer Entenschar, nach hinten, wo Lisbeth schon vier Schafe grasen sah. Schafe! Und eins davon war schwarz! Während sich die anderen mit den Karotten bestechen und streicheln ließen, blieb das schwarze, wo es war. Es war dünner als die anderen. Seine Augen schienen besonders weit auseinanderzustehen, und es hatte ein schwarzes Kästchen über der grauen Nase. Lisbeth verliebte sich sofort. »Das ist Leslie«, der pummelige Mann war hinter sie getreten, »die ist eigen, die redet nicht mit jedem.« Während er den Hahn streichelte, rief er Leslie heran, die zögerlich angestakst kam, den Kopf schräg legte und zu ihnen hochschielte. Als hinten am Zaun vier Jungs in der Erde zu graben anfingen, übergab er Lisbeth den kleinen Hahn, der empört mit den Augen rollte, murmelte angewidert, dass die Jungs ihre tote Schildkröte ausgruben, die sie dort vor 2 Monaten feierlich beerdigt hatten, dann schritt er überraschend autoritär ein. »Wir wollen doch nur gucken, ob der Alexander in den Himmel gekommen ist«, sagte der Kleinste von ihnen empört, aber Karlchen hatte ihm schon den Spaten abgenommen und scheuchte sie nach vorn, Kekse essen.

Paul half Karlchen beim Ausmisten, die beiden beratschlagten, wie man an Spenden für den Bauernhof kommen könnte. »Tierpatenschaften«, schlug Paul vor und nickte in Richtung Lisbeth, die, den Hahn im Arm, schon eine halbe Ewigkeit verliebt Leslie anguckte. Das schwarze Schaf hatte sich wieder in die hinterste Ecke verzogen, während alle anderen sich streicheln ließen. Als Leslie ins Schafhäuschen trottete, trottete Lisbeth los zum Supermarkt, Kekse für die Gäste kaufen, die heute hoffentlich noch kommen würden.

Nach dem Besuch bei Karlchen – der Hund schlief, als sie zum Auto kamen – machten sie quietschend und scheppernd in der Köpenicker halt. »Wir brauchen Petersilie«, sagte Paul, »bei deinem Kumpel Paul lernst du mal was anderes kochen als Leberwurstbrot, Liebelein.« Hinter dem Gebrauchtwagenacker arbeiteten sie sich – diesmal mit dem Hund – durch Gestrüpp und Schutt, und kurz vor dem Fluss, ganz in der Nähe des Clubs, wo sie am Lagerfeuer gesessen hatten, lag mitten auf der Wiese ein kleiner Garten. »Spreeufer für a-ha-ha-lle, ihr Penner!«, rief Paul mit ausgebreiteten Armen, lachte und ging aufrecht und beschwingt zu seinen Tomaten, die, allesamt noch grün, ordentlich angebunden in Reih und Glied standen. Nur war das hier nicht Tante Ruths Gemüsegarten, sondern eine Stadtbrache, wo Scherben und Müll rumlagen und wo vermutlich auch die eine oder andere Ratte huschte. »Da staunste, was? Das war meine Idee. Das ist allein meins. Du hast gedacht, der kann nix. Haste gedacht. Und jetzt siehst du, was für eine geniale Idee ich hatte. Ich meine, geniale Ideen haben ja viele, gerade in Berlin, aber ich setze die dann auch um, mit Blut, Schweiß und Sperma. Jeden Tag bin ich hier, jäte und gieße, guck, da drüben hinter den Betonteilen sind Gartenzeugs und Dünger. Riech mal, komm!« Lisbeth roch am Lavendel, der Hund roch auch am Lavendel. Dann ging er zur Seite, um zu pinkeln, während Paul Lisbeth einen Zweig ins Haar steckte. »Aber jetzt erst mal Petersilie für den Couscous. Die Tomaten sind ja noch nix.«

Sie kamen gleichzeitig mit Karin, der Hebamme, bei Pauls Haus an. Lisbeth hatte dem Hund, der im Auto bleiben musste, zum Abschied erklärt, dass seine Chancen gut standen – schon weil seine Feindin Babsi G-Punkt so sagenhaft unbeliebt war. Doch er hatte nur traurig ihre Hand geleckt. Während Lisbeth in der Küche die Petersilie hackte und Paul ihnen Musik aussuchte, goss Karin Wein ein. Sie trug einen silbergrauen Hosenanzug und sah sehr elegant aus, bestimmt hatten ihre langen blonden Haare wie Lisbeths 100 Bürstenstriche bekommen, aber so strahlende Augen und das Grübchen am Kinn bekam man nicht an sich rangebürstet. Lisbeth schaute mit zusammengekniffenen Augen an der langbeinigen Karin hoch und dachte sich: *Aha, so sieht also eine Frau aus, das ist aber schön, so eine Frau ist etwas sehr Schönes.*

Karin schien von Lisbeths neidvoller Anbetung gar nichts mitzubekommen. Ungerührt goss sie Rotwein abwechselnd in den Topf und in ihren Mund. »Na, Paul, wirst du auf deine alten Tage jetzt DJ? Hilf mir mal lieber. Ran an den Speck!«

»An deinen? Das wär mal was für einen ausgehungerten, alten Vegetarier.«

Giggelnd schob Karin Paul zur Seite, der streifte sich eine Schürze mit Maggi-Aufdruck über und drückte auch Lisbeth eine in die Hand.

»Du machst Hummus, und nein, wir haben keine Zeit, die Kichererbsen zu zählen, die da reinkommen.«

Lisbeth überhörte die Bemerkung und probierte eine von den Kichererbsen, die Paul über Nacht eingelegt und dann gekocht hatte. »Schmeckt wie schlechte Laune.«

»Wenn du zu viel davon isst, und das wirst du, das schwöre ich dir, dann riechst du aus jedem Knopfloch, aber nicht nach schlechter Laune«, sagte Paul, und Karin lachte, »mach mal Hummus aus den Erbschen, da ist das Rezept. Wirst sehen, die haben Potential.«

»Kann ich mir nicht vorstellen.«

»Und außerdem ist da irgendwas drin, was Frauen verrückt macht. Scheiß auf Diamonds, Frauen kriegt man mit Hummus rum.«

»Na, das ist ja gut zu wissen.« Karin und Lisbeth nahmen jede einen guten Schluck vom Kochwein.

»Klappe halten, arbeiten.«

»Aye, aye, Sir«, kicherte Karin, und Lisbeth salutierte mit der Flasche.

Lisbeth pürierte die Erbsen, gab zwischendurch Olivenöl dazu und dann Tahin, das genauso muffig schmeckte wie die Erbsen. Und trotzdem – auch ohne viele Gewürze ergab das Ganze am Ende eine köstliche Paste. Das Schlechtgelaunte darin war zwar noch zu schmecken, aber es war besänftigt und abgemildert – getröstet gewissermaßen.

Während Lisbeth Paprika schnippelte, beobachtete sie, wie Paul und Karin eine Art Paarungstanz umeinander vollführten. Karin war erheblich größer als Paul und üppiger, weicher, aber sie verhielt sich respektvoll, beinahe bewundernd, während Paul sie umsorgte, ihr den Pony aus der Stirn strich, ihr Tee eingoss. Als Lisbeth aufs Klo musste, sah sie an der Stirnseite der hellblauen Badewanne ein A2-Foto von einer viel jüngeren Karin auf einer Vespa. Lisbeth wusch sich die Hände mit Grüner-Apfel-Seife, legte wie die Karin auf dem Foto den Kopf leicht schräg und zog einen Schmollmund. Sie schaute sich noch ein bisschen um in dem Bad, sieben verschiedene Schaumbäder!, dann ging sie zurück in die Küche.

Während sie den Teig für die Quiche ausrollte, hielt Paul ihr eine Dose mit Currypulver unter die Nase und krächzte triumphierend: »Los, du Genie, sag mir, welche Gewürze da drin sind. Darauf kommt es nämlich an im Leben: Duft! Geschmack! Auf deine Korinthenzählerei scheißick doch.« Und als sie zum wiederholten Male Knoblauch schälte, hielt er ihr grüne Blätter unter die Nase und befahl: »Kosten.« Am Ende war sie ganz besoffen von der Kocherei (und dem Kochwein) und musste sich erst mal hinlegen. Während Paul und Karin das ganze Essen in Schüsseln und auf Tellern anrichteten, verzog sie sich ins Wohnzimmer auf die Couch.

Paul hatte sie zu spät geweckt – aber immerhin mit einer Tasse starkem Carokaffee mit Kardamom –, so dass sie nicht mehr heimkonnte und sich in ihre Umzugsklamotten werfen, ehe die Hausversammlung anfing. Na gut, würde sie halt heute Abend im Hochgeschlossenen als eiserne Jungfrau gehen. Stimmte ja irgendwie auch. Nicht dass sie noch keinen Sex gehabt hätte. Aber die paar Mal waren nicht der Rede wert gewesen. Das ganze Gezerre und die vermeintliche Ekstase hatte sie irgendwie befremdlich gefunden und ziemlich bald beschlossen, das mit dem Sex aufzuschieben für spätere Zeiten (wie zum Beispiel auch die Lektüre von Proust und, schon aus finanziellen Gründen, Besuche in der Oper). Viel bedeutsamer als der ganze Sex waren für sie ohnehin 7 kleine Küsse gewesen, die sie sich an einem einzigen Nachmittag – sie war damals siebzehn – von einem Jungen widerspruchslos hatte gefallen lassen, von dem sie nicht viel mehr wusste, als dass die anderen Jungs ihn Drops nannten und dass sie ihn nie wiedergesehen hatte.

Pauls Hinterhof war eigentlich ein Garten, riesig, verwunschen (beziehungsweise ungepflegt), mit einem großen blauen Tisch an der linken Seite, daran drei Bierbänke und etliche weiße Plastikstühle. Dahinter gab es neben einem rostigen alten Ofen eine Feuerstelle, in der Holz aufgeschichtet war. Rechts unter einem Apfelbaum war auf einem Tapeziertisch das Buffet aufgebaut. Als Paul, Karin und Lisbeth unten ankamen und die Schüsseln und Servierplatten abluden, waren die meisten Hausbewohner schon da. Sofort sprangen alle auf, stellten ihre Bierflaschen zur Seite, gaben ihre Kippe jemandem zum Halten, schnappten sich einen Pappteller und machten sich über das Essen her. »Das Buffet ist eröffnet«, sagte Paul leise und ging den Hund aus dem Auto holen.

Lisbeth hatte sich etwas abseits auf einen verschlissenen weißen Gartenstuhl gesetzt und betrachtete die Szenerie. Nicht weit von ihr saß der Hund unter einem Gebüsch und betrachtete seinerseits die Szenerie. Lisbeth hob kurz die Hand, aber er reagierte nicht. Kein Wunder nach dem Stress. Schon allein die Vorstellung, eine geschlagene Woche in einem Auto übernachten zu müssen, machte Lisbeth ganz fertig. Sie nahm einen tiefen Zug von der Zigarette, die Stefan ihr in die Hand gedrückt hatte, bevor er zum Buffet gestürzt war, hustete, lehnte sich zurück und schaute in den Himmel, der sich schon wieder violett zu färben begann. Berliner Tage waren irgendwie kürzer als die in Bückschitz.

Alle aßen gierig und redeten mit vollem Mund durcheinander. Und einerseits gefiel Lisbeth ganz gut, dass sie abseits saß und in die Luft guckte, andererseits hatte sie so eine Ahnung, dass sie wohl immer abseits sitzen würde. Aber irgendwie war das auch toll: Zuhören, von Zeit zu Zeit angelächelt werden. So viele Leute und ein Hund, die sie auf eine unkomplizierte Art, die nichts forderte, zu mögen schienen. Sogar Tante Ruths Uniformkleid war gelobt worden, Maria, die als Schneiderin arbeitete, hatte doch tatsächlich nach dem Schnitt gefragt.

Es dämmerte bereits, das Feuer loderte, als der Mann mit dem rotbraunen Pelzstirnband sich erhob und das Wort ergriff. »Wenn Grizzly-Manne uns heute sehen könnte, er wäre sicher erleichtert, dass wir noch einmal zurückfinden zu dem, was wir uns auf die Fahnen geschrieben haben, als wir die Hausgemeinschaft 1983 gegründet haben.«

»Auf Grizzly-Manne!« Bewegung kam in die Gruppe. ~~19~~ Viele hoben ihre Flasche, ~~6~~ einige – darunter Lisbeth – ihr Weinglas, zwei küssten sich und kriegten nichts mit.

»Manne würde nachher das Feuer auspissen, der war immer der Letzte, der noch stehen konnte«, sagte einer und lächelte still in sich hinein.

Der mit dem Pelzstirnband forderte Maria und Stefan auf, den Hund zu holen. Die beiden zogen sich jeweils einen Stuhl in die Nähe des Tisches, und der schwarze Hund, der zu wissen schien, dass es um alles oder nichts ging, blickte entsprechend harmlos drein. Er gab keinen Ton von sich und ließ sich auf Fingerzeig zu ihren Füßen nieder. Maria bedankte sich, dass alle zum Plenum gekommen waren, und erzählte erst Dagmars schreckliche Lebensgeschichte und dann, wie sie sich im Tierheim – eigentlich hatten sie nach einem Meerschweinchen für Marias Nichte geschaut – in den Hund verliebt hatten. »Ja, komm mal her, komm her, du süßer Fratz«, säuselte da eine magere Frau unbestimmten Alters, in der Lisbeth die erkannte, die am Lagerfeuer ihre Brüste gezeigt hatte. Sie beugte sich vor und schaute begehrlich auf den Hund. Der wandte den Kopf zu Maria. Auf ein knappes Handzeichen hin stand er auf und ging gemächlich rüber zu der Frau, setzte sich vor sie hin und hob eine Pfote. Das war für die anderen *das* Zeichen. Sie scharten sich um den Hund, streichelten ihn und redeten mit ihm, als wäre er irre.

»Frag nicht, wie lange wir das trainiert haben«, flüsterte Paul, der jetzt auf Lisbeths Stuhl gestützt hinter ihr stand und herzhaft gähnte. »Det Viech interessiert sich eigentlich nicht für Menschen. Die hat die Taschen voller Leckerli, sonst hätte der Köter sich keinen verschissenen Zentimeter zu ihr hin bewegt.«

»Geschweige denn zirka 396«, sagte Lisbeth und nickte ernst.

»Weissse, Liebchen, der Clou an der Geschichte ist nicht unbedingt die Maßangabe«, Paul legte eine Hand auf Lisbeths Kopf und ließ sie da liegen, »sondern dass dein Kumpel Paul det ganz geschickt eingefädelt hat, dass hier alle Frauen feuchte Höschen kriegen vor Rührung und mit Kusshand einen Kampfhund bei uns einziehen lassen. Det ist total subversiv. Ich zerstöre diese verlogene, verrottete Gemeinschaft von innen – oder sie gesundet an mir. Aber ich fürchte, dafür isses eh zu spät. Ich mach's nicht mehr lange.«

Lisbeth nahm Pauls Hand von ihrem Kopf und drehte sich zu ihm um. Spinnte, spann, sponn der? Ja, der grinste.

Jetzt ergriff der Mann mit dem Pelzstirnband noch einmal das Wort. »Genug gestreichelt. Das arme Tier. Setzt euch hin.« Widerwillig ließen die Leute von dem Hund ab, der wieder zu Maria trottete und sich seufzend vor ihre Füße legte. Jetzt war es so weit. Babsi G-Punkt, heute in schweren schwarzen Boots und ganz in roter Spitze, was echt nicht gut aussah zu ihren pinkfarbenen Haaren, stand auf. »Wir haben bei der Gründung beschlossen, keine Tiere zu halten. Ist das alles nichts mehr wert? Kreuzberg geht im Kommerz unter. In der Oranienstraße macht demnächst ein Supermarkt auf, gleich neben dem Hostel, das da entsteht. Die Waldemar, Keimzelle für alles, was uns wichtig ist, ist mittlerweile ein Gewerbehof. Ich bestehe darauf, dass wenigstens wir, wir ...«, sie war lauter geworden, hob die Faust in die Luft und kiekste, »... unseren Grundsätzen treu bleiben.« Vereinzelter Applaus. Babsi G-Punkt setzte sich kerzengerade auf ihren Stuhl, drehte sich zu den anderen um, nickte stolz und fuhr sich durch den pinkfarbenen Filz auf ihrem Kopf.

»Du bist so selbstgerecht, ich könnte kotzen!« Die schöne Karin war aufgestanden und hatte sich, die Hände in den Hüften, vor den anderen regelrecht aufgebaut. »Habe ich dich letztens Döner essen sehen? Totes Tier? Und das an deinen Füßen sind Lederstiefel, oder? Du verrätst unsere Grundsätze und Ideale tagtäglich. Sei du bloß still!« Babsi wollte etwas erwidern oder sich auf Karin stürzen, das war nicht ganz klar, aber ein Mann mit grauen Dreadlocks drückte sie kurzerhand auf ihren Stuhl zurück, wo sie leise noch ein bisschen weiter vor sich hin schimpfte. Nun stand Maria wieder auf und erklärte, dass sie den Hund ja nicht zu Gefangenschaft verdammen wollten. Im Gegenteil: Dagmar sei zwölf Jahre alt, habe ein beschissenes Leben gehabt, mit Verwahrlosung, Hunger und Brutalität, und solle nun bei ihnen ihr Gnadenbrot bekommen.

Erneutes Stimmengewirr, offensichtlich war man sich nicht einig. Paul, der wieder hinter Lisbeth stand, flüsterte ihr ins Ohr: »Außerdem wäre die Tödliche Dagmar der perfekte Therapiehund für diese Horde frühvergreister Punks und Penner. Ich nehme mich da gar nicht aus. Ich will ein Haustier.« Damit wandte er sich ab und ging zum Feuer.

Der Alte mit dem Pelzstirnband schlug eine zehnminütige Pinkelpause vor, danach werde er die Beschlussfähigkeit des Plenums feststellen, und man könne abstimmen.

Die Leute standen in Grüppchen beieinander, tranken Bier und diskutierten, Lisbeth wollte gerade zu Paul gehen, da platzte ein großer, kraftstrotzender Hüne in den Hinterhof. Er trug hellblaue Jeans und ein weißes Leinenhemd, aus dem am Kragen dunkles Brusthaar quoll, in der Hand hatte er einen Barhocker. Das Stimmengewirr verstummte augenblicklich. Die Frauen warfen begehrliche Blicke auf ihn. Auch Lisbeth warf begehrliche Blicke, ihr war selbst nicht ganz klar, wieso. Der Typ schleuderte seinen Barhocker ins Feuer und prahlte, dass er in der Hölle Stress gehabt und zur Strafe den Barhocker mitgenommen habe. Ehe der Hocker Feuer fangen konnte, zog Paul ihn heraus und stellte ihn ein Stück abseits. Lisbeth sah sich nach dem Typen um, aber der war schon wieder weg.

3 Gläser Wein später war die Aufnahme von Kampfhund Dagmar in die Hausgemeinschaft beschlossene Sache (mit zwei Gegenstimmen). Weitere 3 Gläser Wein später saß Lisbeth auf einer Bank am Feuer, und rechts von ihr starrten nur noch 7 Versprengte in die Flammen. »Aus-pissssn …«, der ganz außen versuchte aufzustehen und kippte zur Seite.

Ein großer Schritt zurück

Die Amsel weckte Lisbeth, da war die Sonne noch nicht aufgegangen. Wie kam sie samt Feldbett auf den Balkon? Und wieso sang die Amsel, die bis jetzt geschwiegen hatte? Sehr mysteriös. Sie schlich in die Küche, kochte eine Kanne Kaffee, trank eine halbe Flasche Wasser und schlich mit dem Kaffee wieder zurück ins Bett. Die Amsel sang, ein rotes Flugzeug flog tuckernd zum Fluss, und Lisbeth schlief ~~bis 9.34 Uhr durch~~ noch einmal ein. Nach dem erneuten Aufwachen sah sie sich nicht in der Lage aufzustehen. *Ich sehe mich nicht in der Lage aufzustehen, dabei ist das ganz klar die nächste Tätigkeit nach dem Aufwachen, die man auch nicht überspringen kann, um zum Beispiel zu frühstücken.* Tante Ruth würde diese Nachlässigkeit nicht gutheißen. Aber Tante Ruth war nicht da und wollte auch nicht angerufen werden. Also genehmigte Lisbeth sich noch durchzuzählen, was so am Himmel war (78 Objekte), dann war es 10 nach 10, und sie stand einfach so auf. Sie wählte Tante Ruths Nummer bis auf die 7 am Schluss – und legte wieder auf. Nachdem sie ein Butterbrot gegessen hatte, schaute sie in ihrem Hallenbad aus dem Fenster – die Punks saßen mit dem Rücken zu ihr und sahen fern –, dann durchmaß sie den Raum diagonal (27 Schritte) und umrundete ihn (42 Schritte), dann dachte sie, dass das so nicht weitergehen konnte, sonst finge sie noch an, das Parkett zu zählen. Wieder am Fenster, machte sie im Kopf eine Liste von positiven Aktivitäten für diesen heutigen Sonntag, an dem sie nicht ins Büro durfte. Als sie 24 Positionen zusammenhatte, zwang sie sich, aufzuhören. Zumal fraglich war, ob *Sudoku, Schach gegen mich selbst* und *100 englische Wörter lernen* in ihrem Fall positive Aktivitäten waren. Ganz zu schweigen von *Inventur meiner Habseligkeiten* – denn 38 949,5 Teile kamen ihr schon die ganze Zeit zu viel vor. Vielleicht müsste sie doch noch mehr Dinge zusammenfassen, also zum Beispiel von den Reißverschlüssen nicht jedes Zähnchen zählen, sondern den ganzen Reißverschluss als eins nehmen, was ja irgendwie naheliegend war, wenn man bedachte, dass die Zähnchen nicht einzeln existierten, sondern nur im Gesamtverband Reißverschluss. Andererseits müsste sie dann wiederum jede Linse, jedes Reiskorn einzeln zählen, weil die schließlich einzeln existierten … Also strich sie im Kopf kurzerhand 23 Punkte wieder aus. Übrig blieb: *Stadt erkunden.*

Unten beim Bäcker, wo Lisbeth sich ein Croissant für den Weg holte, saß die Blonde vom Edeka und aß einen Windbeutel – neben sich in einem Hochstuhl ein mürrisches, blasses Kind, das auch einen Windbeutel aß. Angesichts dieser ungeheuren Verdichtung von Tristesse und Depression in einem Raum wusste Lisbeth plötzlich nicht mehr, ob sie wirklich bereit war für diesen Sonntag.

Die Blonde hatte immerhin ein Kind. Lisbeth dagegen hatte niemanden mehr außer einer scheinheiligen Amsel, und sie überlegte schon, ob sie die paar Schritte zurückgehen und vielleicht doch auf dem Balkon neben der Amsel Schach spielen sollte, aber dann fiel ihr ein, dass die Amsel den Tag über woanders war, nur morgens und abends kam sie vorbei. Und aufgeben galt sowieso nicht. Die Blonde hatte fast schon aufgegeben. Lisbeth wollte nicht wissen, welche Anstrengung es die Frau gekostet hatte, heute Morgen ihren aus dem Leim gegangenen Körper in einen ehemals weißen Kunstfaserpullover zu zwängen, sich mit dem Kamm durch die strohigen Haare zu fahren, dem Kind eine frische Windel umzubinden und sich die paar Schritte bis in diese türkische Kuchenoase zu schleppen, wo der Erdbeerkuchen einen Boden aus Hefeteig hatte und wo sie jetzt hockte und vor sich hin stierte. Vor Schreck kaufte Lisbeth zu dem Croissant gleich noch ein Stück Mohnkuchen, den sie total gern aß, aber eigentlich nie kaufte. Auf der Straße war sonst keine Menschenseele. Lisbeth brach ein Stück von dem Mohnkuchen ab und aß im Gehen, den Blick gen Himmel gerichtet, damit sie nicht anfing zu zählen. Der Kuchen war nicht geeignet zum unterwegs Essen, also hockte sie sich im Görlitzer Park mit in den Himmel gerichtetem Blick auf einen Stein, als wollte sie Drogen kaufen, und aß und kicherte, weil aus Mohn ja Drogen gemacht wurden, und schämte sich dann ein bisschen, weil sie sich an einem derart faden Witz in den Tag hieven musste. Aber man sollte vielleicht generell Notlösungen gegenüber nicht so negativ sein. Also stopfte sie sich beinahe fröhlich den Rest Kuchen in den Mund und betrachtete die Krümel unter sich und vor sich 3 attraktive Jogger. Um diese Zeit schienen die wirklich Guten zu joggen, die Unsportlichen gingen entweder erst gar nicht laufen oder aber so früh, dass sie in der Dunkelheit nicht gesehen werden konnten, mutmaßte Lisbeth.

In Bückschitz gingen nur die Zugezogenen joggen. Und über die Sielerts hatte Tante Ruth immer gesagt: *Die sollten mal einen Tag mit mir tauschen – die Schafe, das Feld, der Haushalt –, dann würden die nicht mehr so lackiert durch den Wald scharwenzeln. Mit ihren roten Krallen kann die edle Dame ja wohl keine Kartoffeln schälen, geschweige denn welche ausbuddeln. Die lassen ihr Essen bestimmt von der Lufthansa liefern.*

Den Flohmarkt in der Schlesischen Straße ließ Lisbeth wegen der vielen Schrauben und Wasserhähne lieber aus, tingelte stattdessen ein bisschen durch die Straßen, trank eine große Cola, ging im Eiscafé aufs Klo und kaufte sich das weißeste Eis, das sie je gesehen hatte (Zitrone). Setzte sich damit auf eine Bank ~~mit 43 Streben~~, sah den Pärchen ohne, ~~7~~, und den Pärchen mit Kindern, 4, unglücklich bei ihrem ganzen Glücklichsein zu. Fror von oben her zu wie ein Tümpel im Dezember und ging, so lange sie noch gehen konnte, auf dem schnellsten Weg nach Hause, wo sie bis auf die 7 am Schluss noch einmal Tante Lisbeths Nummer wählte, dann doch bei Paul anrief, obwohl der angedeutet hatte, sie könnte ihn auch gern mal einen Tag nicht anrufen und stattdessen auf den Kinderbauernhof gehen, um Karlchen zu helfen.

Zum Glück war Paul gut gelaunt. »Hallo Liebelein!« Er sei auf der Brache. Habe schon Sonnenbrand. Könne erst in einer Stunde bei ihr sein. Eine Stunde, das waren 60 verfickte Minuten, oder 3600 verschissene Sekunden. Das war scheißeviel angesichts dessen, dass Lisbeth heute schon 14880 bekloppte Sekunden allein und in Zählverfassung verbracht hatte. Sonntage zählten doppelt, hatte sie den

Eindruck. Machte 29760 arschlose Sekunden. Zählte sie heute mehr als sonst? Hatte sie *arschlos* gedacht? Das war auch kein gutes Zeichen. Sie beschloss, Paul zu überraschen und zur Überbrückung der Zeit, bis er kam, einen Kuchen zu backen. Sie blätterte in dem Kochbuch, das Tante Ruth ihr zusammen mit ein paar Küchenutensilien geschenkt hatte. Es war ein Notizbuch mit ~~239~~ vielen leeren Seiten. In jeder Rubrik – Vorspeisen, Hauptgerichte, Nachtisch, Torten und Kuchen – hatte Tante Ruth ein Rezept mit ihrem silbernen Vierfarbkuli für Lisbeth aufgeschrieben. Unter *Torten und Kuchen*, wusste Lisbeth, stand Marmorkuchen. Den aß sie zwar nicht so gerne, aber *ach was*, hatte Tante Ruth gesagt und das Rezept in ihrer Altfrauenschönschrift niedergeschrieben, *irgendwas kann jeder, das lehrt uns dieser Kuchen, mein Mädchen. Und wenn es nur ist, dass er beim Backen keinen Ärger macht und beim Furzen herrlich stiebt.*

Wahrscheinlich war Marmorkuchen sowieso der einzige Kuchen, für den sie alle Zutaten im Haus hatte. Außer Kakao. Kakao hatte sie nicht. Sie war ja kein Kind. Sie war eine Erwachsene, deshalb hatte sie Whiskey und Cola im Haus und Eiswürfel und Kaffee und Fanta und Gästezigaretten, deren Haltbarkeitsdatum bestimmt längst überschritten war. Und natürlich Leberwurst, und seit ihrem Überraschungseinkauf bei der Blonden auch Kondome und Martini ... Also ... Sie ging im Hallenbad ans Fenster, um zu schauen, ob sie bei der Ausschüttlerin Kakao bestellen konnte, aber die war nicht da. Über ihr die Punks saßen mit dem Rücken zum Fenster und tranken Flaschenbier. Die hatten vermutlich auch ein Problem mit Sonntagen und betäubten Angst und Unsicherheit mit Alkohol. Lisbeth nickte, zog Turnschuhe an und lief die Treppe runter.

Leider hatte der Edeka zu. Gegenüber vom Edeka war ein Spätkauf. Von Leberwurst über Feuerzeugbenzin bis hin zu Rattengift hatten die alles in dem winzigen Laden mit der grellen Neonbeleuchtung. Tatsächlich gab es Kakao, hinter der Kasse, zwischen Klobürsten und asiatischen Nudelsuppen.

Wieder daheim legte sie alle Zutaten auf dem Tisch zurecht. Aber dann scheiterte sie bereits beim Mehlabwiegen. Die Waage von Tante Ruth war kaputt. Sie hatte ja schon den Kompromiss gemacht, davon auszugehen, dass man Mehl nicht zählen konnte, die einzelnen Teilchen waren zu klein. Auch dass Luftfeuchtigkeit und Raumtemperatur das Gewicht des Mehls beeinflussten, hatte Lisbeth geflissentlich übersehen. Und wenn die Waage schon nicht jedes einzelne Teilchen erfasste – und das war jetzt bereits der dritte Kompromiss –, dann doch wohl zumindest prisenweise. Nur spielte die Waage da einfach nicht mit! Klar, Lisbeth wollte für ihren neuen Kumpel Paul einen Kuchen backen, aber doch nicht ausschließlich auf der Kompromissebene! Der Waage war es ganz offensichtlich egal, ob Lisbeth bis zu 3 Prisen Mehl hinzufügte, die zuckte noch nicht mal mit dem Zeiger. Ab 4 änderte sich was, wenn man genau hinsah. Immer wieder prüfte Lisbeth, verwarf die Ergebnisse, holte Zettel und Stift, erfasste all das in einer Statistik.

Als Paul eintraf, hatte sie 3 Häufchen Mehl auf dem Küchentisch, daneben etliche Blätter mit Berechnungen, in der Hand ein Glas Whiskey.

»Was ist denn hier los, Liebelein?«, er nahm ihr das Glas aus der Hand. »Lieber ein stadtbekannter Trinker als ein anonymer Alkoholiker oder wat?« Er nahm einen Schluck und ließ sich von Lisbeth haarklein erzählen, was hier los war. Sie wollte ihm sogar ihre Berechnungen zeigen, aber die wedelte er zur Seite. Trotzdem hörte er geduldig zu, wenn auch abwechselnd mit mitleidigem und ungläubigem Blick. Am Ende stand er auf und zog sie in seine Arme, beklopfte und tröstete Lisbeth länger, als sie das genau genommen aushalten konnte. Dann hielt Paul sie von sich weg – das war viel angenehmer –, sah ihr in die Augen und sagte: »Liebelein, was hältst du davon, wenn der gute alte Paul sich von nun an ein wenig um dich kümmert? Ich war auch im Kinderheim.«

»Aber ich …« Doch Paul schnitt ihr das Wort ab: »Weißt du, dass ich noch heute – und ich bin mittlerweile dreiundfünfzig –, wenn ich schlafen will, mich hin und her werfe, mich quasi in den Schlaf werfe? Das ist eine fiese Form von Hospitalismus, den ich daher hab, dass ich als Kleinkind alleine einschlafen musste. Wahrscheinlich hält's deshalb auch keine Frau bei mir aus.«

»Könnte aber auch an den vielen Titten liegen«, sagte Lisbeth und tippte dreimal auf ein Tattoo auf seinem Oberarm.

Paul tippte sich einmal an die Stirn und holte einen Jutebeutel aus dem Flur. »Gemüse von der Spree, Liebelein. Und jetzt machen wir uns schön was zu essen. Quiche. Kennst du ja schon.«

Lässig aus dem Handgelenk schüttete Paul Mehl in Lisbeths weiße Schüssel, schnitt eiskalte Butterstückchen hinein, gab Ei, Wasser und Salz dazu und schob Lisbeth vor die Schüssel. »Kneten«, befahl er. Lisbeth fühlte die kühle Butter an ihren Händen, knetete, drückte, wischte sich eine Strähne aus den Augen, hatte Mehl im Gesicht, wischte es weg und hatte noch mehr Mehl im Gesicht. Als der Teig fertig war, ein fester Klumpen mit einer Neigung zum Krümeln, legte Paul ihn in den Kühlschrank, und sie wuschen und hackten und dünsteten (zählten aber nicht) das mitgebrachte Gemüse.

Als es dämmerte, saßen sie auf Lisbeths Balkon und aßen Quiche. Schließlich holte Lisbeth das Rezeptbuch und fragte Paul, ob Quiche bei Kuchen, bei Vorspeisen oder Hauptgerichten eingeordnet werden musste. Der schüttelte den Kopf. »LiebeleinLiebeleinLiebelein ... Das hier ist dein Leben! Ich bin nur zu Gast, du kannst alles so einordnen, wie du lustig bist. Das ist ja das Geile an einem eigenen Leben, wozu hat man das denn sonst?«

Montag war leichter. Das spürte Lisbeth gleich. Der Montag hatte Struktur, hatte Ecken und Kanten. Beschwingt spazierte sie Richtung Büro, machte einen Zwischenstopp bei Monsieur Chagall, der schenkte ihr – »für Stammgäste« – ein Baci zu ihrem Kaffee, und Lisbeth war beseelt, weil sie Stammgast war.

Nachdem sie Chagall (sie nannte ihn jetzt einfach Chagall, ohne Monsieur) einen ganzen Euro Trinkgeld gegeben hatte, machte sie sich wieder auf den Weg. In dem Baci hatte sie den Spruch gefunden: *Wahre Freundschaft ist so selten wie wahre Liebe* – und Lisbeth hatte mit den 2 Pauls nun schon 2 wahre Freunde. War das nicht wunderbar? Gut gelaunt traf sie im Büro ein, wo sie die Schublade ihres Schreibtischs offen vorfand, alle Stifte lagen auf der Arbeitsplatte. Lisbeth kam nicht dazu, die Post-its nachzuzählen, weil ihr Telefon klingelte. Der Chef rief aus dem Nachbarzimmer an. »Der Brief, den ich Ihnen für den *Wurstland*-Vorstandsvorsitzenden diktiert habe, der an seine Privatadresse gehen sollte, wo ist der?«

Stolz warf Lisbeth sich in die Brust und sagte ins Telefon: »Der ist Freitagabend raus.«

Sie hörte seinen Stuhl im Nachbarzimmer über das Parkett schaben und spürte förmlich, wie er, ganz Drohgebärde, sich an seinem Schreibtisch hochstemmte, ehe er losbrüllte: »Nichts geht raus, ohne dass ich es geprüft habe! Was fällt Ihnen ein, und wenn da nun ein Rechtschreibfehler drin ist?«

»Da ist kein Rechtschr...«

»Sie ...! Sie ...!! Sie ...!!! Der darf diesen Brief nicht bekommen. Wie Sie das machen, ist mir egal, Hauptsache, Sie erledigen das! Aber dalli!« Er knallte den Hörer auf. Und Lisbeth heulte erst mal. Dann rief sie Paul an.

»Was für ein Wichser!«, sagte Paul, den sie natürlich wieder auf der Brache erwischt hatte. »Kündige.«

»Ich kann nicht kündigen. Ich brauche diesen Job ... Du hast mich doch gestern ohne Job gesehen, ohne Job bin ich nicht Fisch, nicht Fleisch«, sagte sie kleinlaut. »Ich muss diesen Brief kriegen, ich hab bloß keine Ahnung, wie. Was soll ich nur machen?«

Paul seufzte. »Ich weiß schon, warum ich mir keine Kinder angeschafft habe.« Dann ließ er sich die Adresse des *Wurstland*-Vorstandsvorsitzenden geben und sagte, er werde sofort Russen-Dima anrufen. In zwei Stunden werde Lisbeths kleines Problem Geschichte sein. Zittrig bedankte sie sich bei Paul und beschloss, unsinnigerweise davon auszugehen, dass er das wirklich hinkriegen würde. Dann legte sie auf.

Lisbeth schrieb dem Chef, den sie ab jetzt den *Diktator* nennen würde, eine Mail ins Nachbarzimmer, sie würde Briefmarken holen, und ging stattdessen anderweitig shoppen. In der Bergmannstraße fand sie einen Laden mit Klamotten, die ihr gefielen: Oll wie ihre Umzugsklamotten, aber immer mit einem Detail in einer grellen Farbe – grün, blau, gelb. Sie suchte sich drei abgenutzte Shirts aus, einen giftgrünen Schal, 2 schwarze, etwas löchrige Trainingshosen. Die Verkäuferin ließ sie warten, telefonierte aufgebracht. »Du bist so ein Ignorant, ey! Ich hab nächste Woche Premiere, da kannst du doch nicht Ravioli kochen, willst du etwa, dass die Zeitungen schreiben, den Senfsamen hätte eine fette Schnecke gespielt? … Ist mir egal, ob du die selbst gemacht hast, ich esse 'ne halbe Dose Mais, da ist von gestern noch eine übrig … Nein, ich überleg mir das nicht, und ich will auch nicht den Anlass für dieses Festessen wissen. Oder biste schwanger? Tschüs.« Die Verkäuferin legte ihr Handy weg und verdrehte die Augen. »Mein Freund«, sagte sie zu Lisbeth und packte ihr die Sachen ein, »unsensibel wie sonst was.«

Zurück im Büro aß Lisbeth ein Butterbrot und dachte, dass sie bestimmt auch schlecht gelaunt wäre, wenn sie nur eine halbe Dose Mais zum Abendessen hätte. Zumal sie, um eine halbe Dose Mais essen zu können, erst die ganze Dose durchgezählt haben musste. Mitten in ihre Grübeleien klingelte es an der Redaktionstür. Sie stand auf und öffnete. Vor ihr stand ein Mann, der aussah wie Pu der Bär im Boss-Anzug, fragte mit rollendem R nach Frrrau Rrritter und hielt ihr, als sie den Zeigefinger gehoben hatte, besagten Brief an den Vorstandsvorsitzenden hin. Lisbeth wollte schon ihr Portemonnaie holen und hoffte, dass zwanzig Euro reichen würden, da sagte Pu: »Das hat Paul errrledigt. Warrr mir ein Verrrgnügen, für eine so schöne Lady.« Er küsste Lisbeth die Hand, wandte sich ab und polterte die Treppe hinunter. Lisbeth ließ die Hand sinken, hob die andere Hand mit ihrem Umschlag an die Augen und seufzte. Dann ging ihr die Frage durch den Kopf, ob dieser Dima eventuell jemanden umgebracht hatte, aber er war ja schon weg, die Frage konnte sie also getrost wieder vergessen. Sie straffte sich und stolzierte ohne anzuklopfen ins Büro des Diktators und warf ihm den Brief auf den Tisch. Er nahm ihn und warf ihn ungeöffnet in den Papierkorb. »Wenn ich den *Wurstland*-Boss einlade, muss ich den *Fleischland*-Boss auch einladen und so weiter und so weiter. Das können wir uns als kleines Blatt nicht leisten«, sagte er ohne aufzublicken. »Hat mir meine Frau gestern Abend gesagt«, fügte er hinzu, und es klang beinahe wie eine Entschuldigung. Aber Lisbeth wusste jetzt, mit wem sie es zu tun hatte. Bis zum Feierabend genehmigte sie sich zur Feier des Tages ein paar Sudokus an ihrem Rechner, dann verschwand sie grußlos.

Weiblicher Blick auf die Welt

Als Lisbeth am nächsten Morgen ins Büro kam, stand die Tür des Diktators offen, was wirklich ungewöhnlich war. Noch ungewöhnlicher allerdings war, dass er Lisbeth in sein Büro rief, statt ihr eine Mail zu schreiben oder sie anzurufen. Auf seinem Tisch lag eine Zeitung mit der reißerischen Titelzeile: *Briefträger brutal überfallen.* Der Diktator schob die Zeitung mit flackerndem Blick beiseite und bot Lisbeth den Besucherstuhl an.

»Ich habe mich in den acht Wochen, die Sie jetzt hier sind …«

»3 Wochen und 1 Tag«, korrigierte ihn Lisbeth.

»Wie dem auch sei … Ich habe mich in den vergangenen Wochen von Ihren ungewöhnlichen Qualitäten überzeugen können, Ihre Veranstaltungstipps fürs nächste Heft sind sehr ordentlich, außerdem bin ich wirklich froh, so eine nette Person wie Sie in meiner Redaktion zu haben …«, seine Körpersprache sagte zwar etwas anderes, aber was, da wollte Lisbeth sich lieber nicht festlegen. Sie war eine Frau der Zahlen und des geschriebenen Wortes, wenn es um Mimik und Körpersprache ging, hielt sie sich besser raus. »Ich habe Ihnen einen Vorschlag zu unterbreiten … Ich, äh, würde Ihnen gern eine regelmäßige Viertelseite in meinem Heft anbieten. Machen Sie mir doch bis nächsten Montag Themenvorschläge. Es wäre natürlich hilfreich, wenn es um Tiere, Schlachtung oder tierische Produkte gehen könnte.« Als er Lisbeths Blick sah, beeilte er sich hinzuzufügen: »Aber wenn Ihnen das widerstrebt, wäre ich auch froh über irgendeinen weiblichen Blick auf die Welt.« Der Diktator wirkte plötzlich gar nicht mehr wie ein Diktator, er zerrte ein Tempo aus seiner Hose und wischte sich den Schweiß von der Stirn. Dann sagte er und wirkte dabei zutiefst erschöpft: »Falls Sie nicht schreiben wollen, können wir auch über eine Gehaltserhöhung reden. Eine Frau mit Ihren Fähigkeiten ...«

Für den Abend war Lisbeth mit Paul auf der Brache verabredet. Unterwegs kaufte sie sich das Revolverblatt, das sie beim Diktator auf dem Tisch gesehen hatte. Dima musste den Briefträger *mit vorgehaltener Waffe gezwungen* haben, die gesamte Post der Schlüterstraße 38 herauszugeben. Danach hatte er den armen Mann, der sich nach dem *brutalen Überfall* angeblich *in ärztliche Behandlung* hatte begeben müssen, zum Haustor hinausbefördert. Der Polizei blieb ein Rätsel, wieso der Täter dann offenbar selbst die Post in die Briefkästen der Hausbewohner geworfen hatte. Nur zwei Leute hatten nichts bekommen: Agathe Schröder, zweiundachtzig, und Rüdiger Findlich, Vorstandsvorsitzender von *Wurstland.* Beide hatten keine Post erwartet. Hatte der *gefährliche Irre* also nur einen alten Kindheitstraum leben wollen? Oder hatte er doch Post gestohlen? Und wenn ja, worum hatte es sich gehandelt? Die Polizei habe bislang keine heiße Spur. Aber jedenfalls zeige sich wieder einmal, dass die Regierung nicht in der Lage war, dem Verbrechen in der Stadt wirksam zu begegnen.

Natürlich tat der Postmann Lisbeth leid. Total! Aber immerhin war ihm kein Haar gekrümmt worden, plus, er hatte ein Abenteuer erlebt, von dem er noch seinen Enkeln würde erzählen können, plus, er war mit Foto auf der Titelseite, was ihm aller Voraussicht nach nicht so schnell wieder passieren würde. Lisbeth kicherte. Bei Chagall kicherte sie immer noch. Glucksend trank sie eine Bionade. Leider wollte Chagall heute früher zumachen und hatte kein Ohr für ihre Erfahrungen mit der russischen Mafia. »Drücken Sie mir die Daumen, ich bin verliebt«, komplimentierte er sie hinaus.

Lisbeth hatte Probleme, Pauls Brache zu finden. Alles hier sah gleich verwahrlost aus. Gras und gelb blühendes Unkraut standen schulanfängerhoch. *Da müsste mal Tante Ruth ran*, dachte Lisbeth und kicherte schon wieder. Tante Ruth war wirklich ein Ausbund an ehernen Grundsätzen und Ordnungsliebe. Gleichzeitig war sie aber auch vollständig durchgeknallt (Stichwort: Eigenurin), buk die herrlichsten Sachen und legte ihre Hände heilend auf jeden, ob er nun darum gebeten hatte oder nicht. Eigentlich war Lisbeth sich sicher, dass Tante Ruth ganz gut nach Kreuzberg passen würde. Lisbeth würde morgen doch noch mal anrufen, vielleicht ging die Tante ja ran. Sie würde nach dem Schaf Paul fragen, um den Schnitt für das Hochgeschlossene bitten und beichten, dass die Küchenwaage kaputt war.

Irgendwann – Lisbeth hatte versehentlich einen anderen Weg genommen als beim ersten Mal, war 2 Ratten begegnet und hatte ein Zelt aufgestöbert, vor dem in einem

Liegestuhl ein nackter Mann lag, sich sonnte und nicht aufblickte, als sie vorbeischlich – stand sie dann doch endlich vor Paul. Er lag direkt hinter den Kürbispflanzen auf der Uferbefestigung der Spree, vor ihm auf dem Boden die Tödliche Dagmar, daneben hockten Maria und Stefan in rosa Liegestühlen, die schwer nach Kindermodell aussahen, aber recht bequem zu sein schienen.

Lisbeth gähnte und ließ sich neben Dagmar nieder, die sich sofort mit einem tiefen Seufzer auf den Rücken rollte, damit Lisbeth sie besser streicheln konnte.

»Die zwei mit den bekloppten Namen«, krächzte Paul, ohne sich von der Mauer zu erheben, und zog an seinem Joint. »Dagmar und Lisbeth – dass ich nicht lache! Tantiger geht's echt nicht! Aber ihr tut nur so tantig. Dabei habt ihr eine dunkle Vergangenheit, alle beide. Die von dem Hund kennen wir schon, Schaukämpfe. Verletzungen – aber auch Siege ... Was gibt's denn über deine zu sagen, Lisbethchen?«

Lisbethchen versteifte sich. *Schrank*, gab es zu sagen, weil sie sich dort hineingeflüchtet hatte als kleines Mädchen – tagelang allein in der Wohnung. *Hunger*, gab es zu sagen, bis sie lernte, im Dorfkonsum einzukaufen. *Hektische, übertriebene Liebesbezeugungen*, wenn ihre Mutter dann zurückkehrte. Ein Kleid, Muscheln, ein Hündchen – sie brachte ihr immer etwas mit. Die linke Hand klopfte unablässig auf den Boden, während ihre rechte mechanisch weiter über Dagmars Bauch streichelte – *vier, fünf, sechs, sieben, acht, neun, zehn, elf, zwölf, dreiz...*

Überraschend schnell für einen Mann, der einen halb gerauchten Joint von dieser Größe in der Hand hatte, war Paul aufgestanden, hatte Lisbeth hochgezogen, sie in die

Arme genommen und an seinen klapprigen Körper gedrückt. Er zwang die Stocksteife in einen Takt – »... *und eins, zwei, drei, eins, zwei, drei* ...« –, und bald legte Lisbeth ihren Kopf an seine Brust, entspannte sich und tanzte mit Paul die Kürbispflanzen entlang. Maria und Stefan küssten sich, die Tödliche Dagmar bellte und trottete dann vor zum Lavendel, verlegenheitspinkeln.

Als alle getan hatten, was sie tun mussten, verteilte Paul die Aufgaben. Stefan ebnete in einer windgeschützten Ecke bei den Betonpfeilern den Boden, dort sollten Bienen hin, die ein Freund der Hausgemeinschaft auf der Brache betreuen würde. »Ist das nicht subversiv, Liebelein? Überall in der Stadt entstehen solche Imkerzellen, auf jedem Balkon gewissermaßen. Während das übrige Dummvolk die Bienen aussterben lässt, zieht Kreuzberg sich seine eigenen Völker ran.« Maria rollte eine Wassertonne heran, Dagmar sprang mit großem Gebell neben ihr her.

»Woher hast du denn bis jetzt dein Wasser bekommen?«, fragte Lisbeth. Denn dass dieser Garten mit seiner Blütenpracht regelmäßig gegossen worden war, lag auf der Hand.

»Liebeleinchen, langsam krieg ich Angst, dass du dich in mich geilen Kerl verliebst, wenn du die ganzen geilen Details meiner Geilheit erfährst ...« Paul zwinkerte ihr zu.

»Das könnte schon passieren. Ehrlich gesagt bin ich kurz davor«, Lisbeth zwinkerte zurück. »Aber ich reiße mich zusammen, versprochen.« Ob Paul wohl wusste, wie alt und gruselig er aussah, fragte sich Lisbeth. Ihr war aufgefallen, dass sie sich von Paul gerne öffentlich umarmen ließ, einfach weil *keiner* sie dann für eine Touristin halten konnte. Wenn sie von *dem Kerl* umarmt wurde, war sie

Kreuzbergerin. Das war zwar ein bisschen erbärmlich, aber effizient. Verlieben würde sie sich ehrlich gesagt lieber in jemand anderen.

»Lisbeth, hol uns doch vom Kirby nebenan einen Kaffee, und dann erzähle ich dir, wie das mit dem Wasser geht.« Nach einer kurzen Wegbeschreibung schlug Lisbeth sich in die Büsche und machte sich auf die Suche nach Kirbys Erbe. Immerhin war sie schon mal da gewesen, damals an dem Abend mit dem hausgemeinschaftlichen Lagerfeuer, und es gab eine klare Markierung: den Fluss. Dann stand sie vor dem maroden Schornstein, der ihr schon am ersten Abend aufgefallen war. Im weißen Licht des Sommertags wirkte er jämmerlich, wie er sich neben der alten Brotfabrik um Würde bemühte, und es war ganz klar, dass es ihn nicht mehr lange geben würde. Manche Leute berührten Bäume. Lisbeth hätte ihre Hände am liebsten an den Schornstein gelegt.

Auf dem Regal hinter der Bar standen 3 Flaschen weniger als bei Lisbeths erstem Besuch, 2 Ballantine's und 1 Stroh Rum fehlten. Der Barmann legte ihr neben die Kaffeebecher noch 4 in eine dunkelgrüne Serviette gewickelte Kekse und ein grünes Leuchtgel-Armband. »Damit kommst du heute Abend umsonst rein.«

»Ich, äh, ich kann heute Abend nicht.«

»Ist dein Leben ...« Er grinste und winkte zum Abschied. Sie konnte nicht mal zurückwinken. Sie hatte 4 Kaffee zu tragen. Sie konnte auch nicht ihr Haar schütteln wie Cameron Diaz in *Drei Engel für Charlie*. Aber das war nicht wegen den 4 Kaffee.

Auf der Brache hatte sich inzwischen einiges getan. Maria hatte Unkraut gejätet. Rhabarber war geerntet worden und lag säuberlich aufgeschichtet neben dem Beet. Paul schnitt gerade Petersilie ab, er war schon beim dritten Bund.

Lisbeth setzte sich auf die Steinbrüstung am Fluss und schaute auf die trübe Spree. Von links kam ein Touri-Boot. Rechts war die Brücke mit der schnörkeligen Verzierung zu sehen. Der Wind griff in Lisbeths Wuschelhaar, sie ließ sich das nur zu gern gefallen und schloss die Augen.

Beim Kaffee erzählte Paul, dass er sein Wasser vom Kirby bekam. Er ging verantwortungsvoll damit um. »Das wissen die.« Im Gegenzug versorgte er die Bar jeden Sonntag mit zwei Kuchen. »Einmal die Woche mache ich auch Cookies. Schmecken sie dir?« Lisbeth kaute und nickte. Dann berichtete sie Maria und Stefan, wie Paul sie gestern gerettet und die Sache mit Russen-Dima eingefädelt hatte, um ihren Brief an den *Wurstland*-Vorstandsvorsitzenden zurückzubekommen. Und dass Dima dem Postmann ihren Brief tatsächlich abgejagt hatte. Maria war empört. Richtig empört. »Für einen Chef, der so was von dir fordert, kannst du nicht arbeiten, das geht gar nicht! Mal ganz zu schweigen davon, dass man für so ein Schmierblatt der Fleischindustrie sowieso nicht arbeiten darf.«

»Na, na, na.« Stefan versuchte, seine Liebste mit einem Kuss zu beschwichtigen. Was ziemlich schnell ging. Schon schaute Maria ihn wieder verliebt an, stand auf und schlang ihre Arme um ihn. Lisbeth gähnte. Mann, die waren aber verliebt …

Lisbeth wechselte lieber das Thema und beichtete den anderen, die das durchaus zu verstehen schienen, dass ihr

Leben viel aufregender war, seit sie in Berlin wohnte. Mit den Russen werde zwar auch in Bückschitz manchmal gedroht – im Vergleich aber doch recht vage. Jedenfalls war ihr noch nie jemand mit abgeschnittenem Ohr begegnet. Und jetzt hatten die Russen tatsächlich für Lisbeth gearbeitet! Sie erzählte vom überraschenden Angebot des Diktators, eine Viertelseite zu schreiben. »Ich weiß gar nicht, wieso der so nett ist, plötzlich.«

»Der hat Angst vor meiner kleinen Lisbeth, weil die unter dem Schutz der Russenmafia steht«, krächzte Paul.

»Ich dachte, ich mache was, wovon die Leute auch was haben«, sagte Lisbeth dann. »Entweder ein Kreuzworträtsel oder ein mathematisches Problem. Der Chef hat gesagt, ich soll was *mit weiblichem Blick* schreiben, und ich denke, Menschen die Eleganz harmonischer Gleichungen nahezubringen, wäre eine schöne Aufgabe für mich.«

Paul verdrehte die Augen, schwieg aber. Stefan sagte schließlich: »Das sollst du doch aber hoffentlich nicht umsonst machen?«

»Ich finde auch, du solltest das ausnutzen, wenn der gerade mal ein bisschen Respekt vor dir hat. Richte dir dein Arbeitsumfeld so ein, wie es dir passt – er wird in nächster Zeit nicht wagen, was dagegen zu haben«, sagte Maria. Jetzt erhoben sich die beiden aus ihren Stühlchen und wischten sich die Hände an den schwarzen Röhrenhosen ab. Sofort kam die Tödliche Dagmar mit einer Karotte an, die sie offensichtlich ausgebuddelt hatte, die Hundeschnauze über und über mit grauer Erde bedeckt, wedelte begeistert mit dem Schwanz und zerlegte, als keiner etwas sagte, die Karotte. Maria und Stefan umarmten Paul und Lisbeth und machten sich auf den Weg. »Halt mich auf dem Laufenden, was deine Viertelseite angeht«, sagte Maria noch über die Schulter, dann stapften sie über die Wiese davon.

»Ich glaube, Maria ist schwanger«, sagte Lisbeth versonnen. »Tante Ruth hat immer gesagt: ›Schwangeren glänzen die Augen, als hätte Gott persönlich sie mit seinem Taschentuch blank poliert.‹«

»Na, dann woll'n wir bloß hoffen, dass er vorher nicht reingeschnaubt hat.« Paul stand über seine Rosen gebeugt und zupfte an ihnen herum. »Willst du deinen vollständig verarmten Kumpel nicht zum Abendessen einladen?«, fragte er dann unvermittelt, »und wir palavern noch ein bisschen über die wundervollen neuen Perspektiven?«

»Klar.«

»Super.«

»Finde ich auch.«

»Und ich erst.«

Paul klopfte Lisbeth keckernd auf die Schulter, und die beiden machten einen letzten Rundgang durch den Garten. Er zeigte ihr eine große orangefarbene Spinne, die in einem Busch zwischen zwei Blättern saß wie unter einem Sonnendach. »Die kommt nur nachts raus, spannt ein Netz quer über den Weg und fängt sich ihr Abendbrot. Ist nur eine Frage der Zeit, bis die auch Einbrecher fängt, die Beutetiere werden ständig größer.« Dann zupfte er von verschiedenen kleinen Büschen Zweiglein ab und packte sie in einen Frühstücksbeutel. An einer rosa Rose ließ er Lisbeth riechen. »Himmlisch«, murmelte sie, »himm-lisch.« Aber am liebsten mochte Lisbeth doch den Lavendel, der eine Seite des Gartens begrenzte. Ja genau, *Garten!* Von nun an wollte sie nicht mehr Brache sagen, obwohl Paul offenbar nichts dagegen hatte. Das war keine Brache, das war ein

Garten, wie er auch Tante Ruth gefallen hätte. Na ja, vielleicht nicht ganz. *Die Betonteile könnte mal einer wegschaffen! Soll ein Komposthaufen sein? Da lachen ja die Hühner.* Aber begeistert wäre sie doch. Zumal, wenn jetzt Bienen kämen. »Wann kommen die Bienen?«

»Die Tage, Liebelein, nächstes Wochenende ist die Hausgemeinschaft zum Kaffee hier, die Spinner wollen auch Guerilla-Gardening, aber nicht wie ich zum eigenen Vergnügen, sondern die wollen irgendeine Aktion in der Stadt machen, wo sie gesehen werden, wo die Zeitung über sie schreibt. Das hatten die ja schon seit fünfundzwanzig Jahren nicht mehr, dass jemand über die schreibt. Damals hatten alle die Schleppscheiße, darüber wurde berichtet, hihi. Gibt's heute glaub ich gar nicht mehr. Schleppscheiße?«

Lisbeth schüttelte angewidert den Kopf.

»Aber mir soll's recht sein, Liebelein. Hauptsache, die bewegen ihre verfetteten Ärsche noch mal, statt sich aufzuregen, wenn wer den Hausflur nicht geputzt hat oder im Hof einer ohne Genehmigung der gesamten Hausgemeinschaft grillt. Ick meene, det sind 27 Leute, ehe man von denen allen 'ne Genehmigung hat, kann man tot sein. Wir sind ja man nich mehr die Jüngsten.«

Pizza mit Rain Man

In der Trattoria Sophia war draußen noch ein Tisch frei. Alle anderen waren besetzt von Kiezpublikum, darunter Kiez*größen*, wie Paul Lisbeth zuflüsterte. »Hier siehst du hundert Jahre Zuchthaus versammelt. Knast-Kalle zum Beispiel. Hat wegen Insolvenzverschleppung gesessen und sich ein paar schöne Tattoos mitgebracht.« Lisbeth guckte vorsichtig rüber und gleich wieder weg, obwohl Insolvenzverschleppung weniger gefährlich klang, als die Tätowierungen des Mannes aussahen. »Und der da, der bullige Typ mit der schicken Frau, der hat vor dreißig Jahren wegen Drogen geschlagene acht Jahre hinter Gittern verbracht. Die haben ihn in Bayern erwischt, das war sein Pech. Dabei wäre die Menge, die er dabeihatte, selbst da heute kein Drama mehr. Fluch der frühen Geburt eben ...«

Als sie bestellt hatten, wagte Paul sich vor und sagte, dass Lisbeth doch wirklich genug mit Mathe und Zählen machen würde, »ich meine, du redest nicht drüber, aber du zählst den ganzen Tag, oder irre ich mich? Wenn ich dich vorhin nicht da weggezerrt hätte, du hättest glatt meine ganzen Lavendelblüten durchgezählt, gib's zu!«

»Ich bin weg davon, aber es klappt nicht so richtig.«

»Du heulst ja gleich, Liebelein. Aber ich finde wirklich, dieser Job ist dein fliegender Teppich, der dir helfen kann, den ganzen Mist hinter dir zu lassen.«

Und dann schlug Paul vor, sie solle die vom Diktator angebotene Gehaltserhöhung nehmen, nicht die Viertelseite, die Sache aber trotzdem zum Anlass nehmen, Kochen zu lernen und dann irgendwann wirklich über Essen zu schreiben, über so handfeste Sachen, die man früher wusste, welche Kräuter – er holte seine Tüte aus der Hosentasche und ließ Lisbeth riechen – zu welchem Gericht passten. »Ich weiß, das wird hart, Liebelein, weil du so gar keine Ahnung hast vom Essen.« Und auf ihren empörten Blick hin lenkte er ein: »Na ja, mal abgesehen von Leberwurst.«

»Vielleicht sollte ich lieber mit der Leberwurst aufhören als mit dem Zählen, das wäre leichter«, sagte sie. Dann, um das Thema zu wechseln: »Womit verdienst du eigentlich dein Geld?«

»Okay, okay«, Paul hob beide Hände. »Ich zahle mein Essen selbst. Aber womit ich mein Geld verdiene, willst du nicht wissen, Liebelein, wirklich nicht.«

»Aber ...«

Wieder hob er beide Hände. »Gut, dein Essen zahle ich auch mit. Und jetzt lass mich in Frieden.«

Sie waren gerade beim Tiramisu, als der Typ vorbeigeschlendert kam, der bei der Abstimmung über das Schicksal der Tödlichen Dagmar den Hocker ins Feuer geschmissen hatte. Diesmal trug er ein Parkverbotsschild über der Schulter. Ungefragt setzte er sich auf den Stuhl neben Paul, hielt das Schild wie eine Lanze in der einen Hand und nahm sich mit der anderen von Lisbeths Teller eine Pizzaecke. »Du bist ja heute so normal angezogen«, sagte er kauend zu ihr. Was wollte er damit sagen? Gut normal oder blöd normal? Leider konnte Lisbeth nicht nachfragen, weil sie rot wurde und rasch einen Schluck Fanta trinken musste, um das zu überspielen. Er selbst sah aus wie das letzte Mal. Jeans, weißes Leinenhemd, Brusthaar, Locken, leuchtende Augen. Lisbeth betrachtete ihn über den Glasrand hinweg, er grüßte gerade superlässig die zwei Kiezgrößen am Nebentisch. Er nahm sich auch von Pauls Teller noch eine Pizzaecke – Lisbeth rutschte das Herz sonst wo hin – und sagte: »Ich so vorm Knabe & Müller gesessen, parkt ein Typ sein schwules Fixie direkt vor meiner Latichte an diesem Schild hier. Ich also zu dem Typ: Nimm det Fahrrad hier weg, hier is Parkverbot. Lacht der nur und geht. Aber der Lackaffe wusste nich, was ich wusste, det Schild is locker. Det nehmen wir immer mal weg, wenn's keine Parkplätze gibt. Ich also Schild angehoben, Fahrrad vor den Bezirk gestellt, mal sehn, wie lange es da steht, ist wirklich *sehr* schwul. So, und jetzt machen wir 'ne kleene Tour, det Schild und ich. Frage mich, ob ich die Tour nicht hätte mit dem Rad machen sollen, aber det Schild ist bestimmt weniger rumjekomm, so tu ich wat Gutes und rede drüber. Muss gleich wieder zurück. Kommt ihr noch in die Galerie? Um zehn spielt 'n Isländer Gitarre. Aber Vorsicht unterwegs, vorm Waffelpuff sitzt ein Hells Angel und frisst Waffeln mit Nutella, ich glaub, mit dem hatteste mal Stress. Rocco oder Ric oder so.« Damit stand er auf, schnappte sich die letzte Pizzaecke von Lisbeths Teller, zwinkerte ihr ziemlich unverschämt zu und marschierte von dannen.

»Wer ist das eigentlich?«, fragte Lisbeth betont harmlos.

»Niemand, den du kennen musst, Liebelein. So viel Testosteron kann nicht gesund sein.«

»Och ...«

»Finger weg von dem. Das ist ein Befehl. Sonst brauchst du mich gar nicht mehr anzurufen.«

»Geht klar«, beeilte sich Lisbeth zu sagen. Paul erzählte noch zwei Blondinenwitze und ein bisschen über die Band, in der er mal gespielt hatte, dann spazierten sie heim, Lisbeth bei Paul eingehakt wie bei einem Gentleman.

Am nächsten Morgen schien die Sonne schon wieder viel zu heiß für Mitte Juni. Lisbeth trug einen uniformblauen Minirock und ein knallrotes T-Shirt und war so gut gelaunt, dass sie immer mal ein Stück ihres Arbeitsweges hüpfte und versuchte, die Rillen zwischen den Steinen nicht zu berühren. Diesen Tag hatte sie in der Tasche, der war schon gelungen, ehe er richtig angefangen hatte, das merkte Lisbeth einfach. Bei ihrem üblichen Zwischenstopp schüttelte Chagall Lisbeth ein Zimtherz auf ihren Cappuccino, und bei der Arbeit blieb der Diktator in seiner Machtzentrale verschanzt und gab Anweisungen per Mail – und das ziemlich zahm.

Lisbeth nutzte die Zeit im Büro, um sich Bücher zu bestellen. Hildegard von Bingen, Gertrude Messner, auch Cynthia Barcomi, weil sie in deren Café schon mal tollen Schokokuchen gegessen hatte. Gut, dass sie sich für die Gehaltserhöhung entschieden hatte – die würde Kochbücher, Kochkurse und Kochutensilien finanzieren. Für eine geführte Kräuterwanderung am Kreuzberg hatte Lisbeth sich schon angemeldet und entwarf jetzt in Tabellenform einen Schlachtplan, wie sie sich aufs Kochenlernen vorbereiten könnte. Schon immer hatte Lisbeth zu allem und jedem einen Schlachtplan gemacht, in Tante Ruths Partykeller bewahrte sie in einem weißen Metallregal 97 Hefte auf – von »mit Lucy und Sibylle befreundet sein« über »Beschäftigungen für Hofpausen allein« und »Beschäftigungen für Hofpausen in der Nähe anderer Kinder« bis hin zu »Was mache ich, wenn ich im Unterricht aufs Klo muss?« gab es wirklich zu fast jedem Problem, das in Lisbeths Leben aufgetreten war, einen Lösungsansatz. Nicht alle Menschen verfuhren so mit Problemen, diesbezüglich hatte es schon den einen oder anderen Hinweis gegeben. Aber Lisbeth war einfach gern vorbereitet. In diesem besonderen Fall musste sie zum Beispiel überlegen, wer das von ihr beim Kochenlernen Gekochte essen würde. Setzte sie leichtfertig Pauls Freundschaft aufs Spiel, wenn sie ihm schlechtes Essen vorsetzte, oder gehörte das zu Pauls Freundschaft dazu, dass er kostete und ihr Ratschläge gab? Und musste sie sich eventuell in einem Fitnessclub anmelden, wenn sie ab jetzt Selbstgekochtes in größeren Mengen aufaß? Und wie meldete man sich in einem Fitnessclub an, und was genau machte man da, was für Kleidung trug man, grüßte man beim Reinkommen, oder ging man einfach durch und tat, was man eben tat? Das war doch schon wieder ein Extra-Heft. Lisbeth fing mal lieber mit den kleinen Fragen an, sonst verfranste sie sich hier noch völlig. Punkt 1: *Kochbuch aussuchen, nach dem ich kochen will.* Punkt 2: *Schürze kaufen.* Sie kam nicht über Punkt 37 hinaus, *Notizbuch für Rezepte kaufen, die ich mir eventuell notieren möchte*, denn ihr Handy klingelte. Tante Ruth. Ob sie denn am Wochenende nicht kommen wolle. Schließlich seien in zwei Tagen die fünf Wochen um. Es gäbe Eierschecke und etwas zu besprechen.

Danach war an Arbeit nicht mehr zu denken gewesen. Unter dem Vorwand, Briefmarken kaufen zu müssen, war sie in die Bergmannstraße gerast und hatte bei der Schauspielerin ein paar grobe Boots erstanden, wie ganz Kreuzberg sie trug, dazu zitronengelbe Kniestrümpfe. Dann hatte sie für Tante Ruth eine Flasche Haselnussbrand und ein Schaumbad gekauft, für das Schaf Paul ein Bund Kräuter. Nach Feierabend trug sie ihre Beute in knisternden Tüten nach Hause und verpackte alles in taubengraues Papier, ging rüber ins Hallenbad, legte Purcell auf, öffnete das riesige Fenster zur Straße hin, stellte sich auf den Austritt und steckte den Kopf in den Abendwind. Die Punks zogen die Jalousie runter, als sie Lisbeth sahen, und die Frau unter den Punks saugte Staub, den Hintern gegen die Fensterscheibe gelehnt. Aber es ging schon in Ordnung, dass Lisbeth bei der heute keinen Wunsch frei hatte. Die war ja nicht bei Lisbeth angestellt. Lisbeth hatte keine Angestellten. Und trotzdem war ein ganzer Stab von Leuten für sie zuständig: Tante Ruth und in gewisser Weise die Frau da drüben, dann die Blonde vom Edeka, Chagall, Paul1 und Paul2. Apropos: Lisbeth rief Paul an, ob sie am Freitag das Auto haben könnte. Und ob sie wegen der Punks was unternehmen sollte, weil die immer die Jalousie runterzogen? Mal klingeln mit ein paar Flaschen Fanta und denen sagen, dass man sie nicht beobachtete, sondern nur ihre Anwesenheit schätzte?

»Du spinnst, Liebelein.« Paul schaute gerade den *Paten* und war unkonzentriert, weshalb das Gespräch noch kürzer ausfiel als die anderen 76, die sie geführt hatten, seit Lisbeth in der Stadt war. Zumindest versprach er, sich darum zu kümmern, dass sie das Auto bekam.

Am Freitag – Stefan und Maria wären stolz auf sie gewesen, weil sie sich total durchsetzte gegen den Diktator – ging Lisbeth schon vier Minuten vor fünf, packte ihre Sachen, setzte sich in das gelbe Auto und fuhr los. Sie genoss den Blick von der Stadtautobahn auf das alte Westberlin: Reklametafeln, Fabriken, von denen die Farbe abbröckelte, und der alte Gasometer. Lisbeth war eine gute Autofahrerin, fand sie zumindest selbst, sie machte Platz, wenn ein langsames Auto überholen wollte, ordnete sich wieder ein, wenn jemand schnell fuhr. Sie liebte diese Art von Miteinander, bei der jeder in seinem eigenen Fahrzeug sitzen konnte und doch nicht das Gefühl haben musste, allein zu sein. Das gelbe Auto hatte keine Klimaanlage und war ein bisschen peinlich. Aber irgendwie passte es zu ihr als Kreuzbergerin.

In Bückschitz fuhr sie ein wie nach 80 Tagen um die Welt. Leider sah niemand sie, stolz und großmäulig nach all den Prüfungen und Gefahren, die sie in den letzten Wochen gemeistert hatte. Nur die Kühe der Könnecke standen mit gesenkten Köpfen im Sonnenglast und rupften ungerührt das Gras, wie sie es schon immer getan hatten.

Da! Tante Ruths Haus! Der Garten mit den Rosen, und in der einen Ecke stand immer noch ihr grünes Zelt. Davor stand wie ein Depp das Schaf Paul und guckte seltsam, dann hob es den rechten Vorderhuf, senkte den Kopf zum Gruß, kam auf sie zugestakst und stieß seinen Kopf in ihre Hand.

Tante Ruth kam ihr entgegengelaufen, sie sah aus wie die gute Fee aus einem Märchen, mager, das dichte weiße Haar wie immer zu einem Dutt gebunden. Und sie war auch so, wenn man von dem Grausamen einmal absah, das sie neuerdings auch verkörperte. In ihrer blaugeblümten Kittelschürze stand sie in der Tür und betrachtete schmunzelnd, wie Lisbeth und Paul »kuschelten«. Das Schaf stakste um Lisbeth herum und rieb die Schnauze an ihren Beinen (natürlich trug Lisbeth eins der hochgeschlossenen Kleider von Tante Ruth, aber sie hatte die groben Boots und die gelben Strümpfe dazu angezogen – sie sah wirklich sehr nach Kreuzberg aus). Und Lisbeth ihrerseits grub immer wieder ihre Hand in das Fell des Tieres und massierte und streichelte es.

»Ich hab im Zelt gedeckt«, sagte Tante Ruth.

Paul stupste Lisbeth in die Hüfte, und sie öffnete den Eingang zum Zelt, atmete gierig den typischen Geruch aus warmem Staub und Gummi ein. Zu dritt standen sie vor dem gedeckten Tisch. Endlich umarmte Lisbeth auch Tante Ruth, die fein und pudrig duftete und deren Korallenkette allmählich Abdrücke in Lisbeths Gesicht hinterließ. Lisbeth war selig. Sie fütterte Paul mit den mitgebrachten Kräutern, Paul schmierte ihr Kleid mit seinem Wollfett ein und war ebenfalls selig.

Beim Abendessen, das Schaf Paul lehnte mit seinem ganzen Gewicht an Lisbeths Stuhl, erzählte Lisbeth von Berlin, von ihrem Job. Sie erzählte von der Hausgemeinschaft, von Russen-Dima und der Tödlichen Dagmar. Sie erzählte, dass sie jetzt Kochen lernen würde. Aber vor allem erzählte sie von ihrem Tattoo-Paul. Wie erschreckend er wirken konnte, wie unfreundlich er war und wie fürsorglich andererseits, und zwar auf so eine praktische Weise, die Lisbeth gut vertragen konnte. Zwischen ihnen gab es keine unnötigen Berührungen und keinen Schmus (außer dass er Lisbeth Liebelein nannte). Paul schenkte Lisbeth selbstgekochte Marmelade und eine Lichterkette für den Balkon. Und als sie Sehnsucht nach ihrem Schaf gehabt hatte, hatte er sie zu Karlchen auf den Kinderbauernhof gebracht. Außerdem war er total lustig. Letztens war er nach Kaffee und Kuchen auf der Brache betrunken mit Babsis pinkem Bikinioberteil eingeschlafen und hatte beim Aufwachen weiße Bikiniabdrücke auf seiner knallrot verbrannten Brust vorgefunden. Maria hatte ihn fotografiert, die Bilder hingen jetzt in Lisbeths Küche. So was war doch in Bückschitz schlechterdings undenkbar. Das fing ja schon damit an, dass man von Kaffee und Kuchen normalerweise nicht betrunken wurde.

»Hast du 'ne Ahnung ...« Tante Ruth, die schon die ganze Zeit nickte, während Lisbeth erzählte, lächelte versonnen. »Aber sei froh drum. Wahre Freundschaft ist so selten wie wahre Liebe«, sagte sie dann und nickte noch ein bisschen weiter. Lisbeth fragte sich, ob Tante Ruth ihr Altfrauenwissen eventuell aus den Baci-Papierchen bezog. Und sie fragte sich, wie sie wohl heute wäre, wenn nicht ihre Mutter, sondern Tante Ruth sie großgezogen hätte, und zwar mit solchen Weisheiten, an denen gewissermaßen noch Schokolade klebte. Bestimmt würde sie, statt in Unterwäsche, in einem rosa Pyjama schlafen, in einem richtigen Bett samt dicker Großmutterbettwäsche, anstatt auf einem Feldbett, damit sie es nicht zu bequem hatte und damit sie vor lauter Lebensmüdigkeit nicht einfach liegen blieb. Bestimmt würde sie sich, wenn einer sagte, dass sie hübsch war, kokett den Pony aus der Stirn pusten und nicht etwa dessen Kleidung durchzählen. Und ganz,

ganz bestimmt wäre sie dann nie in Behandlung gewesen, sondern immer auf dem Sonnendeck – oder eben genau hier.

Tante Ruth brachte die Teller ins Haus und holte Wein, Fanta und 2 Gläser, während Lisbeth mit dem Schaf redete. Dass Lisbeth ihm gefehlt hatte, war schon daran zu merken, dass Paul beständig Körperkontakt hielt, was ein bisschen anstrengend war, weil so ein Schaf schwerer ist, als man denkt.

»Ich muss mit dir reden«, sagte Tante Ruth, als sie zurückkam. Sie setzte sich wieder, tätschelte über den Tisch hinweg Lisbeths Hand und drückte sie dann fest. »Ich kann das alles nicht mehr, mein Mädchen, ich bin einfach zu alt. Und du sollst dein eigenes Leben haben. Finde raus, was gut für dich ist, das hast du mehr als verdient. Aber für mich muss sich etwas ändern. Und für manches habe ich auch schon eine Lösung: Die Schafe werden ab sofort von dem jungen Sielert betreut. Der hat sich hier als Landschaftsgärtner niedergelassen. Patenter junger Mann, eigentlich erstaunlich bei den Eltern, der hilft mir mit dem Garten. Nur: Wir müssen auch für deinen Paul eine Lösung finden. Ich hab ja manchmal Malerfilz ausgelegt und mit ihm *Wer wird Millionär* geguckt, aber das kann man von dem Sielert nicht erwarten, der Paul macht dem das Parkett kaputt mit seinen Hufen. Außerdem denken die Leute eh schon, wir wären bekloppt, da dürfen wir den jungen Mann nicht mit reinziehen. Der hat sein ganzes Leben noch vor sich, und wenn der sich hier niederlassen will … Lass uns doch mal gemeinsam überlegen.«

Lisbeth strich mit dem Zeigefinger an ihrem Glas auf und ab und war den Tränen nahe. »Ich hab dir nie geholfen, Tante Ruth. Mit dem Garten nicht und auch sonst mit nichts.«

»Es ist alles gut, so wie es ist, Liebes. Du bist ein tolles Mädchen und hast mir viel gegeben. Und willst du nicht endlich das Getante sein lassen? Ich hab mich immer als deine Freundin verstanden, eine, die dir in einer schwierigen Situation ausgeholfen hat.«

»Nur, dass die Situation schon etliche Jahre andauert.«

»Papperlapapp. Ist mir doch egal, ob du dich für den Garten interessierst. Viel wichtiger ist, dass du in Berlin endlich glücklich wirst. Ihr jungen Leute sollt dumm sein und glücklich – so ist das vorgesehen!«

»Dumm kriege ich problemlos hin.« Lisbeth stand auf, schob ihr Schaf beiseite, hockte sich neben Tante Ruths Stuhl und schlang einen Arm um deren Bauch. »Ich verdanke dir alles … Gibst du mir auch noch die Schnitte von den Kleidern, damit ich mich in Berlin einschleimen kann, und ein paar vergessene Rezepte, damit meine Karriere vorankommt?« Lisbeth wären garantiert noch mehr Dinge eingefallen, die sie dringend zum Überleben brauchte, doch jetzt musste sie erst mal weinen. Haltlos schluchzte und schniefte sie an Tante Ruths Kittelschürze.

»Na, na, wer wird denn weinen, Kindchen. Du kannst haben, was immer du willst – aber nur, wenn du dafür Handauflegen probierst. Ich wette, du bist begabt. Zumindest begabter als die alberne Könnecke, die das hier in Bückschitz mehr schlecht als recht praktiziert, seit ich mich zur Ruhe gesetzt habe. Jetzt kommen die Leute hinterher heimlich zu mir, weil sie zu ihren Verspannungen auch noch Pusteln und Warzen haben oder Migräne. Torten für die Sielert-Mutter und deren ›gesellschaftliche Anlässe‹

backt sie inzwischen auch. Das ist das Übelste am Altwerden – dass dir keiner mehr was zutraut. Dass alle denken, du wäschst dir die Hände nicht mehr vorm Backen, und von deinem faulen Atem wird die Sahne flüssig. Nee, Lisbeth. Alt werden ist schon schrecklich. Aber steinalt werden ist so hart – das halten nur die allerwenigsten durch. Und trotzdem ist man entsetzt, wenn es dann irgendwann vorbei ist.« Sie schwieg. Lisbeth schwieg auch. Dann hörte sie auf, ~~Tante~~ Ruth zu umklammern, stand auf, nahm ein Tempo aus der Tasche ihres Kleides, wischte sich die Tränen aus dem Gesicht, putzte sich laut die Nase und ging durch den dämmergrauen Garten ins Haus. Sie holte eine Flasche Selbstgebrannten aus der Küche und 2 Gläser.

»Auf dich«, sagte sie.

»Auf uns«, sagte ~~Tante~~ Ruth.

Verraten und verkauft

Am nächsten Tag, Ruth hatte am Vormittag schon Eierschecke gebacken, Lisbeth hatte ihnen Pauls Kardamomcarokaffee gekocht, blätterten sie gemeinsam in vergilbten Kochbüchern. Ruth saß in einem Gartenstuhl, aß ein Stück Eierschecke und kommentierte die Rezepte, die Lisbeth auf der Wiese liegend vorlas.

Irgendwann fragte Ruth Lisbeth ganz harmlos, was die Zählerei mache. »Was macht eigentlich die Zählerei?« Lisbeth zuckte zusammen, aber es war eher die Erinnerung an früheres Zusammenzucken, denn im Grunde ging es ihr gut. »105 Treppen, im Büro 337 Karos, wenn ich keins übersehen habe, und 126 Kreise. Aber es wird weniger. Schon weil das Kind der Putzfrau die Magnete von meiner Tafel zu klauen scheint.«

Für den Abend hatte Ruth den jungen Sielert eingeladen, der das Schaf Paul im Zweifelsfall aufnehmen könnte – Sonderbetreuung, aber im Rahmen einer Herde. Während Ruth wie früher kochte, spielte Lisbeth wie früher mit dem Schaf Paul eine Partie Schach. Es war heiß im Zelt, die Plane knackte, und es roch nach Staub. Keine

49 Minuten dauerte es, da hatte Paul Lisbeth geschlagen. Lisbeth holte Ruths kleinen Kassettenrecorder und eine alte Suzi-Quatro-Kassette, die keiner vermissen würde. Wie Tante Ruth ihr das einmal gezeigt hatte, überklebte sie den Kopierschutz mit Klebeband und sprach ein bisschen was über Berlin für das Schaf ein, damit es sie nicht so vermisste. »Berlin ist eine Reise wert. Aber es gibt da keine Fleischerläden, man kauft die Leberwurst im Supermarkt.« Dann fiel ihr auf, dass es vielleicht unangemessen war, einem Schaf mit der Wursttheke zu kommen. Also spulte sie zurück und nahm neu auf: »Berlin ist eine Reise wert. Man wird dort mit viel Unbekanntem konfrontiert. Die sagen da Sachen wie *arschdumme Schrippe* oder: *Militanz ist nur ein leeres Ritual.*« Am Schluss sang sie: »Schlaf, Paulchen, schlaf, dein Vater ist ein Schaf, deine Mutter schüttelt's Bäumelein, da fällt herab ein Träumelein« – »schlaf, Paulchen, schlaf«, fiel da plötzlich eine tiefe Stimme nicht besonders melodiesicher ein. Peinlich berührt wandte sie sich um und blickte in ein von hellbraunen Locken umrahmtes Gesicht, das ihr vage bekannt vorkam. Lisbeth straffte sich – wozu hatte sie neuerdings diesen verantwortungsvollen Job, wenn nicht um zu wissen, wie man sich straffte – und sagte: »Sie müssen *der junge Sielert* sein. Ist das Essen fertig?«

»Oh, sollte ich kochen?«

»... ich dachte, Tante ... äh, Ruth, hätte Sie geschickt, um mich zu holen.«

»Aus dem Zelt ragte der Hintern eines Schafbocks. Wollte nur sehen, ob eine Jungfrau in Not ist.«

»Ich glaube, Paul mag nicht, wie ich singe, sonst weicht er mir nicht von der Seite.«

»Ich mag, wie Sie singen.« Er wurde rot. Sie wurde auch rot.

»Na ja«, sagte sie.

»Ähm«, sagte er.

Sie ging neben dem schlaksigen, ungelenk wirkenden Mann zur Wiese vorm Haus, wo Ruth inzwischen den Tisch gedeckt hatte, als gäbe es etwas zu feiern. Auf dem Tisch lag eine dicke, weiße Leinendecke, die Lisbeth an das Hemd von dem erinnerte, der den Barhocker ins Feuer geschmissen hatte und mit dem Straßenschild auf Tour gewesen war. In der Mitte des Tisches stand ein Strauß lila Tulpen, um die Vase geschlungen lagen 3 Wollfäden, blau, gelb und grün. Lisbeth zuckte zusammen, also nicht in echt, eher innerlich, hier musste es heute um was gehen – wenn Tante Ruth, die vorgab, nichts von Magie zu halten, Magie einsetzte. Nur worum ging es? Lisbeth hatte keine Ahnung. Tante Ruth kam aus dem Haus. Sogar das weinrote Kleid hatte sie übergeworfen, von dem Lisbeth wusste, dass es ihr gutes war. Sie trug großes Make-up und Chanel. Lisbeth hatte es immer gemocht, wenn Tante Ruth sich so zurechtmachte. Sie war eine schöne Frau gewesen. Das merkte man jeder ihrer Gesten, jeder ihrer Bewegungen noch an. Lisbeth ging so neben dem Sielert her, dass sie ein Lexikon auf dem Kopf hätte balancieren können. Ruth, die ihr das beigebracht hatte, strahlte ihr entgegen. Sie legte Purcell ein, der sich im Freien noch irrer anhörte als im Hallenbad, Lisbeth war ganz verzückt. Dann stießen sie mit Prosecco Aperol an, Tante Ruths Lieblingsgetränk. Lisbeth hätte lieber Fanta gehabt, aber Prosecco Aperol schmeckte überraschend limonadig. Vielleicht sollte Lisbeth in die Werbung gehen, statt die Rechtschreibfehler des Diktators zu korrigieren.

Prosecco Aperol – überraschend limonadig. Das klang doch sehr reizvoll. Tante Ruth ging in die Küche, und Lisbeth und der Sielert rochen verlegen und schweigend an den Tulpen, die nach nichts rochen. Die Rosen hätten nach was gerochen, aber an denen zu riechen, fiel ihnen nicht ein.

Es gab Kaninchenbraten, Kartoffeln und Erbsen. Hatte Ruth vergessen, dass sie nichts Zählbares aß? War das, weil sie vorhin gesagt hatte, dass es besser geworden war? Aber dann beschloss Lisbeth, die Provokation zu übersehen, zermatschte die ~~47~~ Erbsen auf ihrem Teller kurzerhand mit der Gabel und wandte sich dem jungen Sielert zu. »Ruth hat erzählt, dass Sie Landschaftsgärtner sind. Werden Sie denn hier genügend Aufträge haben?«

Er lächelte schmerzlich. »Du erinnerst dich nicht«, sagte er und legte seine Hand auf ihre, die dann unter seiner auf der Leinendecke lag wie ein toter Fisch. »Du hast mich vergessen.«

Lisbeth starrte auf ihren Teller und wünschte sich die Erbsen zurück. Zum Glück kam Tante Ruth von drinnen mit der Sauciere und sah sofort, dass Lisbeth feststeckte. Sie kam herüber, nahm die Hand des jungen Sielert, der verwundert guckte, von Lisbeths, legte sie auf den Tisch und massierte Lisbeth leicht den Nacken. »So, und nun lasst uns essen, ehe es kalt wird.« Tante Ruth und der junge Sielert fachsimpelten über Tomaten. Vielmehr fachsimpelte Tante Ruth, der Sielert nickte meistens nur und blickte die ganze Zeit waidwund[2] zu Lisbeth herüber.

---

2 Waidwund steht unter W in Lisbeths Lieblingswörterheft (Nr. 8), auch andere hier benutzte Wörter wie unversehens (unter U) und Hüne (unter H) wurden diesem Heft entnommen.

»Wie heißen Sie eigentlich?«, fragte sie irgendwann.

»Drops«, platzte er heraus, beugte sich vor, aber nicht zu sehr, denn er war ja nun gewarnt. Lange sah er ihr in die Augen und hinter den Augen ins nicht aufgeräumte Oberstübchen, sah sich lächelnd überall um und fand offenbar schön, was er sah.

Das war irgendwie ein komplexer Abend. Zum Glück hatte Tante Ruth die gläserne Pfeffermühle auf den Tisch gestellt, und Lisbeth wollte sich gerade hineinvertiefen, ließ es aber bleiben, weil schon wieder angestoßen wurde: »Auf diesen Sommer.«

»Auf diesen Sommer der Veränderungen – mögen sie angenehm und fruchtbringend sein.«

Doch Lisbeth war ganz woanders. Damals am See hatte er sie jedes Mal, wenn sie falsch geraten hatte, wie er zu seinem Spitznamen gekommen war, küssen dürfen. 7 kühle, kleine Küsse hatte sie bekommen, und sie hatte in ihrem Badeanzug dagesessen und ihre Spinnenarme und -beine um ihn schlingen wollen, als er gehen musste. Zum ersten und einzigen Mal in ihrem Leben hatte sie einen nicht durchzählen wollen, sondern gemeint, ihn auch so schon zu kennen.

Und jetzt saß der hier. Lisbeth war so kalt, dass sie Gänsehaut hatte. »Wo bist du denn damals abgeblieben?«

»Ich musste wieder zurück ins Internat, ich hatte keine Ahnung, wie ich dich erreichen sollte.«

»Ihr kennt euch? Das wusste ich gar nicht.«

»Dieser Drops hier hat mir das Herz gebrochen«, sagte Lisbeth möglichst leichthin.

Tante Ruth musterte sie prüfend und schlug dann

mit dem Dessertlöffel an ihr Weinglas. »Wenn ihr euch kennt – umso besser«, sagte sie forsch. »Ich bin eine alte Frau und muss demnächst die Heimreise antreten. Für Lisbeth habe ich bereits vor ein paar Monaten gesorgt, indem ich ihr die Wohnung gekauft habe. Und wie ich höre, ist Kreuzberg genau richtig für das Mädchen.« Lisbeth nahm die Pfeffermühle in die Hand und hielt sie sich vors Gesicht. »Dieser energische junge Mann hier«, Ruth zeigte mit dem Dessertlöffel auf Drops, und Lisbeth fiel auf, dass sie immer noch nicht wusste, wie er hieß und warum er Drops genannt wurde, »will mir das Land abkaufen – das Haus, die Schafe, die Kohlköpfe und den Teich schenke ich ihm dazu.«

»Nächstes Wochenende startet eine einmonatige Testphase«, sagte der Sielert beifallheischend zu Lisbeth. »Bist du einverstanden?«

Lisbeth stand so abrupt auf, dass Paul einen Satz zur Seite machte. »Das kannst du nicht tun! Und wenn nun ich …? Ich …? Ich bin hier zu Hause, viel mehr als in Kreuzberg! Immerhin bin ich deine Tochter! Ich brauche dich doch!«

»Du bist nicht meine Tochter, Kindchen. Ich liebe dich, und ich hab mir das lange überlegt: Ich glaube, Edgar ist besser geeignet, Haus und Land zu übernehmen.«

»Ist er nicht! Er ist ein Zugezogener.« Lisbeth hatte sich über den Tisch gebeugt und spie Tante Ruth die Worte förmlich entgegen.

»Jetzt sei doch vernünftig, Mädchen. Die Details können wir ja noch bereden.« Tante Ruth sah ehrlich betroffen aus, als sie kopfschüttelnd betrachtete, wie Lisbeth, kreidebleich im Gesicht, ein zorniges Glühen in den Augen, vor ihr stand und die Pfeffermühle umklammert hielt.

»Wir zwei«, Lisbeth beugte sich über den Tisch zu Tante Ruth, »werden gar nichts mehr bereden.« Die Pfeffermühle in der Hand wie einen Staffelstab, stürmte sie los, lief ins Haus, raffte unter Tränen ihre Sachen zusammen, und als sie wieder herauskam, baute sie sich schniefend und schluchzend vor dem jungen Sielert auf. »Haben Sie es sich zur Aufgabe gemacht, mein Leben zu ruinieren? Erst haben Sie mich allein gelassen mit diesem schrecklichen Verliebtsein – ich war siebzehn, ich wusste damals nicht, dass man so was überleben kann –, und jetzt nehmen Sie mir Tante Ruth weg, bloß damit ich wieder einsam bin. Aber darf ich Ihnen ein Geheimnis verraten? Mit Ihnen oder ohne Sie, mit Ruth oder ohne sie – ich bin sowieso immer einsam. Ich bin so scheißeinsam, das können Sie sich gar nicht vorstellen! Machen Sie sich hier ruhig breit, nehmen Sie Tante Ruth in Beschlag. Feiern Sie Ihre Orgien in meinem Zelt! Für mich müssen Sie nichts empfinden! Rein gar nichts! Ich brauche keine Empfindungen! Aber auf keinen Fall überlasse ich Ihnen mein Schaf Paul auch nur für einen Tag, Sie ... Sie ... Sie ... Edgar!«

»Aber Lisbeth ...«, sagte Edgar.

»Lisbeth ...«, sagte Tante Ruth. Doch da floh Lisbeth schon quer durch den Garten zu dem gelben Auto, warf sich hinein, sah beim Rückwärtsfahren, dass der lila Slip noch hinten im Sitz klemmte und Tante Ruth ganz klein auf der Treppe zum Haus stand ...

Lisbeth fuhr nach Hause wie durch ein Unwetter. Dann lag sie auf dem Feldbett, das sie mit letzter Kraft auf den Balkon gezerrt hatte, und starrte in den Himmel. Bei 416 schaffte sie es, die Augen zu schließen. Irgendwann zwischendurch klingelte das Telefon. Dann endlich wieder Ruhe. Endlich schlafen. Das Bett quietschte, wenn sie sich bewegte, also bewegte sie sich nicht. 5 Mal meinte sie, die Amsel zu hören. Das Telefon klingelte von Zeit zu Zeit. Und plötzlich stand Paul über ihr, Tränen im Gesicht: »Russen-Dima hat mir aufgemacht.«

Lisbeth schloss die Augen.

»Wäre es nicht einfacher gewesen, auf meiner Couch zu liegen, wenn du schon tagelang liegen bleiben willst? Da wärst du nicht nassgeregnet worden, bei Bedarf hättest du dich hin und her werfen können, außerdem hätte die Leberwurstbrotversorgung gestimmt. Du stinkst, Liebelein.«

Er ging rein und hantierte mit irgendwas. Lisbeth döste. Die Amsel schwieg. Dann kam er zurück und hob sie unversehens hoch. Er trug sie ins Bad, half ihr aus den Kleidern und legte sie, die Arme neben ihrem schmalen Körper anordnend, in die mit warmem, duftendem Wasser gefüllte Badewanne. »Als hätte ich's geahnt, hab ich Lavendel dabei. Sonst ja nicht so, aber wenn's um dich geht, Liebelein, hab ich den siebten und achten Sinn.«

Sie hatte die Augen geschlossen, aber sie genoss, dass er da war. Er wuselte umher, brachte Kerzen, löschte das große Licht, machte leise Musik an. Purcell. Das war jetzt aber schon der neunte Sinn. Dann hielt er ihr einen Cookie hin, setzte sich mit dem Rücken an die Wanne gelehnt auf den Fußboden und sagte: »Erzähl mal, Liebelein.«

Zweimal musste Paul warmes Wasser nachlaufen lassen. Als Lisbeth geendet hatte, stand er ächzend auf und hielt ihr ein Handtuch hin, in das Lisbeth sich wickelte. Sie zog sich an und bürstete ihr Haar, während Paul kochte. Dann aßen sie schweigend draußen auf dem Balkon Spaghetti mit Tomatensoße.

»Das alles ist eine Nummer zu groß, um das jetzt gleich zu klären. Ich helfe dir, Liebelein, versprochen, mach dir keine Sorgen, deine Tante Ruth verlierst du nicht, und Edgar scheint dich doch zu mögen. Selbst um das Zelt würde ich mir an deiner Stelle keine Sorgen machen. Det wird allet wieder, Liebeleinchen. Warum holen wir nicht tatsächlich dein Schaf für einen Monat her? Meine Hausgemeinschaft könnte hinten für den Garten einen Rasenmäher brauchen. Ich berufe für morgen eine außerordentliche Hausversammlung ein. Und du meldest dich krank. Hast du das eigentlich gemacht?«

»…«

»Nein, okay. Knast-Kalle oder Dima besorgt dir eine Krankschreibung. Du bäckst morgen vegetarische Pizza für alle. Das Schaf hole ich für einen Monat her, das ist mal klar. Mit deiner Tante Ruth, der du meiner Ansicht nach unrecht tust, rede ich auch. Und spätestens, wenn der Monat Testphase um ist, fährst du hin und versöhnst dich mit der. Was will die eigentlich den ganzen Monat über machen?«

»…«

»Guck nich wie ’n Babygorilla. Und hör auf, die Parmesansplitter zu zählen. Jetzt legst du dich erst mal wieder hin. Das war genug Aktivität für heute. Ich stelle dir den Wecker, und morgen früh um sieben stehst du auf. Versprochen? Nicht wieder drei Tage liegen bleiben. Russen-Dima hat jetzt deine Adresse …« Paul bezog ihr Bett neu. Die alte Wäsche packte er in die Waschmaschine, gab Waschpulver und Weichspüler dazu und schaltete sie ein. Lisbeth stand schweigend in der Badtür.

Am nächsten Tag blieb Lisbeth liegen. Das Telefon klingelte ein paarmal. Immer, wenn es klingelte, stand sie auf, holte sich einen von den Cookies, die Paul dagelassen hatte, und trank eine Tasse Ingwertee nach Tante Ruths Rezept. Auch wenn sie mit Tante Ruth fertig war, waren deren Hausmittel doch immer noch die besten. Auch schlechte Menschen taten versehentlich Gutes. Lisbeth ging aufs Klo, ging ins Hallenbad. Die Punks hatten leider in letzter Zeit immer öfter die Jalousie unten oder streckten ihr – wie jetzt gerade – die Faust entgegen und ließen dann die Jalousie runter. Immerhin wurde etwas ausgeschüttelt. Etwas Rotes von der Frau, die geschminkt war wie ein Stummfilmstar und heute große hellblaue Lockenwickler auf dem Kopf trug. Die falsche Frau, die falsche Aufmachung – da musste man gar nicht erst anfangen mit dem Wünschen. Lisbeth tippte 3 Mal auf das Kinderbesteck am Kopfende des Feldbetts und schrieb 6 Zeilen in das Notheft (Nr. 9). Über den Verlust ihrer Heimat. Darüber, wie aus der lieben Tante Ruth die Verräterin Ruth geworden war. Das waren nur erste flüchtige Notizen, mehr ging nicht. Später würde sie genauer nachdenken. Später. Als Lisbeth sich auf ihr knarzendes Feldbett sinken ließ, schlief sie sofort ein, tief und traumlos. Bis wieder das Telefon klingelte. Geschah Ruth recht, dass sie sich jetzt Sorgen machte. Hätte sie sich eher überlegen sollen, dass man sein Kind nicht verstieß und durch ein neues ersetzte, bloß weil es Landschaftsgärtner war. Edgar. Drops. Wollte der künftig in ihrem Zelt wohnen? Sie zählte sich wieder in den Schlaf. Aber sie hatte sich den Wecker gestellt.

Tourette auch noch

Als Paul sie kurz vor sechs abholen kam, hatte Lisbeth ihre neuen Umzugsklamotten an, ausgeblichener Minirock, Shirt mit Riss, dazu trotz der Hitze den grünen Schal.

»Heirate mich«, sagte Paul zur Begrüßung und betrachtete sie, seinen Zeigefinger unter ihrem Kinn. »Ach nee, bist mir zu jung. Wie findest du eigentlich Karin?«

»Tota…«

»Mit der war ich vor zwanzig Jahren mal zusammen, aber ich hab's vergeigt. Als sie sich die langen Haare abgeschnitten hat, hab ich sie rausgeschmissen. Unglaublich, was für ein Hornochse ich war. Aber jetzt lass uns mal gehen. Wo ist die Pizza?«

»Bestellt. Lieferservice.«

Er schüttelte sich und nahm sie bei der Schulter. Arm in Arm gingen sie zu Pauls Haus. Sie trafen gleichzeitig mit dem Pizzadienst ein. Lisbeth zahlte, dann trugen sie sieben Kartons mit XXL-Pizzen in den Hof, wo schon alle beim Bier zusammenstanden. »Lass mich nur machen«, flüsterte Paul. »Gleich kannst du wirklich mal wie ein Babygorilla gucken.« Was kein Problem war angesichts all der Gesichter, die sich Lisbeth jetzt interessiert zuwandten. Am liebsten hätte sie sich hinter Paul versteckt. »Hallo Pizza«, sagte sie tonlos.

In das Gelächter hinein sagte der Alte mit dem Pelzstirnband: »Zehn Minuten Pizza und ein erstes Bier kippen. Punkt neunzehn Uhr Plenum.«

Heute konnte ein bisschen schleimen nicht schaden. Lisbeth dachte an Drops, und dass der als Kind sicher auch schlecht angezogen gewesen war, wenn auch nicht verwahrlost wie sie. Er war bestimmt praktisch angezogen gewesen, hochwertig – und uncool. Und bei den anderen eingeschleimt hatte er sich bestimmt auch. Irgendwie waren sie sich ähnlich. Und jetzt stritten sie auch noch um Tante Ruths Gunst. Lisbeth musste sich erst mal setzen. Ihr war schwindlig. Dagmar kam zu ihr gerobbt und legte ihre Schnauze auf Lisbeths Füße. Und Babsi G-Punkt kam herüber, streichelte ihr über die Schulter und sagte: »Du arme Sau. Tattoo-Paul hat uns alles erzählt. Ich hatte es auch schwer ... Ich bin im Knast aufgewachsen. Meine Mutter ...« Und während sie redete und redete, blickte Lisbeth an ihr hoch, schmutzige Hände, fahle Haut, Narben an den Unterarmen. Die rosa Matte auf ihrem Kopf hatte dunkelbraune Ansätze. Lisbeth schob sich von ihrem Stuhl hoch und schlang ihre Arme um die verdutzte Babsi, die nach Rauch und Erde roch. Da klatschte der mit dem Pelzstirnband in die Hände, und Lisbeth ließ los. Babsi sagte wie zu sich selbst: »Ist ja gut, ist schon alles gut.« Lisbeth nickte. Dann wandte Babsi sich ab, weil ihr jemand einen Joint hinhielt. Die Leute holten sich noch ein Bier und setzten sich. »Hiermit erkläre ich das Plenum mit zweiundzwanzig Anwesenden für beschlussfähig. Karin ist bei einer Geburt.

Und Narben-Norbi hat sich kurzfristig entschuldigt, ihm ist eine Wasserflasche umgefallen, und jetzt ist ein ganzer Haufen Koks nass. Der ist erst mal beschäftigt, hat seine Stimme aber schriftlich abgegeben.«

»Hätte er's halt runtergebracht, der Geizkragen«, sagte einer mit riesigen orangefarbenen Kopfhörern um den Hals und schnippte seine Zigarette ins Gras, wofür er sich einen tadelnden Blick von Paul einfing, den er aber geflissentlich übersah. Da lagen ohnehin 7 lauter Kippen, Bierdosen und jetzt auch noch 5 Feigling-Flaschen. *Das ist keine Umgebung für ein Schaf*, dachte Lisbeth plötzlich, *das ist nicht artgerecht. Das ist alles zu viel: Das Schaf herholen und nicht geliebt werden – nicht von Tante Ruth, und von Drops schon gar nicht. Und Paul hat Karin verlassen, weil die ihre Haare abgeschnitten hatte.* Sie wollte schon aufstehen und alles abblasen, als Paul das Wort ergriff. Ihr Paul – mickrig, trotz Lederkluft, mit tätowierter Glatze, irrem Blick und schmalen bläulichen Lippen – baute sich vor den Leuten auf, die plötzlich wie Erstklässler auf ihren Bierbänken hockten. Ganz hinten hatte sich gerade noch dieser Mann hingepflanzt, der wie ein Running Gag immer mal völlig unerwartet in Lisbeths Geschichte auftauchte, es war wie bei Godot, nur umgekehrt. Aber diesmal hatte er weder einen Hocker noch ein Schild dabei, hörte nur genauso gebannt zu wie die anderen, als Paul krächzte, dass so ziemlich jeder hier wisse, was echte Schwierigkeiten seien. Und Lisbeth stecke in echten Schwierigkeiten und brauche Hilfe. Alle blickten zu ihr her und fragten sich wohl, welche Art Schwierigkeiten eine wie sie wohl haben konnte, frisch geduscht, wie sie da saß, sogar ihre Haare hatten 103 Bürstenstriche bekommen. Und dann sagte er, das sei *die* Chance! Dass ein Schaf, noch dazu ein sehr zahmes, das allerlei Kunststückchen könne, geradezu kostbar sei. »Kreuzberg ist tot. Nur noch wenige Orte erinnern daran, wie es war, der Bezirk, die Hölle, die Galerie auf der Oranienstraße, aber auch diese Orte werden verschwinden, so wie wir verschwinden werden, guckt uns doch an: Witzfiguren sind wir, alt und krank!«

»Zu viel LSD, da war eindeutig zu viel LSD im Spiel«, sagte einer, der ganz hinten auf einem weißen Plastikstuhl saß und kippelte, dann setzte er seine riesigen orangefarbenen Kopfhörer wieder auf. Ein paar lachten, die meisten ignorierten ihn. Zwei verzogen sich in den Hausflur und knutschten.

»Damit wir nicht von Mitte-Yuppies verdrängt werden, sollten wir uns um Nachwuchs kümmern«, fuhr Paul fort und erntete Gejohle. Dagmar, die, seit es losgegangen war, neben Lisbeth in der Hecke gelegen hatte, bellte, ganz hinten war Godot aufgestanden und klatschte. Stefan und Maria schauten betreten zu Boden.

Dann führte Paul mit einer Energie, die Lisbeth noch nie an ihm gesehen hatte, aus, dass sie dumm wären, sich nicht anzuschließen, wenn in Bethanien Kunstaktionen gemacht würden, wenn die jungen Skater eine neue Location brauchten, wenn jetzt jede verdammte Straßenlinde zu einem Guerilla-Garten werde. »Entweder wir machen da mit, oder wir sind tot.«

»Diese weichgespülte Scheiße, meinst du die Prinzessinnengärten? Die machen da kein Guerilla-Gardening, die trinken mit Wowereit Cappuccino!«, kiekste Babsi G-Punkt, als wäre Cappuccino trinken per se Verrat an der Sache.

»So 'n Quatsch, ich war letztens bei denen, da sieht's aus wie bei Hempels unterm Sofa. Die machen die gleichen Fehler wie wir Anfang der Achtziger. Da war es Momper statt Wowereit und schwarzer Kaffee statt Cappuccino. Und was ist davon übrig? Niente, nada! Leider sind Revolutionäre selten Organisationstalente oder Ordnungsfanatiker. Das dümpelt noch ein paar Jahre so vor sich hin, dann isses wieder vorbei«, sagte Stefan, und Maria guckte ihn verliebt an. Lisbeth gähnte, dabei war sie ziemlich flatterig. Das musste der Kreislauf sein.

»Genau. Und deshalb brauchen die uns und unsere Erfahrung. Ich weiß noch nicht, wie das Schaf da reinpasst«, sagte Paul, »aber lasst uns den Monat, den es hier ist, nutzen. Ich meine, so ein Schaf vor dem Roten Rathaus sieht auf der Titelseite der BILD einfach besser aus als ein paar versprengte Bienen. Zumal das Ding mit den Bienen doch eh wieder nicht klappt.«

»Gulaschkanone mit Hammelgulasch!«, rief jemand von hinten und duckte sich weg, als eine nicht ganz leere Bierdose geflogen kam. Zwei Frauen kreischten.

»Wir lassen Kinder drauf reiten und nehmen pro Runde 'nen Euro!«

»Wie öde is det denn!«

»Schnauze, ihr Spinner!« Der Alte mit dem Pelzstirnband sorgte für Ruhe und ordnete eine Pinkelpause an. Alle standen auf, diskutierten, lachten, kamen auf Lisbeth zu, die plötzlich umringt war von Menschen, manche fassten sie sogar am Arm oder an der Schulter an. Die Kniekehlen an ihrem Stuhl, stand sie stocksteif da und wurde getröstet. »Wir helfen dir, darauf kannste dich verlassen.« Sie beantwortete Fragen zu Ernährungs-

und Lebensgewohnheiten des Schafes Paul, sagte zu, die Fütterung zu übernehmen, morgens und abends da zu sein, und merkte, dass sie lieber wieder am Rand sitzen würde, statt im Mittelpunkt zu stehen. Sie konnte es sich aber auch nicht recht machen. Zur Beruhigung zählte sie still die Fenster des Hauses (42). »Und ich übernehme die 17-Uhr-Schicht und gehe mit ihm auf eine Zigarette ins Jenseits«, sagte Godot, der herangetreten war und eine Hand auf Lisbeths Nacken gelegt hatte, als wüsste er, dass man sie so am besten beruhigte. Er küsste sie in den Nacken. Sie war plötzlich ganz matt und musste sich an ihn lehnen. »Sehr witzig, du denkst doch echt, dir kann keine widerstehen!«, Babsi G-Punkt wollte den Hünen gerade mit ihrem mageren Körper von Lisbeth wegschieben, was dem nur ein ziemlich unverschämtes Grinsen entlockte, da verkündete der Alte mit dem Pelzstirnband, man werde jetzt zur Abstimmung schreiten. »Entscheidet weise, liebe Freunde!«

Es gab keine Gegenstimme. »Babsi, willst du uns heute etwa nicht den Abend vermiesen?«, rief einer mit grauen Dreadlocks aus der Menge, und Babsi sprang auf und krähte: »Huhni, du ...«, wurde aber zurück auf ihren Platz gedrückt und mit einem Bier beschwichtigt. Die Leute standen von ihren Bänken auf, und ehe Lisbeth sich wegducken konnte, traten schon wieder 22 Leute auf sie zu, gratulierten, umarmten sie und redeten wild gestikulierend auf sie ein. Als wäre das nicht stressig genug, zog Dagmar Kreise um die Gruppe und bellte.

»Auf das Schaf Guerilla-Paul«, rief Tattoo-Paul auf einem weißen Plastikstuhl stehend über die Menge hinweg und hob seine Bierflasche. »Die Taufe findet statt, sobald das Schaf anwesend ist. Große Party, und vorher überlegen wir uns noch ein paar hübsche Aktionen.«

Die Begeisterung hielt eine ganze Weile an. Zwar hatten die Leute schnell von Lisbeth abgelassen, nun aber saßen sie in kleineren Gruppen beieinander und schmiedeten Pläne. Lisbeth hatte sich an den Rand verkrümelt und versuchte, nicht zu zählen. Karin kam erst jetzt. Sie hatte bei einer Geburt geholfen und sah zufrieden und glücklich aus in ihrem gepunkteten Sommerkleid. Sie warf Paul einen Luftkuss zu und steuerte schnurstracks auf Lisbeths Plastikstuhl zu. »Wie ist es gelaufen?«

»Super. Ich frage mich, warum ich nicht glücklicher bin.«

»Ha, die Welt wäre ein paradiesischer Ort, wenn die Leute sich das nicht ständig fragen würden. Steh mal auf, streich dein Röckchen glatt und feier ein bisschen.«

»Guter Plan.«

Lisbeths Fortschritte im Aufstehen und Röckchen-Glattstreichen wollte sie offenbar nicht abwarten, ohne ein weiteres Wort wandte sich Karin ab, holte sich ein Glas Wein und gesellte sich zu drei Frauen, die im hinteren Teil des Gartens auf einer braunen Decke lagen, in den Himmel guckten, redeten und kifften.

Paul schaute vom Feuer aus begeistert zu Karin hinüber. Dann winkte er Lisbeth zu sich und ließ sich mangels eines Zettels Tante Ruths Telefonnummer auf eine kleine freie Stelle auf der Innenseite seines Unterarms schreiben – zwischen 2 Fliegen und eine Frau mit großen Brüsten. »Danke«, sagte sie, als sie Paul nach vorn zum Tor brachte, der müde war und ins Bett wollte. So kannte sie ihn gar nicht.

Er sah irgendwie blass aus, fast grau. Er nickte, sagte: »Ich rede mit der alten Dame und bringe dir dein Schaf. Du bist übrigens zwei Wochen krankgeschrieben, Grüße von Dima, dem hast du ja ordentlich den Kopf verdreht, Liebelein.« Dann streichelte er ihre Wange und ging nach oben.

Lisbeth blieb noch eine Weile stehen, schaute in den lila Abendhimmel, flüsterte: »Du bist ein echter Freund, Paul«, und als sie zurück zu den anderen kam, war ein kleines Feuer angezündet worden. Die Leute nahmen keine Notiz mehr von ihr, als sie sich zu ihnen setzte. Sie unterhielten sich, lachten, und Lisbeth trank Weißwein, um nicht die Scheite neben dem Feuer zu zählen und die Punkte auf Marias Kleid. Als sie schon eine Menge Weißwein getrunken hatte und das Zählen dennoch nicht vergehen wollte, stand Godot neben ihr, sah spöttisch zu ihr runter, das Herz rutschte Lisbeth wieder sonst wo hin und pochte und puckerte, und er hob sie kurzerhand hoch, legte sie sich über die Schulter, fragte: »Wohin soll's gehen?« und trug sie raus auf die Straße zum Taxistand. Von da oben betrachtet war der Hüne gar nicht mehr so hünig (sie hatte gerade keine Ahnung, ob es das Wort gab, zum Nachschlagen hatte sie aber auch nichts dabei, und selbst wenn sie etwas dabeigehabt hätte – sie musste sich echt mit beiden Händen an ihm festhalten). Er war eher massig als hünig. Unterwegs fiel ihr ein, dass sie nun nach dem Hocker und dem Straßenschild schon das dritte Objekt war, das er stolz durch die Straßen trug. War jedenfalls ganz angenehm, so als Objekt. Da musste sie nichts Bestimmtes fühlen. Da konnte sie mal anzählen, was kam und ging, musste sie aber nicht. Als sie aus dem Taxi stiegen, hob er sie wieder hoch, trug sie, ohne außer Atem zu geraten, hoch in ihre

Wohnung, wo er, Lisbeth immer noch über der Schulter, das Hallenbad bestaunte. Dann holte er kurzerhand ihre Bettdecke aus dem Schlafzimmer herüber, legte Lisbeth, die sehr müde und sehr schwer war, darauf ab, zog sie aus, aber nicht ganz. Beugte sich über sie, aber nicht zu dicht, berührte ihren Körper an genau fünf Stellen, als wüsste er, dass mehr sowieso zu viel wäre. Eine ganze Weile berührte er sie so, bis sie seufzte und bis er seufzte. Hinterher trug er sie rüber ins Bett, holte die Decke, schüttelte sie aus, breitete sie über Lisbeth, die ein bisschen große Augen machte, und gab ihr einen Kuss auf die Stirn. »Du komische Fee«, flüsterte er noch, dann ging er.

Pünktlich um 6 Uhr, sie war zu matt, um sich über die tolle Zahl zu freuen oder sie gar zu notieren, war sie mit Kaffee und 3 Aspirin auf dem Balkon und rechtfertigte sich. Dabei hatte die Amsel gar nichts gesagt. »Ich weiß, ich weiß … Aber gutgetan hat's trotzdem. Und außerdem, wenn du mich vor 3 Monaten gekannt hättest, wärst du stolz auf mich: Umringt worden von 22 Leuten. Beschwipst gewesen. Getragen worden. Beinahe nackt gewesen. Sex gehabt – jedenfalls mehr oder weniger.« Lisbeth hatte nicht übel Lust, sich auf die Brust zu trommeln. Das musste an den Aspirin liegen. Man nahm ja auch nicht 3 auf einmal.

2 Tage später, Lisbeth brütete wegen ihres neuen Hobbys gerade in der Staatsbibliothek über einem Stapel steinalter Kochbücher, die ihr aber nicht viel sagten – weder kannte sie sich mit den Zutaten und deren Eigenschaften aus noch mit den Verfahren –, rief Paul an. Sie solle um siebzehn Uhr zur Hausgemeinschaft kommen. Er sei bei ihrer Tante

Ruth gewesen, »patente Frau, kocht göttlich«, und bringe nachher das Schaf nach Berlin. »Liebelein, det is ein sehr kuscheliges Schaf, ich drehe durch, wenn det sich weiter so an mich ranschmeißt. Det Schaf scheint ho-mo-se-xu-wie-sacht-man zu sein, habt ihr darüber schon mal ein Gespräch geführt? Dass es sich auch angenommen fühlt?« Er lachte keckernd. Pauls Witze waren eher speziell als komisch, fand Lisbeth. Aber sie freute sich sehr. »Danke«, sagte sie, »danke, danke, danke!!!«

»Nüscht zu danken«, sagte Paul. Wie man Pizza *mache*, wisse sie ja jetzt, »also bitte zwei große vegetarische Pizzen, Liebelein«.

Sie gab die Bücher auf Nimmerwiedersehen zurück. So würde sie nie Kochen lernen. Stattdessen würde sie praktisch vorgehen: Ein Gericht nach dem anderen kochen und dabei lernen. Und die einzelnen Rezepte würde sie von Paul bekommen. Na, der würde begeistert sein über die neue Baustelle in Lisbeths beziehungsweise seinem Leben, das wusste sie jetzt schon. Aber im Grunde freute er sich, dass er sie hatte, das war einfach so.

Um 17 Uhr 3 wollte sie beinahe wieder umkehren mit den Pizza-Kartons, als sie sah, dass Paul und Paul nicht allein waren. Neben ihnen stand dieser Drops-Edgar, grinste selig und sagte: »Danke, dass du mir noch eine Chance gibst.« Der hatte gut grinsen, der hatte Tante Ruth Lisbeths Zelt abgeschwatzt. Ob er schon drin wohnte? Lisbeth sagte: »Wir reden später«, funkelte Tattoo-Paul böse an und wandte sich dann Guerilla-Paul zu, der seinen schweren Schafskörper gegen ihr Bein stemmte und vertrauensvoll zu ihr hochblickte. Okay, im Dienst der Sache würde sie gute Miene zum bösen Spiel machen.

Lisbeth lächelte säuerlich, sagte »hallo« und »danke fürs Kommen«, dann luden sie den Transporter ab. Die Männer hämmerten und bauten am Schafgatter, Lisbeth half erst, dann versuchte sie, den Hof zu fegen, während sie eigentlich mit Hexenblicken Edgars Rücken fixierte, aber nicht wusste, in welche Richtung sie ihn beschwören sollte. *Geh mir aus der Sonne, Verräter? Komm in mein Hallenbad und in mein Leben?* Das Schaf Paul erkundete derweil den Garten, und immer mal wieder schaute einer der Hausbewohner vorbei, rührte keinen Finger, rief nur »mäh!«, »oh, wie süß!« oder »mäh, wie niedlich!«, und wenn Paul den Huf hob: »Der gibt ja Pfötchen!« Wenn Paul dann kuscheln wollte, kreischten sie: »Iiieeeh, der fasst sich aber komisch an!« Als der Hof schließlich gefegt war, konnte Lisbeth nicht anders, als die Nägel (346 lange, 65 kürzere, 23 *andere*) und die Bretter (87) zu zählen. Schon um nicht diesen Blödmann zu bewundern, der sehr geschickt war, sehr gut roch und freundlich zu Tattoo-Paul war – ihn mit Respekt behandelte, wie der das gern hatte –, wollte sich Lisbeth gerade an das Zählen der Karos im Maschendrahtzaun machen, da warfen die Männer die Werkzeuge ins Gras. »Fertig!«, sagte Paul stolz und brachte die tätowierten Tränen auf seinem Gesicht in Schieflage. »Ich muss los. Morgen Nachmittag um fünf machen wir den Rest, die Tage ist Hausparty im Goldenen Anker. Deine Tante Ruth hat Edgar gesagt, er soll bei dir übernachten, Isomatte hat er dabei. Er kann doch bei dir übernachten, oder?«

»…«

»Okay. Dann macht's mal gut, ihr beiden.«

Lisbeth kraulte dem Schaf Paul, das ganz schön blöd guckte ob der neuen Umgebung, zum Abschied die Stirn, dann gingen sie und Edgar schweigend zum Transporter. Als Lisbeth einsteigen wollte, musste sie erst einen Kassettenrecorder vom Sitz räumen, der per Zigarettenanzünder ans Auto angeschlossen war. Daneben lag ihre für Paul aufgenommene Kassette. Sie wurde knallrot und schaute fragend zu Edgar, der auch knallrot wurde. »Damit Paul keine Fahrtangst kriegt ...«

Vor ihrem Haus stellte sich heraus, dass er nicht nur eine Isomatte dabeihatte, sondern auch eine Reisetasche und 2 alte, hölzerne Weinkisten mit Geschenken, wie es aussah.

»Willst du hier auch noch einziehen?«, knurrte sie und schnappte sich eine Kiste.

»Ich gehöre aufs Land. Aber danke für das Angebot.« Obwohl er etwas total Ironisches gesagt hatte, schaute er drein, als hätte Lisbeth ihm ein Messer in den Bauch gestoßen und es genüsslich herumgedreht. Dabei mied Lisbeth Messer. Für Leberwurstbrot reichte auch ihr Kinderbesteck. Tante Ruth hatte das obligatorische Fünfpfundbrot immer mit dem Brotmesser geschnitten – die riesige, rubbelige und scharfe Klinge in Richtung Bauch. Das hatte Lisbeth faszinierend gefunden. Bei Edeka gab's abgepacktes Brot. Man brauchte in seinem Leben keine Tante Ruth. Man brauchte niemanden! Niemanden ... *Nie-man-den!* Jedenfalls stand Edgar da in ihrer Küche rum und sah sie an. Und dann wandte er sich ab und packte die beiden Kisten aus.

Nach einer Weile, die sie mit durchgedrückten Knien in der Tür gestanden und ihn gleichzeitig geliebt und gehasst hatte, während er in der Küche geräumt hatte, fragte er, ohne sich umzudrehen: »Was kochen wir?« Er entkorkte eine Rotweinflasche, während Lisbeth ihn fassungslos anstarrte. Hellbraune Locken, im Nacken ein bisschen verschwitzt.

»Leberwurstbrot«, sagte sie. »Tante Ruth hat dir doch Leberwurst und Brot mitgegeben?!«

»Hat sie. Aber so was esse ich nicht.«

»Wenn du was anderes willst, musst du selbst kochen.«

»Geht klar.« Er öffnete den Kühlschrank, schaute, klappte dann den Vorratsschrank auf. »Pasta mit einer Tomatensoße mit Auberginen, Oliven und Sardellen?«

»Mhm.«

Lisbeth stand in der Küchentür, unfähig, die Schwelle zu überschreiten. Halb sehnsüchtig, halb böse beobachtete sie, wie Edgar sich in ihrer Wohnung bewegte – Weißwein in den Kühlschrank stellte, einen Kuchen, Käsekuchen, auspackte und 3 Marmeladengläser. Der passte hier besser rein als sie selbst. Lisbeth wandte sich ab und machte die 43 Schritte zum Hallenbadfenster, wo die Punks, die Jalousien oben, mit dem Rücken zu ihr saßen und fernsahen. Man konnte nicht einfach aus dem Fenster schreien, selbst wenn einem danach war. Sie hatte schon gesehen und gehört, wie andere Kreuzberger aus dem Fenster schrien, aber das brachte Lisbeth nicht fertig. Zumindest noch nicht. Dafür war sie einfach noch nicht lange genug hier. Sie hörte Edgar in der Küche. Sie sah die Punks. Die Frau unter ihnen weigerte sich heute offenbar, etwas Graues auszuschütteln. Also klopfte Lisbeth 17 Mal auf den Fensterrahmen. Hinterher zur Sicherheit noch 13 Mal. Dann drückte sie den Rücken durch, marschierte zurück zur Küchentür und spie über die Schwelle: »Du wirst mir haarklein erzählen, was dir einfällt, du Arschloch, dich so bei Tante Ruth einzuschleimen! Die Grenze zwischen Nettsein und Einschleimen ist nämlich ganz schön schmal, und du, *du-hu*, hast sie eindeutig überschritten ... Du wirst mir das erklären, klar? Aber erst mal werden wir essen, Arschloch.«

Edgar hob die Augenbrauen, die Mango in seiner Hand, die er gerade in den Kühlschrank hatte legen wollen, schwebte unentschlossen in der Luft. »Tourette also auch noch?«

Er legte die Mango zurück in seine Kiste, dann packte er auch die 3 Marmeladengläser wieder ein – ganz ohne Hast, aber trotzdem schnell –, nahm eine Kiste unter den Arm, schnappte sich mit der anderen Hand seine Reisetasche und die Isomatte und ging solcherart bepackt und ohne Lisbeth noch einmal anzusehen zur Wohnungstür raus, die er offen stehen ließ.

»Kannst du eigentlich auch Sätze mit mehr als 3 Wörtern bilden, du Arschloch?«, schrie Lisbeth ihm ins Treppenhaus hinterher und knallte die Tür zu. Vielleicht hätte sie doch besser vorhin aus dem Fenster schreien sollen, dachte sie, als sie vom Hallenbadfenster aus zusah, wie Drops umständlich in den Wagen stieg und davonfuhr.

»Ich verzehre mich«, sagte sie leise gegen die Glasscheibe. »Aber nicht nach dir. Ich bin so ein Tier, das sich selbst verzehrt.« Tränen liefen ihr die Wange hinab. »Gegenüber war einer der Punks aufgestanden und sah zu Lisbeth her. Traurig hob sie die Hand zum Gruß, doch er zeigte ihr nur den Stinkefinger, und weil er den Finger nicht runternahm, sondern wieder und wieder vor seinem Gesicht schüttelte, verhedderte er mit der anderen Hand zweimal die Schnur, während er die Jalousie runterließ, und sah dabei so schrecklich wütend aus, dass Lisbeth schon fast wieder lachen musste.

Auf der Suche nach ihrem Schlafsack wühlte Lisbeth sich durch die noch nicht ausgepackten 9 Kisten, wunderte sich, weil es eigentlich nur 8 sein dürften – sie verzählte sich sonst nie –, fand den Schlafsack natürlich erst in der neunten, fand aber unterwegs die eisblauen Plüschohrwärmer, die Tante Ruth ihr zu ihrem elften Geburtstag geschenkt hatte, setzte sie auf und fand schließlich auch noch eine Schachtel mit ~~20~~ Teelichtern, einen Milchaufschäumer und ihren alten Hummelwecker.

Sie hatte ja nicht viel gehabt in ihrem Zelt, zum Essen und Duschen war sie reingegangen zu Tante Ruth. Und die hatte ihr, eine ganze Kiste war voll mit Sachen, die Lisbeth nicht gehörten, offenbar neben der Waage und dem Kochbuch heimlich noch viel mehr eingepackt, und zwar aus ihrem eigenen Haushalt: die knallroten Emailletöpfe, die an manchen Stellen schon angeschlagen waren, die Lisbeth aber so sehr liebte, Ruths geblümten Kaffeebecher, der für Lisbeth »tabu« gewesen war, die Keramikdosen für Nudeln und Mehl, die gläsernen Kerzenständer. Lisbeth weinte schon wieder – war das hier ihr Erbe? –, hockte vor der Kiste und heulte nun hemmungslos. Als ein Päckchen Taschentücher nassgeheult war, hörte sie auf. Sie erhob sich vom Parkett, ging ins Bad, wusch sich das verheulte Gesicht und schmierte Make-up drauf. Die Ohrwärmer ließ sie dabei auf. Sie machte sich ein Leberwurstbrot, guckte nach der schweigenden Amsel und ging zurück ins Schlafzimmer.

Als sie so die Kisten betrachtete – mannshoch waren sie neben ihr altes Sofa gestapelt, bei einigen guckte die Füllung heraus –, fand Lisbeth, dass sie dringend einen Platz für die Nacht brauchte. Hier erinnerte alles sie daran, dass sie traurig war. Und zwar nicht grundlos. Paul oder Paul? Paul!

Der war ganz schön verdutzt, als sie, eine Flasche Wein im Arm, im Dunkeln vor ihm stand. »Wenn ich verspreche, nicht zu heulen, kann ich dann heute hier schlafen?« Er trat zur Seite, und sie machte das Gatter auf und stiefelte zu einem Strohballen, auf den sie sich im Schneidersitz hockte. Paul zupfte mit den Lippen an ihrer grasgrünen Strumpfhose, die sie irgendwann bei der Schauspielerin gekauft hatte, und schaute treu zu ihr hoch. Nachdem sie ihm bei der Flasche Rotwein das Dilemma mit Edgar erklärt hatte und dass der jetzt für immer weg war, weil sie ihn vergrault hatte, war sie plötzlich sehr müde. Unter Pauls interessierten Blicken zerrte sie einen zweiten Strohballen heran, legte sich hin – Kopf auf dem Schlafsack, Blick gen Himmel, Hand auf dem Schaf – und schlief sofort ein.

Irgendwann wachte sie davon auf, dass Tattoo-Paul sich in einem nach Weichspüler duftenden Schlafsack zu ihren Füßen auf die Strohballen hockte und, auch eine Flasche Rotwein in der Hand, seinerseits mit dem Schaf redete. Es ging um »Karin« und »Kurve kratzen«.

»›Die Kurve kriegen‹ heißt das«, sagte sie halb im Schlaf, »›Kurve kratzen‹ ist abhauen, du meinst ›die Kurve kriegen‹, dableiben und das hinkriegen, kaum einer gebraucht diese Wendung richtig.« Dann träumte sie von sich und Edgar auf einer Margeritenwiese, was ziemlich super war, weil er »ich liebe dich« sagte und sie küsste, aber auch ziemlich anstrengend wegen der ~~773~~ unzähligen Blumen.

Als sie am nächsten Morgen aufwachte, war das Schaf schon wieder an ihrer Strumpfhose. Von seiner Mathebegabung einmal abgesehen, war Paul eher minderbemittelt und konnte froh sein, dass er nicht wirklich ein Mensch war. Das Schaf trug sein Fell heute pink. Lisbeth traf gewissermaßen der Schlag. Denn Paul hatte einen handbreiten pinken Streifen vom Hinterkopf bis zum rechten Auge. Und als wäre das nicht schon genug, zog die Tödliche Dagmar Kreise um Lisbeths Strohballen samt Schaf, das einen Huf seitlich gestellt hatte, was es immer tat, wenn es eine schwierige Aufgabe zu lösen hatte. Lisbeth richtete sich auf. Leider war Tattoo-Paul nicht mehr da, der hätte zumindest den Hund in den Griff gekriegt. Mit dem Schaf beziehungsweise mit Babsi G-Punkt würde Lisbeth selbst ein ernstes Wörtchen reden. Aber erst brauchte sie Kaffee. Lisbeth kriegte kein Bein auf die Erde, da saß der Hund schon aufrecht vor ihr und bellte sie an. Das Schaf schaute interessiert auf den Hund runter, wirkte aber nicht verängstigt. Mhm. Was machte man nun mit so einem Hund? Sie war leider nicht Mitglied in einem dieser Kampfsportclubs, die im Kleingedruckten tödliche Handkantenschläge anboten. Außerdem mochte sie Dagmar ja, zumindest, wenn die normal war. Lisbeth versuchte noch einmal aufzustehen, doch wieder bellte Dagmar sie an und zog die Lefzen hoch. Gut, würde sie den Tag halt hier verbringen. Zum Glück war sie ja krankgeschrieben und musste nicht um neun im Büro sein. Außerdem fühlte sie sich tatsächlich krank. Wahrscheinlich Burn-out. Aber nicht vom Job, denn der nahm sich neben ihrem Leben total berechenbar aus. Lisbeth klopfte 17 Mal auf ihren Strohballen, da kam zum Glück Maria. Sie trug ein T-Shirt, auf dem stand *almost married*, und zum Glück hatte sie eine Kanne Kaffee dabei, Becher und 2 Äpfel.

»Ju...hu«, sagte Lisbeth leise und unterdrückte ein Gähnen.

»Huhu!!!!!!« Maria und schmiss sich neben Lisbeth, die unauffällig ein Stück wegrückte und mit der hohlen Hand ihren Atem prüfte. Der Hund saß inzwischen sanft wie ein Lamm neben Maria und zerlegte seinen Apfel. Das Schaf stand an Lisbeth gelehnt, blickte unter langen cremefarbenen Wimpern hindurch in den grauen Himmel und ließ seinen Apfel liegen. »Du hast so fest geschlafen, war wohl der viele Wein, was? Nicht mal Babsis Streich hast du mitgekriegt ... Lustig, nicht? Ich dachte, ich geb euch zur Sicherheit Dagmar zum Hüten runter, das hier ist immerhin 'ne Großstadt.«

»Danke«, sagte Lisbeth.

»Schicke Ohrwärmer, sind die nicht ein bisschen warm?«

»Mhm.«

»Ich bin schwanger.«

»Ich weiß.«

»Das Baby wird Lisbeth heißen. Du bist echt wie aus 'nem Märchen, so soll meine Tochter auch sein.«

»Das ist ... toll ...« Lisbeth gähnte. »Ich geh dann mal hoch zu Paul. Zähne putzen.« Lisbeth spürte förmlich, wie Maria ihr verwundert hinterherstarrte. Ob sie enttäuscht war? Paul machte erst nach dem achten Klingeln auf. Unter seinem schneeweißen Bademantel guckten haarige, tätowierte dünne Beinchen hervor. An den Füßen trug er weiße Hotelschlappen. »An die täglichen Telefonate hab ick mir ja fast schon gewöhnt, aber dass du hier zu nachtschlafender Zeit aufkreuzt, ist eindeutig eine neue Phase in unserer Freundschaft. Und ick bin mir nicht ganz sicher, wie ick die finde«, sagte er. »Krieg ick deine Ohrwärmer? Die passen prima zu meinem Outfit.«

Er ließ Lisbeth rein, stellte ihr eine Tasse Tee ins Bad, gab ihr Handtuch und Zahnbürste, »Papi kümmert sich um dich, und jetzt ab ins Bad«, und ging zurück in sein mit Blümchenbettwäsche bezogenes Bett, wo er bei Tee und einem Joint irgendeine Morgensendung guckte. »Rauch nicht im Bett, dabei wäre letztens die Blonde vom Edeka beinahe umgekommen«, sagte Lisbeth, die noch immer in der Tür zum Schlafzimmer rumstand.

»Ich rauche nicht, ich kiffe – anders ertrage ich den Wahnsinn da draußen nicht. Die Weiber sind wieder die ganze Nacht giggelnd das Treppenhaus hoch und runter gerannt. Da würdest du auch kiffen.«

Interessante These. Lisbeth ging in die Küche, nahm sich eine Kopfschmerztablette vom Regal und verzog sich ins Bad. Ihre Augen waren total verquollen. Zum Glück hatte Paul aus alten Zeiten einen angeknabberten Kajalstift. Sie duschte, zählte das Bad durch – aber nicht halb so exzessiv, wie das auch gegangen wäre –, wusch sich mit Pauls Teerseife, trank unter der Dusche Tee, und als die Kopfschmerztablette zu wirken begann, sah sie schon beinahe wieder aus wie die Alte. Leider war sie nicht die Alte. Inzwischen war sie mit Tante Ruth verfeindet, hatte Edgar vergrault und trug Kajal.

Lisbeth schlich ins Schlafzimmer und in Pauls Bett. »Det geht zu weit!«, knarzte der, ihre Ohrwärmer auf dem Kopf. »Ich mag alt sein, aber ich bin nicht tot … Na gut, 60 Minuten – diese Sprache verstehst du doch –, dann gehst du.« Er baute sich einen neuen Joint und schaltete um, während Lisbeth schon halb eingeschlafen war.

Jetzt auch noch von Paul rausgeschmissen – wieso kümmerte sich eigentlich niemand um sie? So ein Mist! Lisbeth hatte genug Wut im Bauch, um hochzustapfen und bei Babsi Sturm zu klingeln. Die hatte natürlich frisches Pink auf dem Kopf, das gleiche Pink wie das Schaf Paul. Aber das hatte sie ja gewusst. Babsi trug ein knallrotes, zerfetztes Spitzennachthemd und eine ausgebeulte Jogginghose, sie rieb sich mit ihren schmutzigen Händen übers Gesicht und gähnte. Aus ihrem Flur schlug Lisbeth abgestandene Luft entgegen. Und aus den Tiefen der Wohnung rief verschlafen eine Männerstimme: »Babsi! Babsi-Baby!«

»Hast du dich gefreut?«, nahm sie Lisbeth allen Wind aus den Segeln, »ich wollte dir 'ne Freude machen. Eigentlich soll an die Seite noch in Schwarz das Anarcho-A, aber ich wusste ja nicht, ob die das wollen für die Aktion am Roten Rathaus. Nicht, dass ich dann gleich wieder verschissen hab. Der hat ein Kilo Äpfel gefressen, wenn der kaut, sieht das total lustig aus, bisschen wie bei meiner Oma, wenn ihr Gebiss locker ist. Und du schnarchst.«

»Danke«, quetschte Lisbeth heraus, drehte sich um und raste die 87 Stufen runter.

Bei sich daheim angekommen, schrieb Lisbeth als Erstes einen Zettel:

Bitte Tür nicht aufbrechen. Muss mich dringend ausruhen. Samstag, 18. 6., 10 Uhr 17. Lisbeth.

Den Zettel hängte sie für Russen-Dima außen an ihre Tür, dann ging sie ins Schlafzimmer, berührte die Hefte – all ihre Hefte –, die im Regal und das Notheft (Nr. 9), das zur

Sicherheit am Kopfende des Feldbettes lag. In Unterwäsche und Socken legte sie sich hin, holte sich das Kinderbesteck unters Kopfkissen und schlief über dem Zählen der Blümchenbettwäsche ein.

Lisbeth schlief gar nicht lange. Nur einen Tag und eine Nacht. Dann nahm sie um 7 Uhr 16 das Schild ab. Fand vor der Tür einen Becher Ayran, eine BILD-Zeitung und eine Schrippe mit 6 Bulettenscheiben, 2 Eischeiben, einem welken Salatblatt. ♥*! Dima*, stand auf dem Rand der Zeitung. Dima liebte sie, bedeutete das Herz. Und Bulettenschrippe war fast so gut wie Purcell, fand Lisbeth. Sie liebte Dima auch.

Kauend rief sie Paul an, um Bescheid zu sagen, dass sie wieder da war, aber noch ein, zwei Stündchen alleine sein wollte.

»Ich glaub's nicht! Sie ruft an! Gelobt sei Antonius, der Heilige der verlorenen Söhne und Töchter«, krähte er in den Hörer.

War der nicht für Gegenstände zuständig? Bei Gegenstände fiel ihr Godot ein, sie musste schlucken und erkundigte sich nach Edgar. »Na, den haste ja man gründlich vergrault«, sagte Paul mitleidlos. »So ein netter Kerl, ich bin richtig froh, dass du mir den vorgestellt hast, bevor du ihn in die Wüste geschickt hast. Zusammen mit Ruth haben wir die Nacht durchgekifft, als ich det Schaf geholt hab, uns was erzählt und Musik gehört.«

Gekifft? Tante Ruth? War das etwa schon wieder eine Verschwörung? Standen Tante Ruth, Edgar und Paul jetzt vereint gegen sie – oder hörte sie die Flöhe husten? Lisbeth straffte sich, sagte »freut mich«. Sagte, dass es ihr leidtue, das Plenum zur Guerilla-Aktion der Hausgemeinschaft verpasst zu haben, aber Paul könne ihr ja heute Abend auf der Party alles erzählen.

»Und zieh dir was Ordentliches an, Liebelein«, krächzte Paul, »vielleicht ist der Drops ja doch noch nicht gelutscht. Edgar kommt nachher zum Kaffee zu mir. Ich melde mich zwischendurch total konspirativ und gebe die Wassertemperatur durch. Während er aufm Klo ist oder so. Alpha, Bettychen, Foxtrott.«

»Das würdest du für mich tun? Bitte sag ihm, dass ich im Grunde harmlos bin. Und dass ich nur so wütend auf ihn war. Der hat mein ganzes Leben in Besitz gen…«

»Liebelein, wenn du harmlos bist, bin ich Sophia Loren. In tätowiert … Und im Übrigen ist das nun mal so zwischen Männern und Frauen. In Besitz nehmen, ja, ja, hab ich seit Jahren nicht mehr gemacht. Sollte ich vielleicht mal wieder …«

»Paul!« Aber Lisbeths Empörung interessierte ihn nicht. Er keckerte, hustete und legte auf, ehe sie noch etwas sagen konnte. Das war aber auch keine Art, fand Lisbeth und kramte in der Kleiderkiste, um Sachen für den Abend rauszusuchen, für heute Abend, wo sie Edgar wiedersehen würde. Wenn alles gutging. Vorsichtshalber schaute sie nach, ob das Telefon richtig aufgelegt war, und hoffte, dass Paul bald anrief.

Lisbeth duschte mit Tante Ruths Peeling aus Milch und Salz, trank dabei wieder Tee, zählte nichts und dachte betont an nichts, stellte sich auch nichts vor und sehnte schon gar nichts herbei.

Neben sich eine Einkaufsliste, blätterte sie nach dem Duschen in dem Rezeptheft, das ihr Tante Ruth geschenkt hatte, um für die Party anlässlich der Ankunft des Schafes heute Abend die erste Pizza ihres Lebens zu backen. Sie würde unter optimalen Voraussetzungen arbeiten und mit maximaler Lässigkeit, damit das Mehl-Desaster sich auf keinen Fall wiederholte. Die Gefahr war gering, da sie ja vom Quiche-Backen mit Paul wusste, wie der perfekte Teig sich anfühlen musste: ein fester Klumpen mit einer Neigung zum Krümeln.

Als ihr das Rezept für Cookies ins Auge stach, entschied sie sich kurzerhand, mit denen anzufangen, sich vom Leichten zum Schwierigen vorzubacken. Heute war Backtag!

Die Blonde vom Edeka – noch ein halbes Jahr, und Lisbeth würde sie die Fette nennen können – hatte alles dagehabt. Die Hürde des Abwiegens meisterte Lisbeth, indem sie sich gut zuredete, dass es auf ein paar Gramm ganz sicher nicht ankomme, schon weil man offenbar alles in die Cookies reinschmeißen konnte, was man gerne aß. Sie stellte sich vor, wie wohl Leberwurst-Cookies schmecken würden oder welche mit Gummibärchen. Und über solchen Gedanken hatte sie mehr oder weniger unbemerkt alle Zutaten abgewogen und abgemessen und musste sie nur noch kräftig verrühren, so war es im Barcomi-Buch notiert und sogar abgebildet. Lisbeth hatte sich für Erdnussbutter-Cookies entschieden. Die sahen zwar aus wie Braunbier und Spucke – so sagte Tante Ruth immer, wenn jemand blass war –, aber sie schmeckten am besten von allen, die Lisbeth je bei Paul probiert hatte. Die wollte sie auch machen.

Lisbeth bewegte gerade den zweiten Cookie im Mund hin und her, weil er noch ein bisschen heiß war, da klingelte ihr Telefon. Bestimmt Paul! Bestimmt hatte er mit Edgar gesprochen! Aber es war Godot, Paul hatte ihm ihre Nummer gegeben.

Noch immer kauend hörte sich Lisbeth an, was er zu sagen hatte, legte auf, steckte einen halben Apfel in die Tasche ihrer Trainingshose und rannte los.

Diverse Überraschungen

Als sie ankam, standen 9 Leute vor dem Jenseits und schienen sich königlich zu amüsieren. Nur eine Frau starrte mit vorgerecktem Kinn wütend vor sich hin. Wahrscheinlich eine Touristin. Denn der Kreuzberger an sich freute sich ja über jede Ablenkung. Wenn man einmal alle fünf Wochen ein bisschen Show zu seinem Frühstücksbier dazubekam, war man nicht böse. Die Blondine mit dem Kinn dagegen hatte wahrscheinlich in Hannover ein aufregendes Leben und wollte hier schnell eine Besprechung absolvieren, um möglichst bald dahin zurück zu können. Konnte man ja verstehen. Lisbeth wollte nicht länger über die Frau aus Hannover nachdenken, sie war in Eile, das konnte man auch verstehen. Sie schob sich an den Schaulustigen vorbei in Richtung Tür.

Der Wirt, ein ausgezehrter Mittsiebziger, der Godot nur bis zu den Brustwarzen reichte, schrie zu Godot hoch. »Du kannst froh sein, wenn ich nicht die Polizei hole, du Depp!« Seltsamerweise funktionierte das. Unbehaglich duckte Godot sich im Türrahmen und stammelte eine Entschuldigung. Lisbeth schob die beiden zur Seite und betrat das Lokal, wo hinter dem Tresen – sie hörte es, bevor sie es sah – das Schaf Paul stand, beziehungsweise immer mal einen kleinen Satz vor und zurück machte und dabei herzzerreißend blökte. Lisbeth redete leise auf Paul ein und bewegte sich langsam, den halben Apfel vor sich ausgestreckt, auf ihn zu. Schließlich hockte sie sich vor ihn hin, doch Paul trippelte zur Seite, als würde er sie nicht kennen, kam nur nicht sehr weit, weil er sich zwischen Tresen und Regalwand in die Ecke manövriert hatte. Schließlich ergab er sich in sein Schicksal, nahm den halben Apfel, ließ Lisbeth sogar ihre Hand auf seinen Bauch legen und stieß den Kopf wieder und wieder gegen ihren Arm, als wollte er sagen: *Hol mich hier raus, aber schleunigst! Barmann ist einfach kein Job für mich* ... Lisbeth legte dem rosa Gesträhnten ihren giftgrünen Schal um, und unter dem Beifall der Versammelten – sogar Fotos wurden geschossen – zog sie ihn nach draußen.

»Du wartest hier, und wisch mal durch, ehe ihr die Gäste wieder reinlasst«, sagte sie zu Godot und tippte ihm 4 Mal auf die Brust. Sie führte Paul die Oranienstraße entlang, wo noch mal Fotos gemacht wurden, zurück in sein Gatter. Immer wieder sagten Leute »mäh«, wenn sie Paul sahen, streicheln wollte ihn keiner. Sowieso würde Paul demnächst geschoren werden müssen. Ob Lisbeth einfach mal bei Karlchen auf dem Kinderbauernhof nachfragen sollte? Der musste seine Schafe doch auch irgendwann scheren, vielleicht versorgte er Paul dann mit. Nach der Schafskälte oder während der Schafskälte? Und wann war die? Bislang hatte sich Tante Ruth immer um diese Dinge gekümmert. Und jetzt kümmerte Tante Ruth sich um nichts mehr. Wie grausam konnte ein Mensch sein? Sah Tante Ruth denn nicht, dass Paul schwitzte in seiner vielen schon reichlich angegrauten Wolle? Und jetzt trug er auch noch einen Schal.

Lisbeth brachte ihn in sein Gatter, gab ihm frisches Wasser und Heu, und Paul sah aus, als wäre er nie in Not gewesen. Lediglich den einen Huf stellte er seitlich, so als müsste er über diesen ereignisreichen Vormittag dringend nachdenken.

Zurück im Jenseits traf sie auf einen sehr zerknirschten Godot. Der Wirt kam an den Tisch, klopfte mit den Fingerknöcheln auf die Platte und sagte: »Der hier war der einzige Verrückte, den ich in meinen Laden gelassen habe. Die Betonung liegt auf *war*. Mensch, was hast du dir denn bloß dabei gedacht? Nich viel, wa?« Godot duckte sich, Lisbeth bestellte eine große Fanta und ließ sich erzählen, was Godot – der Lutz hieß, wie sie nun erfuhr, und der lieber nicht Godot genannt werden wollte – sich dabei gedacht hatte. Nicht viel, stellte sich heraus. Hatte ja auch der Wirt schon vermutet. Heute Morgen, als Lutz von einer Party heimgekommen war, hatte er noch mal nach Paul geschaut, und der hätte so furchtbar unglücklich ausgesehen. Also hatte er das Schaf ins Hotel Kardinal mitgenommen, Zigaretten kaufen. Nachdem Paul am Eingang in der Drehtür steckengeblieben war, hatten sie beide erst mal einen Kaffee gebraucht. »Ich konnte doch nicht ahnen, dass der sich hier so aufführt. Der ist doch sonst immer sanft wie ein Lamm.«

»Schafe sind Fluchttiere, deshalb sieht man die auch selten in Cafés«, sagte Lisbeth. »Und wenn du Paul wirklich einen Gefallen tun willst, dann miste doch nächste Woche mal seinen Stall aus.« Sie stand auf, gab dem Verdatterten auf jede Wange einen Kuss, entschuldigte sich beim Wirt, der ihr aber überhaupt keine Schuld geben wollte, sondern Lutz alle Schuld gab, und ging seltsam beschwingt nach Hause, die andere Sorte Cookies backen. Unterwegs kaufte sie noch 4 Pappschachteln, damit sie ihre Cookies auch so verpacken konnte wie Paul.

Von wegen Alpha, Bettychen, Foxtrott! Daheim hatte niemand angerufen. Der Anrufbeantworter blinkte nicht. Lisbeth nahm vorsichtshalber noch mal den Hörer ab, aber das Telefon war weder tot, noch war jemand dran – ganz normales Freizeichen. Sie holte sich den Sonnenschirm vom Küchenbalkon, ging damit 44 Schritte quer durch die Wohnung wie Don Quijote mit seiner Lanze, hinaus auf den Austritt vorm Hallenbad. Von hier aus würde sie das Telefon hören. Vom Küchenbalkon aus nämlich nicht. Gegenüber saßen die Punks auf dem Sofa, sahen zu ihr her und ignorierten Lisbeths Gruß. Sie lehnte das dunkelblaue Ungetüm an die Brüstung und ging zurück in die Küche, um den Schirmständer zu holen. Als sie zurückkam, war der Schirm weg. Sie beugte sich über die Brüstung. Er lag auf dem Bürgersteig. Sie raste die 105 Stufen hinunter. Aber der Schirm war nicht mehr da. Lisbeth ging 23 Schritte nach Westen und 46 Schritte nach Osten den Bürgersteig entlang. Dann wieder 23 Schritte zurück. Dann 105 Stufen nach oben. Dann vorbei am nicht blinkenden Anrufbeantworter raus auf den Austritt im Hallenbad, um noch mal nachzusehen. Doch der Schirm war weg. Der war von Paul gewesen. Gegenüber am Fenster standen die Punks und winkten freundlich. Das war auch noch nie da gewesen. Was für ein verrückter Tag das heute war. Lisbeth setzte sich vor dem nicht blinkenden Anrufbeantworter aufs Parkett und löste zur Sicherheit ein paar Sudokus, ehe sie sich an die nächsten Cookies machte. Tränen tropften auf das zum Glück saugstarke Ökopapier des Sudokublocks. Warum weinte sie denn jetzt? Wegen dem ganzen Stress oder warum eigentlich? »Weil deine Küsse süß schmecken«, flüsterte sie und wusste genau, auf welche Frage das die Antwort war. Immerhin widerstand sie der Versuchung sich hinzulegen. Sie löste noch ein paar Sudokus, dann ging sie zurück in die Küche.

Gut dass sie sich für heute so viel vorgenommen hatte. Sonst hätte sie sich schwerlich entscheiden können zwischen schlafen und auf Pauls Anruf warten – wahrscheinlich hätte sie das Telefon laut gestellt, das Feldbett danebengerückt und gleichzeitig geschlafen und gewartet. Aber sie musste backen. Sie raste noch schnell in ihr Schlafzimmer, notierte in ihrem Planungsheft (Nr. 1) als Anregung für die nach wie vor schwierigen Sonntage: »Möglichst viel vornehmen, backen zum Beispiel«.

Die anderen Cookies waren genauso einfach, aber hier durfte man auch noch 300 Gramm Schokolade zertrümmern, was Lisbeth irgendwie guttat, vielleicht sollte sie doch den Kampfsport machen mit den Handkantenschlägen? Zumindest nachher einen Spaziergang. Sie hatte ja einen Anrufbeantworter. Sie konnte das Telefon auch mal eine Stunde allein lassen. Apropos: Sie ging rüber in ihr Zimmer, um zu schauen, ob Paul angerufen hatte. Währenddessen verbrannte leider ein Blech, und obwohl die Verbrannten besser aussahen als die aus Braunbier und Spucke – essen konnte man sie nicht. Das nächste Blech gelang besser, alle Mickrigen (5) aß Lisbeth und hatte hinterher so richtig Appetit auf was Herzhaftes. Dummerweise hatte sie vorhin keine Leberwurst gekauft. Sie legte sich auf ihr Feldbett. Sie war fertig. Leider oder zum Glück konnte Lisbeth aber zum allerersten Mal in ihrem Leben nicht einschlafen, weil sie den Anrufbeantworter fixierte. Heute hätte sie dringend mal die Erfüllung eines Wunsches brauchen können. Sie stand wieder auf und pilgerte ins Hallenbad. Die Punks kamen ans Fenster und winkten, als sie Lisbeth sahen. Aber die Frau unter ihnen hielt stoisch ihr Fenster geschlossen. Frau Holle war anscheinend außer Haus. Heute war also kein Tag, um sich was zu wünschen.

Lisbeth pilgerte wieder rüber in ihr Zimmer, legte sich aufs Feldbett und zählte, die Augen geschlossen, bis 333. Dann stand sie ächzend auf. Sie hätte nicht diese ganzen Cookies essen sollen. Kohlenhydrate verklebten einem die Gefäße. Sie stellte sich vor, wie ihre Gefäße von Kohlenhydraten verklebt wurden. Was Leberwurst und Erdnussbutter machten, wagte sie sich gar nicht erst vorzustellen. Denn Erdnussbutter verklebte einem ja schon den Mund. Das war gleichzeitig herrlich und eklig. Für die Gefäße wäre das sicher *nur* eklig, Gefäße waren ja auch enger als der Mund, die waren bestimmt mordsschnell verklebt von Erdnussbuttercookies. Aber das war jetzt doch irgendwie unfair, die so schlechtzumachen – die tollen Cookies hatten ihr immerhin den Tag gerettet. So liebevoll, wie das jetzt noch ging, verpackte Lisbeth die Cookies und zog ihre Boots an.

Für ihre Boots würde sie mal ein Schuhdeo kaufen müssen. Oder für ihre Füße ein Fußdeo? Ganz Kreuzberg trug Boots. Wie machten die Leute das bloß im Sommer? Ging in der Hausgemeinschaft, die teilten ja gewisse

Pflichten auf, ging da jeden Morgen einer rum und sprühte alle Boots, die vor den Türen standen, mit Deo ein? Und wieso standen die vor den Türen wie bei den spießigsten Spießern? Lisbeth würde bei der nächsten Party mal nachfragen. War mit ihr alles in Ordnung? Ihr Denken war seltsam heute. Nicht, dass man nicht denken sollte. Aber man sollte lösungsorientiert und effizient denken und nicht eruptiv und in Schleifen wie sie. Ehe sie sich jetzt wieder an irgendwas festdachte, und ja eigentlich nicht mal an irgendwas, sondern am Denken selbst, ging sie lieber los, 105 Stufen runter, im Briefkasten war ein Zettel, der Edeka hatte ein Paket angenommen. Dann ab in Richtung Hausgemeinschaftshaus.

Die erste Keksschachtel stellte sie bei Paul vor die Tür, obwohl sie ja wusste, dass der selber backen konnte und gebacken hatte. Aber sie wollte Paul zeigen, dass sie auf dem aufsteigenden Ast war. Außerdem wusste sie, dass Paul für seine Cookies alles bekam[3], Wasser für seinen Garten und so weiter. Wieso sollte sie nicht Edgar bekommen für ihre Cookies. Vielleicht würde Paul ihn heute Nachmittag auffordern, davon zu kosten, und er würde das gerne tun. Weil er Cookies liebte und sie keine Leberwurst eingebacken hatte. Sie wusste ja, dass Edgar Leberwurst nicht mochte. Zu klingeln traute sie sich leider nicht – könnte ja sein, dass Edgar schon da war. Hören konnte sie ihn jedenfalls nicht, da lief in voller Lautstärke Peter Alexander. Den kannte sie von Tante Ruth. Wer hätte gedacht, dass es so viele Gemeinsamkeiten gab zwischen Tante Ruth und Tat-

3 Dass nicht Cookies Pauls Tauschobjekt sind, weiß der Leser sofort, Lisbeth eher nicht.

too-Paul? Backen, sich um Lisbeth kümmern, Blümchengeschirr – und jetzt auch noch Peter Alexander! Und welche Gemeinsamkeiten hatte Paul mit Lisbeth? Oder Edgar mit Lisbeth? Am meisten noch hatte Lisbeth mit ihrem Schaf gemeinsam: Schach, *Wer wird Millionär*, das Einzelgängertum. Na wunderbar ... Was das zu bedeuten hatte, malte sie sich besser nicht aus, lieber ging sie, die Kuli-Einträge über dem Geländer durchlesend, wieder nach unten.

Beim Schafgatter fand sie Babsi G-Punkt in einem zerfetzten schwarzen Kleidchen und zerfetzten schwarzen Feinstrumpfhosen vor. Paul döste, Babsi stand über ihn gebeugt und redete. Lisbeth winkte und sah zu, dass sie schleunigst wegkam.

Die zweite Schachtel mit Cookies kam zu Karlchen. Der Kinderbauernhof war ein wichtiger Anlaufpunkt, wenn Lisbeth sich heimatlos fühlte in Berlin. Da wollte sie sich mal bedanken. Und nebenbei ihrem schwitzenden Schaf eine ordnungsgemäße Schur sichern.

Am Ponygehege gab es ein neues Schild. *Ponys bitte nicht füttern. Sie können auch beißen. Der Tierarzt.* Lisbeth konnte kaum glauben, dass *der Tierarzt* eine größere Autorität war als Karlchen, der in der Hütte den Gästen Karotten kleinschnitt. Vermutlich war der Tierarzt in Kinderkreisen so respektiert wie der Weihnachtsmann. Da kam man natürlich nicht mit als Normalsterblicher.

Der schwarze Minihahn saß vor Karlchen auf dem Tisch und rollte mit den Augen, als Lisbeth hereinkam. Sie küsste den pummeligen Mann zur Begrüßung auf die Wange, zog einen Keks aus der Schachtel, zerbröselte ihn und hielt die Stückchen dem Hahn hin. Der kam langsam angestiefelt und pickte wortlos die Krümel aus Lisbeths

Hand. Auch Karlchen probierte einen Keks, nickte, lotste Lisbeth samt Hahn nach draußen und schenkte ihnen aus der Thermoskanne Kaffee ein. Dann saßen sie einträchtig schweigend auf der Bank und schauten den Kindern und ihren komischen Müttern zu, während Lisbeth sich immer wieder fragte, ob Paul wohl inzwischen angerufen hatte und ob Edgar ihr eventuell verzeihen würde.

Auf dem Rückweg machte Lisbeth beim Edeka halt. Die Blonde stöhnte dumpf, als Lisbeth ihr den Paketzettel aufs Band legte. Sie drückte sich mit der Hand den dreckigen Kittel an den Bauch und schob sich aus der Kassenbucht, um hinter der Fleischtheke das Paket hervorzuholen. Es war nicht schwer, aber riesig.

Lisbeth hatte noch nie ein Paket bekommen – wurde aber auch echt Zeit, dass Tante Ruth sich endlich mal entschuldigte und alles rückgängig machte. Von der Haustür aus sah sie, dass die Frau unter den Punks gerade das Fenster öffnete, und noch ehe sie das Graue raushalten und ausschütteln konnte, schoss Lisbeth alle Vorsicht in den Wind und wünschte sich kurzerhand in Edgars Arme. Trotz allem. Dann merkte sie, dass sie offenbar eine ganze Weile die Luft angehalten hatte, atmete, die Frau schüttelte immer noch das Graue aus, und Lisbeth stieg beschwingt die Stufen hoch. Oben angekommen war sie fast zum Weinen enttäuscht, dass Paul nicht angerufen hatte. Hieß das jetzt, dass Edgar überhaupt kein Interesse an ihr hatte? Aber er hatte doch interessiert gewirkt. Sie war es, die nicht interessiert gewesen war, sondern gekränkt, weil er zu ihr dazu gleich auch noch ihr Zelt und Tante Ruth gewollt hatte. Reglos stand sie vor dem Telefon und hatte keine Strategie. So gar keine. Um nicht doch noch steckenzubleiben, schaute sie auf den Absender des Pakets, das sie noch immer vor ihrer Brust umklammert hielt, und staunte nicht schlecht, als sie sah, dass es vom Diktator war.

Darin ein Präsentkorb. Mit Wiener Würstchen, Salami, Wildschweinschinken, Servietten, Rotwurst, einer Flasche Wein und einer Flasche Aquavit. Und auf der beiliegenden Karte stand mit Füller geschrieben:

Liebe Frau Ritter,

wir alle in der Redaktion vermissen Ihre ordnende Hand, die hohe Qualität Ihrer Arbeit und Ihre unbedingte Pünktlichkeit und wünschen baldige Genesung.

Mit freundlichen Grüßen,
Buback

Tolle Sache! Leider war in dem Korb keine Leberwurst gewesen. Hätte sie jetzt gut gebrauchen können. Sie hätte sich vor 13 Minuten von der Frau gegenüber lieber Leberwurst wünschen sollen. Ohne Leberwurst und Sudokus oder im besten Fall einen Anruf von Paul kam sie doch jetzt keinesfalls bis in den Goldenen Anker, und das war ja nun mal die Voraussetzung für jegliches Umarmtwerden von Edgar. Aber sie musste da hin! Paul, der Verräter! Vielleicht half es, wenn sie die Unterwäsche mit den Eisenbahnen anzog. Sie würde das schon alles irgendwie schaffen. Und zwar allein. Also, mal abgesehen von der Pizza. Über den Cookies und dem Kneipenbesuch des Schafs heute Morgen und all dem anderen war die Zeit zu weit vorangeschritten. Lisbeth hatte im Rezept nachgelesen, dass der Teig für Pizza im Gegensatz zu dem für Quiche nicht im Kühlschrank ruhen, sondern an einem warmen Ort gehen musste. Es war wie bei den Menschen, alle halbwegs aus den gleichen Zutaten und doch so verschieden, dass sie sich nicht berühren konnten, weil einer gewissermaßen im Kühlschrank lag und ein anderer genauso gewissermaßen in einer Schüssel neben dem Backofen. Lisbeth weinte beinahe. Aber nicht, weil sie die Stunde nicht mehr hatte, die der Pizzateig hätte gehen müssen. Sie war einfach ein wenig zerrüttet von den Aufregungen dieses Tages – im Grunde musste sie selbst total teigmäßig beides: ruhen und gehen, ruhen sogar noch dringender. Trotzdem zog sie jetzt tapfer ihre Unterwäsche mit den Eisenbahnen drauf an, und solchermaßen gestärkt war sie bereit für Edgar und seine Arme oder auch seine Ablehnung. Hoffend, dass Pauls fehlender Anruf kein schlechtes Omen war, ging sie erst mal ins Hallenbad und schaute aus dem Fenster. Die Punks waren weg. Aber neben dem Sofa stand etwas, das verdächtig nach Lisbeths dunkelblauem Sonnenschirm aussah. Nein, darum konnte sie sich jetzt nicht auch noch kümmern. Lisbeth machte auf dem Absatz kehrt und hastete ins Bad, um sich die Haare zu bürsten, Umzugsklamotten anzuziehen und Lippenstift aufzutragen, der den Namen Berry Kiss hatte.

Lektion in Frausein

Im Goldenen Anker war es voll, laut und verraucht. Viele Leute, die Lisbeth nicht kannte. Die Mehrzahl noch älter als Pauls Hausgemeinschaft. Aber das waren keine normalen alten Leute. Mit ihren grauen, aber ausdrucksstarken Gesichtern, den auffälligen Frisuren, dem übertriebenen Make-up sahen sie eher aus wie Untote, vor einer halben Stunde in ihren Kunstfaserpullis und Lederklamotten der Friedhofserde entstiegen, noch ein bisschen staubig, aber bereits beim vierten Bier oder Rotwein. Es war unglaublich laut. Lisbeth wurde am Arm gepackt von einer bleichen Alten im schwarz-silbernen Fiftieskleid. »Kenne ich dich?«

»Nein«, sagte Lisbeth, »aber ich brauch jetzt erst mal was zu trinken.« Die Frau nickte und hob verständnisvoll ihr Schnapsglas. »Geht mir auch so. Ich bin hier, wenn du mich brauchst.« Ehe Pauls Hausgemeinschaft sie groß bemerkte – nur der Alte mit dem Pelzstirnband nickte ihr zu und machte ein Häkchen auf der Liste vor sich –, hatte Lisbeth sich an den Tresen gesetzt und eine Fanta bestellt. Zwei Hocker neben ihr saß Pauls Karin, umringt von einer Traube Männer. Sie lachte kehlig. Sie lachte gurrend. Sie lachte und warf ihr Haar zurück. Karin hatte es drauf. Lisbeth nicht so. Sie stützte den Ellbogen auf den Tresen und das Kinn in die Hand und zählte den Barmann durch, der ein angenehm kariertes Hemd trug.

Plötzlich stand Karin ein wenig schwankend neben ihr. »Manchmal bin ich schon neidisch, weil Paul dich so mag, mich hat er nie so gemocht …«, sagte sie. »So gut, wie ich klarkomme im Leben, haben die Kerle regelrecht Angst vor mir. Dabei will ich doch auch nur mal jemandem das T-Shirt nassheulen und gestreichelt werden, bis ich eingeschlafen bin …«

»Also, ich habe Paul nie das T-Shirt nassgeheult, echt nicht«, protestierte Lisbeth, ohne den Kopf zu heben. »Und was das Streicheln angeht, nie ha…« Der Barmann (97 sichtbare Karos) war auf der anderen Seite des Tresens stehengeblieben, beugte sich jetzt zu Karin rüber und sagte: »Ich kann dich gern streicheln, solange du willst, aber ob du darüber einschläfst, wage ich zu bezweifeln.« Karin nahm einen großen Schluck von ihrem Gin Tonic, wedelte genervt den Barmann weg und drückte Lisbeth, die es fast vom Hocker riss, dann unvermittelt an sich. »Scheiße«, flüsterte Karin in Lisbeths Nacken, was Lisbeth wegen der ganzen Wärme und Weichheit dieser Frau überraschend gut vertragen konnte.

Der Barmann hatte inzwischen eine Rolle Klopapier gebracht, von der Karin, weiter an Lisbeth gelehnt, Meter um Meter abriss und vollschniefte. »Ich will Liiieeebe. Ich bin doch keine Trrro-Trrophäää. Liebst wenigstens du mich?« Lisbeth sagte erst mal nichts. Das hier war sicher nicht der richtige Moment, um zuzugeben, dass sie Karin eher beneidete als mochte. Aber Karin schien sowieso keine Antwort zu erwarten. Sie beruhigte sich, ließ los, ließ

Lisbeth zurück auf ihren Hocker federn und nahm einen großen Schluck Gin Tonic. Zum Glück saß auf Lisbeths anderer Seite ein Mann mit Hut und einem weißen Hemd mit schwarzen Knöpfen, der den Schwung abfing und Lisbeth mit einer Hand ausbalancierte. Die andere hielt er ihr hin und sagte: »Ich heiße Thomas.« Karin putzte sich die Nase, sagte: »Thomas liest gleich Gedichte von Artmann vor« und ging zurück zu ihren Fans.

»Irgendwann werde ich mit einem eigenen Kunstwerk in Erscheinung treten«, sagte Thomas zu Lisbeth, und noch bevor der eingefallen war, was man hierauf Sinnvolles erwidern konnte, stand er auf – »bis gleich« – und kämpfte sich vor zur Bühne.

Es war fiebrig und laut im Goldenen Anker, viele grölten mit, als Thomas deklamierte: »liebe ratte, komm zu mir, gerne spiele ich mit dir, bind dir engleinsflügel um, trag dich ins panoptikum, worein oft die kinder gehn, und wann die dich fliegen sehn, rufen alle, alle aus: sone große fledermaus!«

Immer wieder grölte wer mittenrein. Die Alte im silbernen Kleid tat sich besonders hervor mit ihren »Genau!«-Rufen und Pfiffen. Als Lisbeth ihr einen strengen Blick zuwarf, grölte sie »Wat'n, det is Unterhaltung hier!«, und einige von den Untoten applaudierten und johlten. Die hatten wohl doch schon mehr als vier Bier gehabt.

Nach der Lesung gab es Musik. Lisbeth tanzte mit dem Barmann, Karin mit dem mit den grauen Dreadlocks aus Pauls Hausgemeinschaft, Babsi mit sich selbst. Und irgendwann stand Edgar in der Tür, und Lisbeth wusste ganz genau, wie es für ihn sein musste, aus der Welt in diese mit Luftballons und Girlanden geschmückte Blase aus Lärm,

Rauch und Ekstase zu kommen. Er sah müde aus – und neugierig. Sie ließ den Barmann stehen, ging zur Tür und stellte sich vor Edgar hin. »Es tut mir leid«, sagte sie seinem Schlüsselbein.

»Es tut mir leid, *Arschloch?*«

»*Nur* es tut mir leid.« Mehr war grad nicht drin, hoffentlich verstand er das. Sie drehte sich um und wollte zurück zu dem Barmann, aber der tanzte inzwischen mit Karin, und der mit den Dreadlocks tanzte Tango mit Babsi, dabei lief Johnny Cash. Stefan und Maria standen im Stehblues und knutschten. Lisbeth war übrig. Also stellte sie sich an den Tresen und versenkte sich in das Regal dahinter (67 Streichholzbriefchen in einem Glas, 12 Biergläser, 9 ...) und wurde zum zweiten Mal an diesem Abend umarmt. Diese Umarmung, obwohl nicht halb so warm und weich wie die von Karin, hatte sie bei der Ausschüttlerin bestellt und musste sie nun auch genießen.

»Wo is'n Paul?«, fragte sie, ihre Lippen schabten an seinem Pullover.

»Der hat sich hingelegt, dem ist nicht gut. Ich musste den Notarzt holen. Aber eigentlich soll ich dir das gar nicht sagen.«

»Was hat er denn?« Lisbeth löste sich aus der Umarmung und trat einen Schritt zurück, sonst hätte sie sich gleich wieder reingelegt in die Umarmung.

»Das war alles ein bisschen viel die letzten Wochen.«

»Mit mir«, sagte Lisbeth ahnungsvoll. »Ich gehe gleich mal bei ihm vorbei und frage, ob er was braucht.«

»Nimm dich bloß nicht so wichtig! Ich glaube, das hat nicht viel mit dir zu tun. ›Nichts Ernstes‹, das hat er selbst gesagt. Aber jetzt braucht er Ruhe.«

»Du kannst dir bloß nicht vorstellen, dass ich mich um wen kümmern kann.«

»Um wen ...«, sagte jemand über Lisbeths Schulter und atmete ihr in den Nacken, »... ist aber nicht korrekt, wenn ich mich nicht täusche.«

Karin. Schon wieder. Und jetzt konnte sie auch noch besser sprechen, als sie eh schon besser aussehen konnte. Die konnte ja gleich Lisbeths Job nehmen, Edgar nahm das Haus, und Lisbeth nahm einen Schrank. Irgendeinen. Sie brauchte ja sonst nichts, für eine wie sie musste es nichts geben. Steigerte sie sich gerade in irgendwas rein? Lisbeth drehte sich um und schaute Karin, die *sehr* dicht vor ihr stand, genau ins freundliche, spitzbübische Grinsen. 7 Sommersprossen, gelb gesprenkelte grüne Augen.

»Es geht um Paul. Ich würde mich gerne um ihn kümmern.«

»Der braucht Ruhe«, sagte Karin entschieden, »obwohl er sich wirklich sehr verändert hat, seit du für ihn da bist.«

Siehst du!!!!!!!!!!!!!!, hätte Lisbeth am liebsten zu Edgar gesagt, aber sie konnte sich gerade noch beherrschen. Allerdings reckte sie triumphierend das Kinn vor, so dass Edgar wohl auch so verstand. Jedenfalls lächelte er milde und sagte: »Warte doch ein paar Tage, er ruft dich garantiert an.«

»Okay.«

Lisbeth machte Edgar und Karin, die sich sowieso schon musterten, miteinander bekannt. Edgar orderte Gin Tonic und erzählte grinsend, was gestern auf dem Plenum beschlossen worden war. Übermorgen werde er in aller Frühe einen Hänger Erde aus Bückschitz herbringen, der werde vor dem Roten Rathaus ausgekippt und mit Rasenplatten belegt. Falls das Schaf mitspiele, werde es friedlich auf dem Hang des Hügels grasen.

»Und Babsi G-Punkt pflückt Blumen in ein Weidenkörbchen? Was soll denn die Message von dem Ganzen sein?«, fragte Karin.

Edgar lachte. »Wissen sie noch nicht. Sie haben 'ne Gruppe gebildet, die sich bis morgen was überlegen soll. Das Problem ist nur – alles war schon mal da. Kreuzberg hat jede mögliche Aktion schon gesehen, sagen sie.«

»Also wenn schon was Aufgewärmtes, wie wär's dann mit *Grüner unsere Städte und Gemeinden?*« Ein Typ, der nach Bier und Zwiebeln roch, beugte sich über Lisbeth wie ein Dach, auf dem meterdick der Schnee lag und das jederzeit einstürzen konnte. »Das war *das* Projekt in der DDR. Was hab ich in meiner Kindheit Bäume gepflanzt. Wenn's danach geht, hab ich mein Plansoll an guten Taten für dieses Leben übererfüllt. Oder ist irgendwas zweifelhaft am Bäumepflanzen? Ich meine, letztlich haben alle guten Taten einen schlechten Kern, Soja nimmt den Indios das Land weg, und dem WWF, hört man, geht's auch vor allem um Profit ...« Lisbeth schob sich unter dem einsturzgefährdeten Dach hervor und entschuldigte sich Richtung Klo. Dort unterhielt sich Babsi G-Punkt mit einer großen, kräftigen Frau darüber, dass es Koks immer nur auf dem Männerklo gab und dass das ganz gut war, obwohl auch irgendwie schade. Babsi trat kurz raus in den Gang, wo Besen und Putzzeug standen, und machte Lisbeth Platz, damit sie aufs Klo konnte. *Ficken für den Frieden* stand an der vergilbten Tür. Lisbeth musste eigentlich gar nicht, und gekonnt hätte sie sowieso nicht, wo die 2 Frauen rund 95 Zentimeter von ihr weg standen – zwischen ihnen nur eine mickrige

Sperrholzwand. Wie, bitte schön, sollte sie jetzt Pinkeln simulieren? Sollte sie hier drin bleiben, bis die beiden weggingen? Aber die waren inzwischen bei den anwesenden Männern, das konnte dauern, hatte Lisbeth den Eindruck. Mit dem Barmann hatten beide schon geschlafen. Obwohl sie andere Wörter dafür benutzten. Jede ein anderes. Beide fanden ihn zu hastig. »Weißt du, wer der Neue da draußen ist, das leckere Spießerchen mit den verschnittenen Haaren und dem Hemd unterm roten Pullover?«, fragte die Frau, die Lisbeth nicht kannte. »Ich mag das ja, wenn Männer Rot tragen. Und jede Wette: So lange wie der heute, hat von den anderen die letzten zwanzig Jahre keiner mehr geduscht.« Lisbeth zog rabiat die Spülung und stieß die Tür auf. »Das ist meiner«, sagte sie. Und dann: »Äh, also, ich meine, nicht meiner, aber den kriege ich. Sozusagen.«

»Sozusagen.« Babsi G-Punkt zog Lisbeth an ihren spitzebewehrten Oberkörper und sagte: »Lisbeth, Lisbeth, du kannst ja auch anders ...«

»Wär eh nur um 'ne Nacht gegangen.« Die Massive hob beide Arme. »Aber wenn der solche Besitzanspruchscheiße mitmacht, beziehungsweise«, sie musterte Lisbeth geringschätzig von Kopf bis Fuß, »wenn der auf Frauen wie dich steht, dann will ich den eh nicht. Vielleicht kann ich ja den kleinen Barhengst dazu bewegen, die Rennstrecke erst mal abzugehen. Nicht dass da irgendwo ein Steinchen oder eine Unebenheit ist.« Sie strich sich genüsslich über beide Oberschenkel, wo garantiert viele Unebenheiten waren. »Ich halt euch auf dem Laufenden.« Damit war sie zur Tür raus.

Babsi entließ Lisbeth endlich aus der Umarmung. »Danke, Babsi«, Lisbeth schob sich an ihr vorbei ohne Händewaschen – aber sie war ja auch nicht im eigentlichen Sinne auf dem Klo gewesen – und ging 37 Schritte durch den dunklen, muffigen Gang mit der sehr nachgedunkelten Tapete bis nach vorn in den Schankraum. Für Lisbeths Verhältnisse war das aber ganz schön viel Umarmen heute. Sie roch an ihrem Shirt. Normal. Eventuell war es der Lippenstift. Berry Kiss hatte sie zwar selbst gekauft, aber noch nie getragen. Vielleicht waren da Pheromone eingearbeitet. Man sagte zwar, dass Pheromone eng mit Betrug verknüpft waren, aber das musste ja nicht stimmen. Lisbeth tippte sich auf die Lippe und wollte sich gerade vorstellen, wie sie die Wirkung des Lippenstifts noch mal ausführlicher an Edgar testen würde, da sah sie Edgar neben Karin an der Bar stehen, dicht neben Karin, sehr dicht, und außerdem anders, als er vor Lisbeth zu stehen pflegte, mit der er immer linkisch war und gar nicht so selbstsicher, so ... flirtend ... »Dreimal darfst du raten«, sagte Edgar gerade, als Lisbeth sich total beiläufig zu ihnen stellte. »Weil du so süß bist?« Karin pustete sich den Pony aus der Stirn, wie nur eine Frau, die Karin war, die Lisbeth aber nie sein würde, auch nicht mit Berry Kiss, sich den Pony aus der Stirn pusten konnte. Karin schürzte die Lippen. Lisbeth sah wie in Zeitlupe, damit sie auch kein Detail verpasste, dass Edgar die Hand hob und Karin zärtlich eine Strähne hinters Ohr schob.

Lisbeth hatte verstanden.

Sie wischte sich mit dem Handrücken über den Mund, während sie gebückt an den beiden vorbeiging, zog ihre Trainingsjacke vom Barhocker, band sie sich um die Hüfte, schlich zur Tür hinaus und warf sich in die Nacht, sie rannte los, rannte gurgelnd und schluchzend bis nach Hause, wäre am liebsten noch weiter gerannt, irgendwohin, wo es wirklich dunkel war. Die Nacht hier war ja nichts Halbes und nichts Ganzes. Mit brennenden Beinen stieg Lisbeth in ihr Dachgeschoss und ging aufs Klo. Auf den Balkon traute sie sich nicht, denn die Amsel würde eventuell sagen, dass Schlafen keine Option sei. Wie lange wollte Lisbeth denn in diesem Fall unerwiderter Liebe schlafen? 2 Ewigkeiten? Also stieg sie keine 5 Minuten später die Treppen wieder runter und machte sich auf durch den Kiez. Zählte nichts. Ging, den Blick gesenkt, bis zum Görlitzer Park und hindurch. Obwohl man das als Frau nachts nicht soll. Aber sie war ja keine Frau, es reichte, wenn Karin nicht durch den Park ging.

An einem Gebüsch traf sie auf einen Mann, der etwas in ihre Richtung flüsterte und die Hand hob, als wäre er verletzt, ein anderer, in der Hand einen Lichtpointer, saß auf einem Schaukelpferdchen und sang. Der trug Khakihosen mit mehreren Karabinern an der Seite, hatte Locken wie Edgar und pfiff sie zu sich her – eigentlich hatte er nach seinem Schäferhund gepfiffen, stellte sie hinterher fest –, aber er freute sich, dass sie angetrabt kam. »Wollen wir rutschen?« Während der Hund den roten Lichtpunkten hinterherjagte, gingen sie rüber zu den bestimmt 5 Meter hohen und 3 Meter breiten Rutschen, die im Zwielicht silbern glänzten. Der junge Mann, neben sich den Hund, rannte die Metallfläche hoch, im letzten Drittel musste er die Hände zu Hilfe nehmen und arbeitete sich mühevoll nach oben. Dann legte er sich auf den Rücken und rutschte hinunter, begleitet von dem bellenden und nach ihm schnappenden Hund. Lisbeth stand am Fuß der Rutsche und wusste nicht, ob sie rutschen wollte. Sie wollte eher ihr Gesicht an die Flanke des Hundes legen. Aber dann ging sie doch die Treppe nach oben und legte sich kurz entschlossen bäuchlings auf die gleißende Fläche. Der Hund sprang ihr entgegen, bellte und zwickte sie in den Arm. Unten blieb sie liegen. Irgendwann half der Mann ihr auf, zog sie nach oben, wieder rutschten sie, dann wieder und wieder – in immer neuen Positionen, auf dem Bauch, auf dem Rücken, im Stehen (was nicht geht) –, bis die Morgendämmerung einsetzte. Jetzt bevölkerten seltsame Leute den Park. Sie trugen schwere, lange Rucksäcke, schritten mit viel Würde einher und schenkten Lisbeth nicht mal einen Seitenblick.

»Golfer.« Der junge Mann warf sich auf die Rutsche wie auf ein Surfbrett. Dann kam er wieder über die Seitentreppe zu Lisbeth hoch, nahm sie bei der Hand, und nebeneinander rutschten sie, den Blick auf den Sichelmond gerichtet, langsam hinunter. Unten angekommen beugte er sich über sie und blickte ihr in die Augen.

»Ich liebe ihn vielleicht. Aber ich kann diese ganzen Sachen nicht«, sagte sie leise. Wo wohl der Hund war? Der junge Mann kramte in der Seitentasche seiner Hose und brachte ein Taschenmesser, eine Schwimmbrille und weitere 3 Karabiner zum Vorschein, ehe er fand, was er suchte. Eine Stimmgabel. Lisbeth wollte sich aufsetzen und sich verabschieden. Der Mann saß schon sehr dicht neben ihr. *Blue Balloon* stand auf seinem T-Shirt, am Kinn hatte er ein Grübchen und auf den kantigen Wangen braune Stoppeln, ein paar waren rötlich. Jetzt musste sie aber mal los.

Er legte seine Hand auf ihre Schulter und drückte sie sanft auf die Rutsche. »Du liebst ihn vielleicht, und du kannst alles, was du können musst«, sagte er, schlug die

Stimmgabel gegen den Rand der Rutsche und hielt sie mitten auf Lisbeths Stirn. Sie drückte ihren Kopf gegen das Metall, aber es gab kein Entkommen, außerdem war das doch angenehm, wie er einen Ton in ihr Hirn und ihre Nervenbahnen schickte. Als es vorbei war, schlug er die Gabel wieder gegen die Rutsche und hielt sie ihr an den Hals. Seine Augen waren grün, und ein Sausen fuhr in ihren Bauch, wo es verreckte, aber er schlug noch mal. Diesmal sauste es länger, und er hatte lange Wimpern, beim dritten und vierten Mal war es ein heller Klang, der sie bis ins Mark traf und sich in der Rutsche fortsetzte und die Blätter der Bäume ringsum zum Rascheln brachte und Wind auftürmte. Als er sich über sie beugte und ihr die Stimmgabel ans Schlüsselbein hielt, waren seine Augen voller Freundlichkeit. Ihr Schoß vibrierte, und sie wunderte sich gar nicht, dass sie *Schoß* dachte, so ein altmodisches Wort. Denn es war richtig, und es war auch richtig, dass sie in der Dämmerung mit offenen Augen und offenem Mund und offenem Schoß dalag, auf einer Kinderrutsche, als wäre sie nicht ganz dicht.

Der junge Mann sagte noch einmal: »Du kannst alles, was du können musst«, gab ihr einen Kuss in die Hand, drückte sie zu und erhob sich. Er pfiff – nach dem Hund, das war klar. Sie setzte sich auf und blickte ihm hinterher, wie er, das Gesicht ihr zugewandt, grinsend rückwärts losschlenderte. Irgendwann winkte er noch mal, sie winkte zurück, dann wandte er sich ab, und Lisbeth ließ sich wieder auf das graue Metall sinken.

Der Park war mittlerweile von morgendlichen Joggern bevölkert. Lisbeth nahm ihre ganze Trauer wieder auf und erhob sich schwer. Aber immerhin war da noch eine

Ahnung von Vibration in ihr, und leise und langsam ging sie durch den Park – links am Hang die Trinker, die Golfer waren längst weg – zurück nach Hause.

Unterwegs machte sie beim Bäcker halt, wo die Blonde vom Edeka, wahrscheinlich hatte sie frei, mit ihrem unglücklichen Kleinkind saß und Windbeutel fraß. Als Lisbeth ein Croissant bestellte, sah die junge Verkäuferin sie lachend an. »Sie sind in der Zeitung!«

»Nein danke.« Lisbeth las keine Zeitung. Tante Ruth hatte sie dafür immer kritisiert. Aber zum einen waren Zeitungen gefährlich für Zahlenfanatiker wie Lisbeth, zum anderen hatte sie sich selbst ja nicht mal annähernd verstanden, da konnte sie nicht auch noch die ganze Welt begreifen müssen. Aber die junge Türkin mit dem silbern und blau glänzenden Kopftuch unterbrach Lisbeths stille Rechtfertigungen und sagte noch einmal: »Sie sind in der Zeitung!« Jetzt hob auch die Blonde vom Edeka den Kopf. Die Verkäuferin holte eine Zeitung, schlug sie auf – und tatsächlich: Unter der Überschrift *Dreht Kreuzberg jetzt durch?* war ein großes Foto von Lisbeth, wie sie das Schaf Paul an ihrem Schal die Oranienstraße entlangführte. Die Verkäuferin schenkte ihr die Zeitung, und Lisbeth lief kopfschüttelnd zur Tür hinaus. Dass sie nicht kopfschüttelnd gegen die Tür lief, lag nur daran, dass die Blonde mit erstaunlicher Behändigkeit aufgesprungen war und ihr die Tür aufhielt. Draußen stellte sich Lisbeth erst mal einen Moment in die kühle Morgenluft, atmete mit geschlossenen Augen ein und aus, dann klemmte sie sich die Zeitung – Foto nach innen – unter den Arm und zählte sich bis nach Hause. Vor der Wohnungstür lag zusammengefaltet ein weißes DIN-

A4-Blatt. Sie nahm es mit hinein, ging auf den Balkon und ließ sich neben der schweigenden Amsel auf einen Stuhl sinken. Dann atmete sie durch und schaute 36 Minuten lang in den Himmel und kochte sich schließlich einen Carokaffee. Da fiel Lisbeth plötzlich ein, dass sie ja »für extrem schwere Zeiten« eine Extraration Leberwurst deponiert hatte. Warum war ihr das nicht schon gestern eingefallen? Da hätte sie auch gut ein Leberwurstbrot vertragen können. Sie fahndete unter der Spüle, fand – zwischen gezuckerter Kondensmilch, 1 Tüte Zucker, 1 angebrochenen Tüte Mehl, 7 Dosen Dosentomaten, 3 Päckchen Spaghetti, 2 Päckchen Schlagsahne, 1 Tüte Sternanis, 5 Büchsen Makrelenfilets, 1 Glas Sülze und 1 Glas Blutwurst – sogar 2 Gläser mit Leberwurst, machte eins auf, verteilte sie großzügig auf ihrem Croissant und setzte sich wieder zu der Amsel. Sie trank aus Tante Ruths Kaffeebecher Carokaffee, aß das Croissant und löffelte zwischendurch die restliche Leberwurst aus dem Glas. Mit einer leichten Übelkeit ging sie rein, holte Zeitung und Zettel, ging wieder raus, die Scheißamsel könnte echt auch mal was zu der ganzen Scheiße sagen, und stellte sich der Realität. Mit zitternden Fingern faltete sie den Zettel auseinander:

Schade, dass du so früh gegangen bist, es war wunderbar, dich zu umarmen. Edgar.

In der Zeitung stand, dass Kreuzberg eine Schande für ganz Berlin wäre, ein sinnloses Projekt jagte das nächste. Statt einer sinnvollen Tätigkeit nachzugehen, quälte man Tiere. *Was sollen denn die Touristen aus der ganzen Welt denken, die unsere schöne Stadt besichtigen wollen und nur Dreck und Müll vorfinden – dazwischen blökt angstvoll ein Schaf?!*

»Wunderbar«, sagte Lisbeth, »ganz wunderbar.«

Edgar ist ein Heuchler, der Lisbeth nur umarmt, damit sie sich nicht querstellt, wenn er in ihr Zelt zieht und Tante Ruth in Beschlag nimmt, sie ist mit Foto in einem Schmuddelblatt, sie hat eine viel zu große Wohnung, ihre Person reicht gar nicht aus, um diese Wohnung zu füllen, sie hat keine Ahnung, wie sie je glücklich und eine Frau werden soll. Mit Pony aus dem Gesicht pusten ist das längst noch nicht getan. Pony aus dem Gesicht pusten ist doch nur die Spitze des Eisbergs.

Lisbeth war am Ende. Mittlerweile hatte sie echt ausreichend Gründe, um sich zu Tode zu zählen, sich zu erschießen, zu vergiften und so weiter – wenn sie nicht für das Schaf Paul zuständig wäre. Nein, Lisbeth durfte sich nicht erschießen und vergiften. Sie musste leben. Für das Schaf Paul. Und für Tante Ruth. Sie stand auf, streckte sich und streckte der Amsel die Faust entgegen. Und für den kranken Paul und sogar für Babsi G-Punkt, und für das Kind von Maria und Stefan, das Lisbeth heißen würde. Und für die Blonde vom Supermarkt und für die Schauspielerin, deren Laden für Umzugsklamotten ohne Lisbeth pleitegehen würde, so schlecht wie die verkaufte, und für den verliebten Chagall, und für Dima, der sie liebte, und für Edgar, den sie liebte. Langsam wurde ihr ausgestreckter Arm schwer. Und trotzdem fielen ihr immer noch Leute ein, für die sie leben musste, und sie war ja noch längst nicht bei den Sachen, für die es sich zu leben lohnte. Leberwurst, Umzugsklamotten, Cookies, Hefte, ein Kinderbesteck und so weiter. Und Tiere: die Tödliche Dagmar, die scheißschweigende Amsel, der sie die Faust hinhielt, obwohl die doch eigentlich treu war, auf ihre Weise. Jetzt schämte Lisbeth sich fast und ließ die Faust sinken. Die Punks gegenüber fielen ihr ein, die Ausschüttlerin und der mit der Stimmgabel, der ihr einen Kuss in die Hand gelegt hatte. Und nun liefen Lisbeth Tränen über die Wangen. Sie weinte, bestimmt 26 Minuten lang. Dann musste sie sich erst mal hinlegen. Den Kuss von heute Morgen in der Faust, schlich sie mit schweren Beinen ins Schlafzimmer zu ihrem Feldbett. Sie streifte mit den Füßen die Boots ab und kickte sie weg, dann zog sie sich das T-Shirt über den Kopf, zerrte sich den Rock von der Hüfte und kroch unter die Blümchendecke. Sie musste dringend schlafen. Sie hatte die ganze Nacht nicht geschlafen. Aber dann stand sie doch noch mal auf, kramte in den Kisten nach ihrer Fellwärmflasche und ging damit in die Küche, um Wasser zu kochen. Als sie zurückkam, schloss sie die Augen schon, bevor sie lag, so müde war sie. Lisbeth legte sich auf die Seite und schlief, die Fellwärmflasche im Arm vor der Brust, sofort ein.

Sie träumte, dass die Schneekönigin über ihr stand und ihr mit der bloßen Hand in die Brust griff, darin wühlte und riss, währenddessen redete sie wie absichtslos und ohne Lisbeth in die Augen zu schauen. »Das siehst du doch ein, du bist doch ein verständiges Mädchen, ganz sicher begreifst du, dass ich ein Herz brauche, du gibst mir dein Herz sogar gern, nicht wahr? Ein kluges Kind bist du.« Die Schneekönigin fügte ihr unerträgliche Schmerzen zu, aber Lisbeth konnte nichts dagegen machen. Sie lag einfach nur da und wusste, dass sie zu sterben hatte. Da klingelte es.

Lisbeth schlug die Augen auf. Sie lag auf dem Rücken, die heiße Wärmflasche auf der Brust, und das Telefon klingelte. Energisch riss sie sich die Wärmflasche vom Körper, warf sie neben das Bett und stand eilig auf. Es war ein Stefan von der taz. Das Foto von Lisbeth und dem Schaf habe ihn neugierig gemacht. Ob sie Zeit habe, ein paar Sachen zu besprechen. Sie sagte leise, sie werde seine Nummer notieren und sich in den nächsten Tagen bei ihm melden, und legte auf. Dann ging sie in die Küche, kochte sich einen Carokaffee. Die Amsel war weg. Lisbeth zog mit ihrer Blümchendecke und dem Kopfkissen um auf das grüne Sofa. Dort kuschelte sie sich ein, wie sie das früher mit Tante Ruth vor dem Fernseher gemacht hatte, wenn *Wer wird Millionär* lief. Wie heißt die Tochter der Schneekönigin? a) Eisprinzessin b) Frostbeule c) Lisbeth Ritter d) Kaltmamsell. Die Antwort ist c) Lisbeth Ritter.

Lisbeth schlief noch 53 Minuten, dann trank sie aus Ruths geblümtem Kaffeebecher den kalt gewordenen Kaffee, las ein bisschen in der Zeitung, in der das Schaf Paul und sie abgebildet waren, und betrachtete das Foto. Dünne, weiße Beine in groben Stiefeln. Sie sah aus wie eine Berlinerin. Hoffentlich hatte wenigstens ein Bückschitzer die Zeitung abonniert, oder sollte sie Tante Ruth vorsichtshalber eine schicken? Paul sah geradezu kühn aus. Man sah ihm deutlich an, dass er an diesem Vormittag schon etwas geleistet hatte, der hatte sich seinem inneren Kind gestellt. Aber Lisbeth ja irgendwie auch, wenn sie bereitwillig von ihrer Mutter geträumt hatte. Sie legte die Zeitung zur Seite und legte sich wieder aufs Feldbett, wo sie glatt 30 Minuten schlief. Früher hatte sie mit Wecker trainiert, exakt 30 Minuten zu schlafen, damit sie nicht die ganze Zeit schlief, das zahlte sich jetzt aus. Obwohl es heute ja eigentlich egal war, ob sie 30 Minuten oder 3 Stunden schlief. Edgar würde den Tag nicht mit ihr verbringen, sondern mit Karin. Wahrscheinlich aßen sie gerade auf dem Spreewaldplatz Falafel und küssten sich zwischendurch, und deshalb fiel ihnen das ganze Rohkost-Gemüse aus dem Falafel, aber das war ihnen egal. Wozu brauchten sie Rohkost. Sie hatten ja sich. Lisbeth hatte eher niemanden und durfte nicht ins Büro, weil sie krankgeschrieben war.

27 Minuten später klingelte das Telefon. Eine Frau Bönt. Lisbeth hörte an der Stimme, dass sie stark übergewichtig war. Sie sagte, dass Herr Buback Lisbeth zu sprechen wünsche. Und Lisbeth bereute schon, gerade an den Job gedacht zu haben, wahrscheinlich hatte sie durch diesen Gedanken den unangenehmen Anruf herbeigeführt. Manche sagten, dass so was ging. Aber dann fiel Lisbeth ein, dass, wenn das funktionieren würde, damals, als sie siebzehn gewesen war, Drops keinesfalls hätte spurlos verschwinden können – hatte sie doch gewissermaßen jede Minute jenes Spätsommers, des darauffolgenden Winters und des nächsten Frühlings reinen Herzens an Drops gedacht und ihn herbeigesehnt – ehe sie dann im nächsten Mai g…

»Frau Ritter??«

»Äh. Ja, sicher, ich bin zwar krank«, sie hustete, dabei wusste sie gar nicht, welche Krankheit Russen-Dima auf den Krankenschein hatte schreiben lassen, »aber reden kann ich schon, wenn es nicht zu lange dauert. Ich bin sehr schwach.«

»Vielleicht sollten Sie dann Ihre Auftritte in der Zeitung einschränken«, sagte die Frau mit einer gewissen Schärfe.

»Oh«, sagte Lisbeth, »das war unbeabsichtigt. Wissen Sie, i…«

»Wie dem auch sei«, unterbrach Frau Bönt sie, »ich verbinde.«

Das nun folgende Gespräch mit dem Diktator versetzte Lisbeth in eine Art Schockstarre. Dementsprechend bestand ihr Anteil daran weitgehend aus »ja«, »gut«, »geht klar«, während der Diktator ihr mit dünner Stimme und vielen Worten auseinandersetzte, dass ein Foto in der Zeitung bei einer Krankschreibung wegen Blinddarmdurchbruchs zwangsläufig Konsequenzen nach sich ziehe. Angesichts der hohen Qualität ihrer Arbeit und angesichts dessen, dass er an das Gute im Menschen, und an das Gute in ihr, Lisbeth Ritter, glaube, werde er von einer Anzeige gegen sie selbst und den betreffenden Arzt absehen, ja ihr sogar eine Abfindung in Form von drei Monatslöhnen zahlen, wenn sie die Redaktion nie mehr betrete.

»Geht klar«, sagte Lisbeth. »Was muss ich jetzt machen? Muss ich irgendwas machen?«

»Nein. Sie haben beileibe schon genug gemacht.« Und dann, die Stimme noch hektischer und dünner als vorher, fragte er leise: »Das mit dem Briefträger, das waren doch Sie?« Und als Lisbeth schwieg: »Und jetzt das Schaf – Sie planen doch etwas? Das wird so eine Aktion wie Mogadischu? Haben Sie es auf mich ... auf mich abgesehen? Sagen Sie, was Sie von mir wollen, aber ...«, seine Stimme wurde fester, »... aber überspannen Sie den Bogen nicht, mit der Krankschreibung hab ich durchaus auch etwas in der Hand. Etwas Elementares.«

»Nein, nein«, sagte sie, »ich hab es nicht auf Sie abgesehen. Und ich bin ganz froh, dass Sie mir kündigen. So richtig passe ich wohl doch nicht in Ihre Redaktion. Obwohl ich zu gern in Ihre Redaktion gepasst hätte ... irgendwohin.« Lisbeth schaute auf ihre Füße, die in knallroten dicken Stricksocken steckten. Und plötzlich fiel ihr auf, dass ihr schüchternes Verhalten entgegengesetzt zum Machtgefälle bei diesem Telefonat war, und sie beschloss, das zu ändern, etwas aus der ungewohnten Situation zu machen. Sie streifte die Socken ab und stützte eine Hand lasziv in die Hüfte. »Aber wenn Sie schon so fragen«, sagte sie mit einem Grinsen, »Sie würden mir einen wahnsinnig großen Gefallen tun, wenn Sie dem Kreuzberger Kinderbauernhof eine kleine Summe spenden würden.«

»Geht klar«, sagte der Diktator kleinlaut, als hätte er das Grinsen und die laszive Geste gesehen. »Dann haben wir eine Abmachung: Sie sehen es nicht auf mich ab, und ich lasse Sie nicht auffliegen.«

»Abgemacht«, sagte Lisbeth, »ich wünsche Ihnen alles Gute.« So sagte man das doch in offiziellen Zusammenhängen. Lisbeth straffte sich das letzte Mal in ihrem Leben – das nahm sie zumindest an, jetzt war sie ja arbeitslos –, dann sagte sie »Auf Wiederhören« und legte auf. Kaum hatte sie aufgelegt, klingelte das Telefon wieder. Sie schüttelte den Kopf, ging ins Bad und ließ die Wanne ein. Sie verteilte 8 Teelichter im Raum, streute (ungezählte!) Lavendelblüten von Paul ins Wasser und warf – Schönheitsgeheimnis von Tante Ruth – einen mit Haferflocken gefüllten Waschhandschuh dazu. Dann ging sie ins Hallenbad, um Purcell anzuschalten. Die Punks gegenüber hatten sie noch nicht entdeckt, die Jalousie war oben und das Fenster offen. Neben der Couch lehnte tatsächlich Lisbeths Sonnenschirm. Die Frau unter ihnen schüttelte leider nichts aus, sonst hätte Lisbeth sich ihren Schirm einfach wieder auf den Austritt wünschen können. So würde sie rübergehen müssen, aber das verschob sie aus naheliegenden Gründen. Sie hatte ihren Job verloren und Tante Ruth und Edgar – obwohl sie den ja eigentlich nie gehabt hatte. Lisbeth drehte eine Runde durch die

Wohnung, vorbei am blinkenden Anrufbeantworter und dann ohne zu zählen ins Bad. Sollte sie geheilt sein? Manche zählten sich in großen Krisen in den Irrsinn. Hatte der Schock bzw. die Serie von Schocks im Gegenteil eine Heilung bewirkt? So wie man jemanden mit Schluckauf erschrecken musste, damit der Schluckauf wegging? Oder hatte der junge Mann mit der Stimmgabel sie geheilt? Die nächsten Tage würden es zeigen. Sie tauchte ab. Hörte der Musik von unter Wasser aus zu. Ihre Haare schwebten wie ein Gespinst um ihren Kopf.

Den nächsten Vormittag verbrachte Lisbeth in stiller Trauer auf ihrem Feldbett. Aber da stille Trauer ein vertrauter, gewissermaßen heimatlicher Zustand war, ging es ihr weniger schlecht, als sie hätte erwarten können. Das mit dem Job beziehungsweise ohne den Job würde ein Problem werden, ahnte sie, darum musste sie sich beinahe zuerst kümmern. Wenn jeder Tag Sonntag war und sie keine Struktur hatte, an der sie sich durchs Leben hangeln konnte, würde sie eingehen. Also beschloss sie, sich demnächst wieder um Aufträge als freie Korrektorin zu kümmern. Das hatte doch immer gut geklappt, das hatte sie gemocht. Nachdem sie also zumindest das lösbare Problem im Liegen gelöst hatte, war sie zufrieden mit sich und stand am Nachmittag kurzerhand auf, ging am mittlerweile wie irre blinkenden Anrufbeantworter vorbei und zog sich schön an: zitronengelbe Kniestrümpfe, schwarzes Shirt, zitronengelbes Tuch, schwarzer Minirock, dann ging sie zum Kinderbauernhof, ließ sich von Karlchen umarmen, lieh sich gegen ein Sixpack und eine Tüte Gummibärchen eine Harke und ging langsam durch die Junischwüle, die alle Konturen in der weißen Luft verwischte, hinüber zum Haus der Hausgemeinschaft, um ihr Schaf zu besuchen.

Es schnürte ihr das Herz ab, wie Paul da ganz allein mit gesenktem Kopf in seinem Gatter stand. Zögerlich kam er näher gestakst, schaute durch seine langen cremefarbenen Wimpern zu ihr hoch und zuckte immer mal wieder mit dem Kopf. Lisbeth hockte sich hin und streichelte ihm mit festen Strichen Bauch und Gesicht. Er schob seine Nase in ihre Hand und bewegte sie darin hin und her. Lisbeth ließ ihn raus in den Hof und harkte sein Gatter sauber, holte neues Heu aus dem Hausflur und gab es in die Krippe. Dazu grüne Zweige vom Rand des Hinterhofs und Karotten. Auch frisches Wasser brauchte er dringend. Die ganze Zeit folgte Paul ihr auf den Fuß. Nur in den Hausflur wagte er sich nicht. Wahrscheinlich hatte ihm Godot mit seiner Aktion Türen verleidet. Das Schaf war einsam, das war offensichtlich. Und die Hausgemeinschaft zu sehr mit sich selbst beschäftigt, um das zu bemerken oder gar zu ändern.

Nach einer gemütlichen Stunde gemeinsamen Rumhängens mit dem Schaf ging Lisbeth hoch zu Tattoo-Paul. Sie hatte ihm unterwegs einen Blumenstrauß gekauft. Ranunkeln, seine Lieblingsblumen. Aber er machte nicht auf. Ob er ernstlich krank war? Immerhin hatte der Notarzt kommen müssen. Lisbeth legte die Blumen vor die Tür und ging hoch zu Babsi, vielleicht wusste die was.

Zwar machte Babsi auf, aber sie sah schrecklich aus: verheult und das ganze Gesicht mit Wimperntusche verschmiert – die rosa Haare waren verfilzt und standen ihr vom Kopf ab wie Kabel in einer geplünderten Fabrikruine. »Ich werde gemobbt«, schluchzte sie, »ich ziehe aus, ich suche mir eine Gemeinschaft, wo der Mensch noch wertgeschätzt wird! Bloß weil ich Maria gefragt habe, ob sie wirklich ein Kind in diese Welt setzen will. Leben wir denn im neunzehnten Jahrhundert, dass ein Thema wie Abtreibung nicht angesprochen werden darf?«

»Ich wollte fragen, ob mit Paul alles in Ordnung ist, und ihm sagen, dass ich meinen Job verloren habe«, sagte Lisbeth vorsichtig. Babsi guckte entgeistert. »Wenn du dich nicht für mich interessierst, musst du auch nicht bei mir klingeln«, schrie sie heiser und knallte Lisbeth die Tür vor der Nase zu.

Als Lisbeth die Harke auf den Kinderbauernhof zurückbrachte, kam das schwarze Schaf Leslie plötzlich auf sie zu und zupfte an ihrem Rock. Sogar Leslies Zunge, sah Lisbeth bei der Gelegenheit, war schwarz. »Das hat sie noch nie gemacht. Die ist echt ein bisschen irre«, sagte Karlchen. »Wie die Weiber halt so sind: unberechenbar.«

»Hast du keine guten Erfahrungen mit Frauen?«, fragte Lisbeth. Aber Karlchen winkte nur ab und hob den schwarzen Minihahn hoch, der die ganze Zeit Gewehr bei Fuß gestanden hatte.

»Ich hab auch kaum gute Erfahrungen mit Frauen gemacht«, sagte Lisbeth, und als sie Karlchens verächtlichen Blick sah, ergänzte sie: »Mit Männern war es nicht besser.« Jetzt schaute Karlchen doch interessiert. Aber dann schien ihm etwas einzufallen, er riss die Augen auf, schüttelte den Kopf und erhob sich. »Es gibt ja zum Glück immer noch Tiere«, sagte er und hob den auf seinem Handteller stehenden Hahn hoch, während er seinen auberginenförmigen Körper in Bewegung setzte in Richtung Ziegengehege.

»Das finde ich auch«, sagte Lisbeth.

Daheim, mittlerweile war es 18 Uhr 37, hörte Lisbeth den apokalyptisch blinkenden Anrufbeantworter ab. Gott sei Dank, Paul – er lebte.

»Liebelein, danke für die Blumen, du kümmerst dich ja neuerdings um den alten Paul. Erst Cookies, jetzt Blumen. Aber ich ruhe mich noch ein paar Tage aus. Hab mich wohl bei dir angesteckt. Bin müde wie Dornröschen.«

»Äh. Lisbeth? Lisbeth? Geht es dir gut? Äh ... Hier ist Edgar.«

Lisbeth raste runter zu der Blonden, kaufte die letzten vier Schrippen und zweimal hundert Gramm[4] verschiedene Leberwurst und raste wieder hoch. In der Abenddämmerung saß sie auf dem Balkon und aß und dachte an Edgar. Sie holte sich sogar einen Zettel, zeichnete eine Tabelle und schrieb alles hinein, was sie an Edgar mochte und nicht mochte. Unter *Mag ich* stand seltsamerweise auch, dass er beruhigend wirkte. Sollte jemand, in den man verliebt war, beruhigend auf einen wirken? Lisbeth war sich nicht sicher. Vielleicht gehörte das eher auf die Seite *Mag ich nicht*. Da stand bislang nur: *hat sich mein Zelt unter den Nagel gerissen*, während die Seite *Mag ich* mit *Bernsteinaugen* und *Schlüsselbeinen* und *rissige Hände* und *Großzügigkeit* und *süße Schüchternheit* gut gefüllt war. Lisbeth legte den Zettel in ihr Notheft (Nr. 9), ging wieder auf den Balkon und dachte weiter an Edgar, obwohl sie den Zettel ja geschrieben

---

4 Genau genommen bestellte sie zwar zweimal hundert Gramm, bekam aber 103 Gramm Kalbsleberwurst und 89 Gramm Kräuterleberwurst. Lisbeth kommentierte solche Versehen schon lange nicht mehr. Tante Ruth hatte ihr erklärt, dass nicht allen Leuten Zahlen so wichtig waren wie ihr – noch nicht mal denen, die, wie die Blonde vom Edeka, beruflich mit Zahlen zu tun hatten.

hatte, um mal eine Weile nicht an ihn denken zu müssen. Sie sah sein Gesicht vor sich. Sie liebte dieses schüchterne Lächeln, das immer erst zu fragen schien: »Darf ich wirklich?«, ehe er einen Schritt näher trat. Aber wenn er etwas nicht wollte, war er nicht zu feige, das auch zu zeigen und sich zu entziehen, wie Lisbeth leider auch schon erfahren durfte, als sie Arschloch zu ihm gesagt hatte. Nachdem sie so geschlagene zwei Stunden (126 Minuten) an Edgar gedacht hatte, kam die Amsel angeflogen, setzte sich auf die Satellitenschüssel nebenan und sah zu ihr her. Lisbeth stand auf und verneigte sich in Richtung Amsel, sie hatte keine Ahnung, wieso sie das tat. Dann ging sie ins Hallenbad und winkte ihren Punks zu, die zurückwinkten. Sie würde ihren Punks die Hand reichen. Sie würde Edgar zurückrufen, obwohl sie seine Nummer gar nicht hatte. Aber nicht jetzt. Jetzt legte sie sich ins Bett und schlief ein. Ihr letzter Gedanke galt Edgar, natürlich, aus der Sache würde sie so schnell nicht wieder rauskommen.

Allein unter Fremden

Um 1 Uhr 34, mitten in der Nacht also, klingelte jemand Sturm. Lisbeth schaute aus dem Hallenbadfenster. Paul, Maria und Stefan, die Tödliche Dagmar, der Alte mit dem Pelzstirnband, eine Fremde, Huhni – alle bepackt mit Bündeln und Koffern, als wären sie im Begriff, in die Neue Welt aufzubrechen und wollten sich nur noch rasch von Lisbeth verabschieden. Etwas Schreckliches musste passiert sein! Auf alles gefasst, machte sie auf, lüftete rasch im Schlafzimmer und guckte nach, ob der Klodeckel unten war. Ächzend kam die Karawane hochgestapft, sie redeten so laut, dass Lisbeth Sorge hatte, sie müsse sich vielleicht morgen früh bei den Nachbarn entschuldigen.

»Steh da nicht wie angewurzelt, lass uns rein, ich muss aufs Klo«, krächzte Paul, der unter seiner alten Adidas-Jacke einen blau-weiß gestreiften Seidenpyjama trug, wie Lisbeth erstaunt feststellte. Paul schob sie zur Seite, und die Gruppe, allen voran die Tödliche Dagmar, die sofort einen Erkundungsgang unternahm, drängte in die Wohnung.

»Was ist denn los?« Aber keiner antwortete. Die gingen an Lisbeth vorbei, als wäre sie unsichtbar. Im Grunde konnte Lisbeth froh sein, dass die nicht durch sie hindurchgingen.

»Mieses Karma, das ist ganz mieses Karma hier.« Als Lisbeth ins Hallenbad kam, um zu erfahren, was passiert war, stand Huhni in orangefarbenen Pluderhosen in der Mitte des Raumes, zündete 2 Räucherstäbchen an, die sogleich übel zu stinken anfingen, wedelte damit durch die Luft und sagte: »Ich verstehe total, dass du in diesem Raum nicht wohnen willst. Hier hat sich bestimmt mal einer aufgehängt. Der hängt hier gewissermaßen immer noch.« Er schüttelte seine grauen Dreadlocks und machte einen Schritt auf Lisbeth zu – offensichtlich, um sie in den Arm zu nehmen –, aber Lisbeth machte lieber einen Schritt zurück und stieß gegen Paul, der mit hängenden Schultern und grauem Gesicht einfach bloß dastand. »Hinsetzen«, befahl der Alte mit dem Pelzstirnband. Eine Frau, die Lisbeth nicht kannte – eine mit schwarz gefärbten kurzen Haaren, sehr kurzem, geradem Pony und bleicher Haut, die viel Kajal um die Augen hatte –, fuhr den mit dem Pelzstirnband an: »Jetzt halt mal endlich die Luft an!« Dann stellte sie einen roten Lederkoffer vor sich ab, packte ihn aus – ein Notebook, eine Stange Zigaretten, eine Flasche Whiskey, ein Buch –, legte sich auf den Rücken und las, während sie immer wieder mal einen Schluck aus der Flasche nahm. Die anderen sahen sich in der Wohnung um, und Huhni verteilte in aller Seelenruhe eine Großpackung Teelichter in den Räumen. Dann setzten sich alle in der Mitte des Hallenbads im Kreis auf den Boden. Stefan und Maria kamen mit einer Flasche Rotwein, einer Flasche Wasser und Gläsern aus der Küche, Maria goss ein.

»Was ist denn passiert?«, fragte Lisbeth.

»Gleich«, sagte Paul.

Lisbeth hielt die Spannung nicht mehr aus, sie sprang auf, ging ins Bad und blies das im Fenster stehende Teelicht aus. Blies zur Sicherheit auch das Teelicht in der Küche aus und ging zurück ins Hallenbad, wo die anderen im Kreis hockten und schwiegen. Huhni stand mit geschlossenen Augen in der Mitte und wedelte immer noch mit den stinkenden Räucherstäbchen. Lisbeth schob sich dicht neben ihren Paul, der sie nun an sich zog und mit seinen Fingern wie mit einem Kamm durch ihre braunen Wuschelhaare fuhr. »Liebelein, ich kann nicht mehr«, sagte er matt.

»Was ist denn passiert?« Sie tätschelte seine Hand. Er sagte nichts, sondern schüttelte nur den Kopf. Sollte er erst mal einen Schluck trinken. Huhni setzte sich und strich seine Dreadlocks über der Schulter glatt. Alle blickten zu Lisbeth herüber. Sie trug nur Unterwäsche, aber das war ihr gerade egal. Paul war da. Endlich! Sie hatte ihn so sehr vermisst. Gut, es war etwas Schreckliches passiert. Gut, er hatte jede Menge Leute mitgebracht. Aber das Gute kam selten allein. In der Regel folgte dem Guten etwas weniger Gutes auf dem Fuße. Und Lisbeth war echt nicht in der Verfassung, sich zu beschweren. Ihr war übel von der ganzen Leberwurst gestern, sie war gefangen in Love und Liebeskummer und brauchte dringend Ablenkung. Und irgendwie war es ja auch richtig, dass endlich mal Leute im Hallenbad waren. Sechs Leute und ein Hund. Und immer noch war der Raum leer und hallig. Das schrie förmlich nach Purcell. Aber Huhni kam Lisbeth zuvor, die ganz froh war, sich in ihrer Unterwäsche nicht noch mal erheben zu müssen, und schloss seinen iPod an Lisbeths Anlage. Chorgesang, Om und Klangschalen vibrierten durch ihren Körper.

»Was ist denn nun passiert«, versuchte sie es noch einmal. Aber keiner sagte etwas. Die Tödliche Dagmar kam zu ihnen her, schob mit der Schnauze Lisbeths Weinglas, das eigentlich ein Wasserglas war, zur Seite und ließ sich mit einem Seufzer in ihrem Schoß nieder. Ganz schön schwer, so ein Hund, außerdem stank er nach Hund. Gegenüber saßen Maria und Stefan, Maria weinte leise, und Stefan tröstete sie, streichelte hilflos ihren Arm. Der mit dem Pelzstirnband – vor sich auf dem Parkett hatte er einen Schreibblock und drei verschiedenfarbige Stifte liegen – schaute ernst in die Runde, betrachtete jeden Einzelnen von ihnen aufmerksam, nickte und sagte dann: »Freunde.«

Das darauf folgende Schweigen nutzten alle, um einen Schluck zu trinken. Keiner hob den Blick, keiner sagte etwas. Langsam wurde es Lisbeth angst und bange. Der Hund kratzte sich am Ohr, und weil er so dicht an Lisbeth lehnte, kratzte er deren Bauch gleich mit. Paul zitterte, Lisbeth löste sich aus seiner Umarmung und legte eine Hand auf sein Bein. Ob jemand gestorben war? Warum sagte keiner etwas? Paul? War das Schaf Paul gestorben? Weil sie ihn vernachlässigt hatte? Lisbeth zupfte in wunder Trauer an ihrem Unterhemd, da erhob sich der mit dem Pelzstirnband, streckte seine Arme aus, als wollte er das Grüppchen segnen, und sagte noch mal: »Freunde.«

Der zitternde Paul drückte den Rücken durch und sagte: »Ja, ja, komm auf'n Punkt, Trapper, und erklär Lisbethchen endlich mal, was passiert ist, sonst denkt die noch, es wär jemand gestorben.«

»Freunde«, sagte der mit dem Pelzstirnband ein drittes Mal, als hätte Paul nichts gesagt, »Freunde, wir können jetzt nichts tun. Der Haupthahn ist dank meines beherzten

Eingreifens zu. Das THW hat das Haus gesichert. Morgen schaue ich mir alles an und mache einen Plan bezüglich des weiteren Vorgehens.«

Maria schluchzte. Dagmar stand schwerfällig aus Lisbeths Schoß auf, wo es plötzlich kühl wurde, und ging quer durch den Kreis rüber zu Maria, stupste ihr die Nase ins Gesicht, riss das Maul auf, gähnte und setzte sich dann aufrecht neben ihr hin.

»Wasserschaden«, sagte Paul an Lisbeth gewandt. »Babsi G-Punkt hat jetzt eine Waschmaschine. Der ganze rechte Trakt ist unbewohnbar. Wir bitten dich hiermit im Namen der gesamten Hausgemeinschaft um deine Solidarität. Können wir für eine Weile bei dir einziehen? Ich hab den anderen gesagt, du hast Platz. Im linken Trakt sind auch zwei von uns untergekommen, aber da wohnen nur Leute wie der Trapper. Zu denen will keiner. Alle wollen zu dir.«

Der mit dem Pelzstirnband schaute beleidigt zu ihnen her. »Das ist eine unzulässige Verkürzung. Leute wie mich gibt es *lei-der* viel zu selten in Kreuzberg. Sonst wären wir jetzt unter Umständen nicht in dieser Situation. Und zwar nicht nur, was das Haus angeht. Insgesamt. Kreuzberg. Dieses Land. Die Welt. Aber der letzte Satz stimmt. Komischerweise ...«, er musterte Lisbeth geringschätzig, »die wollten alle zu dir.«

Zwar wähnte Lisbeth sich seit gestern vom Zählen geheilt, aber da war ja immer noch das Problem, das sie mit Nähe hatte. Allerdings würde sie es nicht sehr überzeugend vortragen können, so dicht, wie sie neben Paul saß. Und außerdem – was wog ihr eigener Schaden gegen den Wasserschaden der Hausgemeinschaft, die ohne Gegenstimme das Schaf Guerilla-Paul aufgenommen und ihr damit sehr geholfen hatte. Von allem anderen mal ganz abgesehen. So gerne sie auch nein gesagt hätte, das war einfach undenkbar. Sie hob den Blick. Alle schauten sie an. »Freunde«, sagte sie, »herzlich willkommen ...«

Dagmar knurrte, als Lisbeth den Raum verließ, und folgte ihr ins andere Zimmer. Als sie wiederkam, jetzt angezogen, erklärte der mit dem Pelzstirnband gerade, er werde bis morgen einen Duschplan, einen Putzplan und einen Kochplan erstellen, um das Zusammenleben auf engstem Raum zu organisieren. Außerdem müsse man die Renovierung und Instandsetzung regeln und die Versicherungsfragen klären. Das werde er selbst übernehmen. Er appelliere an die Gruppe, seine Anweisungen strikt einzuhalten. »Hier sind meine Führungsqualitäten gefragt, und von euch erwarte ich bedingungslosen Gehorsam in dieser Notsituation.«

Huhni stand auf und sagte: »Ich gehe dann mal aufs Klo.« Stefan murrte. Maria sah müde aus, sie hatte sich auf ihrer Isomatte eingerollt und schaute schläfrig in die Flamme des Teelichts vor ihr. Keiner war begeistert von der Machtübernahme des Alten mit dem Pelzstirnband, doch sie nahmen es hin. »Na ja, irgendwie müssen wir uns ja organisieren.« – »Aber für alle kochen, da hab ich keinen Bock drauf, die fressen sowieso zu viel.« – »1983 ist hundert Jahre her. Der denkt doch hoffentlich nicht, dass ich hier auf Kommune mache ...« – »Du hast sie doch nicht mehr alle.« Dann wandten sie sich anderen Themen zu, die schnell wechselten, diskutierten lautstark und tranken drei Flaschen Wein aus.

Lisbeth verhielt sich zur Sicherheit erst mal ruhig. Sie hörte zu und beobachtete die Fremden interessiert. So viele

Menschen in ihrem Hallenbad, die sie kaum kannte ... Zwischendurch ließ sie der erschöpften Maria eine Wanne ein. Noch ehe sie rausgehen konnte, war Maria schon dabei, sich auszuziehen, und erzählte währenddessen, dass sie und Stefan noch einmal ganz neu anfangen wollten, jetzt, wo sie Eltern wurden, wodurch Lisbeth das Bad mit der nackten Frau darin nicht verlassen konnte, ohne extrem unhöflich zu wirken. »Stefan sucht einen Job. Am liebsten würde er Filme machen, mal sehen, ob sich was ergibt.«

»Ihr seid doch viel jünger als die anderen, wie seid ihr in die Hausgemeinschaft gekommen?«, fragte Lisbeth, unterdrückte ein Gähnen und setzte sich auf den Wannenrand, während Maria seufzend in das nach Lavendel duftende Wasser sank.

»Ach, ich weiß nicht. Ich hab das Tattoo für Babsis Unterschenkel entworfen. Wir kamen ins Gespräch, und dann hat sich das irgendwie so ergeben. Und jetzt bekomme ich ein Baby und bin obdachlos ...« Sie schloss die Augen. Lisbeth streichelte ihr übers Haar, sagte »das wird schon wieder« und ging zurück zu den anderen.

Nach 2 weiteren Flaschen von Tante Ruths bestem Rotwein, inzwischen war es 5 Uhr 14, breiteten alle ihre Schlafsäcke im Kreis aus wie um ein Lagerfeuer. Lisbeth, ihr auf den Fersen die Tödliche Dagmar, schlich in ihr Schlafzimmer. Sie hatte Paul die grüne Couch angeboten, aber der wollte lieber bei der Gruppe bleiben.

Lisbeth erwachte erstaunlich frisch um 7 Uhr 6, was ja eigentlich 6 Uhr 66 ist, eine Zahl, die ihr noch nie gelungen war und die sie gleich mal in ihr Zahlenheft (Nr. 3) eintrug, das heute am Kopfende ihres Bettes lag – daneben die Fellwärmflasche, die Ohrwärmer, das Kinderbesteck. Dann sprang sie auf und raste zur Tür raus und rüber ins Hallenbad. Tatsächlich: Sie waren noch da. Sechs Leute lagen auf ihren Isomatten im Kreis und schliefen. Maria und Stefan in einem gemeinsamen Schlafsack. Der Hund Dagmar zu ihren Füßen. Die Schlafenden rochen in der Menge muffig. Lisbeth war ganz schön froh, dass sie als Einzelperson nicht in solchen Mengen schlafen musste. Halb befremdet, halb begeistert trat sie dicht an jeden einzelnen Schläfer heran, betrachtete ihn fasziniert, an manchen roch sie vorsichtig. Dagmar folgte ihr, und zwar so dicht, dass Lisbeth ihr versehentlich auf die Pfote trat, als sie einen Satz zurück machte, weil Huhni, über den sie sich gerade gebeugt hatte, um sein seltsam verfilztes Haar zu studieren und zu betasten, plötzlich ein Auge öffnete und sie anblickte. Dagmar jaulte auf. Lisbeth blickte sich erschrocken um, aber die anderen schliefen weiter. Auch Huhni hatte das Auge wieder geschlossen.

Das konnte aber heiter werden, wenn Maria und Stefan ein Kind hatten. Auch wenn sie im Moment noch nicht mal einen Bauch hatten. Die würden doch gar nicht aufwachen, wenn das Kind dann schrie. Lisbeth würde aufwachen. Überhaupt: ein Kind. Das musste ja erst mal gekriegt werden, ehe man es beruhigen konnte. Und falls Maria es nicht die Treppe runter schaffte mit den dann eingesetzt haben würdenden Wehen, musste Lisbeth auch noch bei der Geburt helfen. Heißes Wasser und Tücher wurden gebraucht, das kannte sie aus Büchern. Aber was genau damit zu tun war, wusste sie nicht. An dieser Stelle stieß Dagmar Lisbeth die Schnauze ans Bein. »Entschuldige«, flüsterte Lisbeth, ging mit Dagmar in den Flur, wo sie sich bückte und auf die getretene Pfote pustete. In der Küche bekam Dagmar eine Karotte, mit der sie sich verzog – in Lisbeths Zimmer, wie diese am Knarren des Feldbetts hörte. Sie selbst ging auf den Balkon, ein paar Sudokus lösen und Carokaffee trinken.

7 Uhr 55, aus purem Übermut wartete Lisbeth noch bis 8 Uhr 8, dann ging sie 17 Minuten duschen, 4 Minuten Zähne putzen, 100 Bürstenstriche für ihr Wuschelhaar. Dann raste sie 105 Treppen runter und 330 Schritte zum Bäcker. Der hatte seltsamerweise geschlossen, obwohl er um sieben öffnete, aber der Edeka hatte auf. Die Blonde war nicht da, eine Nette verkaufte Lisbeth Croissants und Marmelade, Butter und Leberwurst und wünschte ihr einen schönen Tag.

Noch mal 330 Schritte und 105 Treppen später stellte Lisbeth mit Blick ins Hallenbad fest, dass der mit dem Pelzstirnband schon gegangen war. Hatte der sich in den 21 Minuten, die sie weg gewesen war, geduscht, angezogen, war auf dem Klo gewesen und losgegangen? Der bürstete seine Haare wahrscheinlich nicht so akribisch wie sie, und Zahnseide konnte man ja auch abends benutzen. Aber trotzdem: So viel Effizienz bei einem Mann, der schon mindestens sechzig war ... Außerdem waren über die zwischen Bad und Küche hängenden 36 Fotos von Paul, dem Schaf, 4 Listen auf A3-Papier geklebt worden: *Putzplan, Badplan, Regeln für das Zusammenleben, Aktivitäten für das überschwemmte Haus Wrangelstraße 9.* Ein zärtliches Gefühl überkam Lisbeth. Vielleicht würde sie dem mit dem Pelzstirnband mal ihre Hefte und Berechnungen zeigen. Nicht mehr lange, und der mit dem Pelzstirnband und Lisbeth waren *so*. Sie hielt die linke Hand hoch – Zeige- und Mittelfinger verschränkt. Lisbeth ging in die Küche und deckte den Frühstückstisch, kochte neuen Carokaffee, setzte sich für 5 Minuten hin, stand nach 3 Minuten wieder auf und guckte im Hallenbad nach, doch die schliefen noch. Lisbeths Feldbett knarrte. Dagmar kam angetrabt, setzte sich vor Lisbeth hin und winselte. »Na super.« Lisbeth stand auf und ging mit ihr raus.

Das mit der Kacketüte war ein Problem, das hatte sie schon vermutet. Wie managten das die anderen Hundehalter? Man musste weltanschaulich und moralisch schon sehr gefestigt sein, wie der mit dem Pelzstirnband, dem Jargon auf seinen Listen nach zu urteilen, es wahrscheinlich formulieren würde, um angesichts der Optionen *Kacke anfassen* und *Kacke liegenlassen* die richtige zu wählen.

Wobei – die Entscheidung wurde einem schon sehr erleichtert durch die netten Leute, die einem begegneten. Auch wenn sie sonst eher die Straßenseite wechselten, wenn der schwarze Kampfhund anspaziert kam: Jetzt, wo die Tödliche Dagmar sich zum Kacken hinhockte, bildeten sich regelrechte Menschentrauben um sie. Omas. Kinder, junge Menschen, die sich soeben aus dem Görlitzer Park ihre Drogen für den Tag geholt hatten. »Sie gehen erst weiter, wenn Sie das weggemacht haben, das ist Ihnen schon klar«, sagte der aufgedunsene Mittdreißiger im Ballonseidenanzug, der zum betreuten Wohnen um die Ecke gehörte. Eine Frau in Beige hielt Lisbeth eine Kacketüte hin. »Ich hab zwar keinen Hund, aber die habe ich inzwischen immer dabei.« Zwei kleine Jungs gingen hinter Dagmar, die zum Glück so alt war, dass nichts sie mehr aus der Fassung brachte, in Stellung und jubelten: »Boah, ehj, so viel

Scheiße!« Eine Frau mit imposanter blonder Dauerwelle empörte sich darüber, dass jeder einen Hund wollte, aber Verantwortung übernehmen wollte angeblich keiner.

Leider war Lisbeth noch nicht so alt, dass nichts sie mehr aus der Fassung brachte. Die Leute waren ihr zu dicht. Die Leute waren fordernd. Die Leute schienen sich ihr und der Tödlichen Dagmar überlegen zu fühlen. Das war eine ungute Kombination, die Lisbeth noch aus ihrer Schulzeit kannte. Sie zog eine Kacketüte aus der Tasche und hielt sie hoch. »Meine Damen und Herren!« Und dann sammelte sie, als würde sie das täglich machen (dabei hatte sie es bis jetzt nur bei anderen gesehen), geschickt die warme Kacke ein, gab Dagmar ein Zeichen, die setzte sich hin und hob die Pfote, um Lisbeth Five zu geben, dann verbeugte Lisbeth sich, drehte sich um und ging, Dagmar bei Fuß an ihrer Seite, an den Leuten vorbei, die eine Gasse für sie bildeten, zu ihrem Haus, wo sie sich im Treppenhaus erst mal auf die unterste Stufe setzte und heulte. Dagmar leckte ihr das Gesicht ab, und zusammen brachten sie die Tüte zur Mülltonne.

Oben angekommen ging Lisbeth in ihr Zimmer und berührte ihre Hefte, das beruhigte. Sie guckte noch mal ins Hallenbad. Doch die fünf schliefen nach wie vor. Die Punks gegenüber hatten die Jalousie unten, aber netterweise schüttelte die Frau unter ihnen etwas aus. Lisbeth überlegte gerade, was sie sich wünschen sollte, da sah sie, dass die Frau gar nichts ausschüttelte, sondern nur der Blonden vom Edeka zuwinkte, die unten gerade einen Buggy vorbeischob, in Richtung Park. Dabei sahen weder sie noch ihr Kind so aus, als würden sie sich viel im Park aufhalten. In der Richtung lagen auch der Hautarzt und, von einer höheren Warte aus betrachtet, die Alpen. Aber das fiel Lisbeth sicher nur ein, weil sie damit gerechnet hatte, sich etwas wünschen zu dürfen, und sich nun doch nichts wünschen durfte.

Lisbeth drehte sich um, wäre beinahe wieder Dagmar auf die Pfote getreten, weil die so dicht hinter ihr stand, und setzte sich noch 5 Minuten auf den Balkon. Nach 20 Minuten guckte sie wieder ins Hallenbad. Alle schliefen, mal abgesehen von dem mit dem Pelzstirnband, der sicherlich etwas sehr Relevantes zu erledigen hatte. Dann holte Lisbeth, Dagmar immer an ihrer Seite, aus ihrem Zimmer vom Stapel mit den leeren Heften ein leeres Heft und einen Stift. Zurück auf dem Balkon machte sie sich Notizen, notierte Vermutungen bezüglich dessen, wie das gelungene Leben einer richtigen Frau aussehen könnte. Stichwort: Karin. Stichwort: Pony aus der Stirn pusten. Aber sie kam nicht weit. Im Grunde schrieb sie nur eine 17 vorne auf das Heft, weil es Heft Nummer 17 war. 14 enthielt Beschäftigungen für Sonntage, 15 und 16 Betrachtungen zum Kochen und Kochbuchtitel.

Kurz vor neun stand Paul auf. Er setzte sich zu Lisbeth auf den Balkon und fragte, wie es ihr mit der Situation ginge. Sie solle das nicht unterschätzen, versuchte er ihre Begeisterung zu dämpfen, sie solle in ihr Zimmer gehen und hinter sich abschließen, sobald ihr das alles zu viel werde. »Pass auf dich auf, Liebelein, probier ein bisschen rum, wie Zusammenleben geht, aber mach langsam. Ich bleib nur ein paar Tage, bis ich sehe, du kannst das, dann lege ich mich mal in Karins Bett und lasse mich pflegen und verwöhnen. Meine Wohnung ist direkt unter Babsis, die ist die nächsten Jahre nicht mehr bewohnbar. Und Karin ist doch Hebamme, die kann das ganze Krankenschwesternzeugs und ein paar andere Sachen auch.« Paul lächelte traurig. »Mir geht's nicht so gut. Weißt du ja.«

»Was hast du denn, Paul?«

»Ein zu großes Herz.« Er grinste und nahm sie in den Arm. »Nun aber los mit dir. Auf die anderen musst du nicht warten. Erstens schlafen die länger, zweitens stehen die nicht so auf gemeinsames Frühstück. Geh mal dein Schaf füttern.«

Lisbeths Herz wurde klein und hart wie ein Flusskiesel, als sie ihn da am Zaun stehen und ihr traurig entgegenblicken sah. Sie rieb ihrem Schaf den Bauch, die Tödliche Dagmar roch an seinem Hintern, dann gingen sie zu dritt frisches Wasser für Paul holen. Dem Haus, 42 Fenster, war nichts anzumerken von seinem Wasserschaden, ungerührt stand es da. Lisbeth wäre gern hineingegangen und hätte sich umgesehen. Aber vielleicht würden die anderen das nicht gut finden.

Beim Frühstück, Lisbeth aß ihr Croissant, Paul und Dagmar fraßen jeweils einen Apfel, beredeten sie die Lage. Seltsam, dass die Tödliche Dagmar und das Schaf Paul das Gleiche sagten wie Tattoo-Paul. Und zwar: »Vorsicht!« Das kränkte Lisbeth fast ein wenig. Klar, Nähe war ein Problem für sie, zumal die Nähe von gleich sechs Menschen, aber sie war ja schon viel sicherer als vor 47 Tagen, am 7. Mai, bei ihrer Ankunft in Berlin. Und sie konnte schließlich von ihren Freunden nicht verlangen, sich wie die Punks auf der anderen Straßenseite aufzuhalten, was die perfekte Entfernung gewesen wäre. »Und deshalb«, Lisbeth hob die

Hand, und Dagmar schlug ein, »werden die sechs und du, und wer immer da noch kommt in meinem sowieso ungenutzten Hallenbad wohnen, solange alle möchten. Ich kann das. Howgh. Ich habe gesprochen.« Lisbeth war wie elektrisiert und machte gleich mal Handstand zwischen zwei Strohballen. Aus dieser ungewohnten Perspektive sah sie jemanden in der Tür zum Hof stehen. Edgar Drops. Sie kippte zur Seite weg. Das Schaf Paul machte einen Satz, die Tödliche Dagmar bellte.

Ein bisschen überrumpelt strich Lisbeth ihre Kleider glatt und zählte zur Beruhigung Edgar ab, was schwierig war, weil er ein Shirt ohne Knöpfe und Muster trug, und für Haare und Leberflecken stand sie nicht dicht genug an ihm dran. Also musste sie sich auf das Offensichtliche beschränken – 1 Nase, 2 Augen, die sie fragend musterten, 2 Lippen, schwellende Lippen würde es wohl in einem anderen Genre heißen, 1 Adamsapfel, 2 Schlüsselbeine, während Edgar ihr erklärte, er habe mit Paul gesprochen. Die Aktion vor dem Roten Rathaus sei wegen des Wasserschadens vorerst abgeblasen, die Erde werde er auf Pauls Brache bringen, ob sie mitkommen wolle. Lisbeth nickte und sagte: »Ich hab leider noch einen Termin. Ein andermal sehr gerne.« Sie ließ Edgar stehen und verabschiedete sich von dem Schaf, das unwillig seine Nase in ihre Hand stieß. Sie wusste schon, dass Paul ihr bei nächster Gelegenheit die Leviten lesen würde – war ja auch wirklich blöd, das eine zu wollen und das andere zu sagen, da hatte Paul schon recht, so was war ihm selbst noch nie passiert, im Leben nicht. Wenn er runtergefallenes Gemüse nicht mehr fressen wollte, dann fraß er runtergefallenes Gemüse nicht – da konnte Lisbeth sich auf den Kopf stellen und mit den Ohren wackeln. Aber nichts dergleichen tat sie jetzt. Sie trottete nach Hause. Das war aber auch echt schwierig. Wahrscheinlich war Lisbeth in einen Mann verliebt, der wahrscheinlich ein Arschloch war. Trotzdem zählte sie nichts. War ja eh nur ein Briefkasten auf dem ganzen Weg vom Haus der Hausgemeinschaft bis zu ihr nach Hause, da konnte man das Zählen auch gleich sein lassen.

Ein neues Leben

Die nächsten beiden Tage vergingen wie im Flug, so viel Neues gab es zu erkunden. Wie von Paul prophezeit, hatten ihre Mitbewohner, wie Lisbeth die anderen inzwischen nannte, »meine Mitbewohner«, ihr Frühstück nicht gemocht, hatten ganz andere Sachen gekauft und den Kühlschrank halb mit Bier und halb mit Fruchtjoghurt gefüllt. In der Tür gab es 2 Mal Milch und 3 Mal Wodka, und Huhni hatte ein Extrafach in Beschlag genommen. Eklig aussehende Räuchertofupakete lagen hier neben Algen, Seitan, der an Hirn erinnerte, und Gemüsesorten, die Lisbeth noch nie gesehen hatte. Der mit dem Pelzstirnband war auch nicht ohne, er züchtete auf dem Küchenbüfett einen Hermann-Kuchen und Kefir, als hätte es die Neunziger nie gegeben, von der Jahrtausendwende ganz zu schweigen. Einer benutzte kein Klopapier, sondern Wasser und irgendwelche Lappen, die dann über der Wanne zum Trocknen hingen, was Lisbeth ziemlich widerlich fand. Irgendwer benutzte die Klobürste nicht. Einer aß definitiv Leberwurst, Lisbeths Leberwurst, in der neuerdings eine Zahnreihe zu sehen war (dabei aß Lisbeth keine Leberwurst mehr, seit ihr letztens davon schlecht geworden war), und fast alle rauchten Selbstgedrehte. Außerdem kokelten in jedem Raum von Huhni angezündete Räucherstäbchen vor sich hin, in jedem Raum ein anderer Gestank. Lisbeths Mitbewohner rissen die Fenster auf und schrien Huhni an, er sei hier nicht in Pune und solle sich mal bitte zusammenreißen. Lisbeth selbst machte mehrmals pro Abend die Runde, um in Bad und Küche die Teelichter auszumachen, damit nicht wieder jemand Feuerschein meldete. Den netten Feuerwehrmann wollte sie sich wirklich für den Notfall aufheben. Einmal hatte es deshalb beinahe eine Auseinandersetzung mit Huhni gegeben, der der Ansicht war, Kerzen wären fengshuitechnisch »ein absolutes Muss« und Lisbeth solle sich nicht so haben. Aber zum Glück hatte in dem Moment jemand angerufen, Huhni hatte sein Handy aus dem Bund der Pluderhose gezogen, und Lisbeth war von einer Auseinandersetzung verschont geblieben. »Spießerin«, hatte die mit den schwarzen Haaren und dem Pony im Vorbeigehen gezischt. »Guck dich nur mal an.« Aber das war Lisbeth egal gewesen. Die Frau ignorierte Lisbeth sowieso die ganze Zeit. Die anderen ignorierte die Frau auch. Im Grunde saß sie stets und ständig auf Lisbeths Küchenbank, rauchte und las oder tippte in ihr Notebook.

Am Anfang, als Lisbeth noch gemeint hatte, der Besuch ihrer jetzigen Mitbewohner würde nur ein paar Stunden dauern, hatte Lisbeth abgewinkt und sogar eigenhändig den grünen Kneipenaschenbecher geholt, den sie beim Trödel gekauft hatte, weil er aussah wie etwas, das vom Meer angespült worden war. Ganz klar: Lisbeth hatte sich einschleimen wollen. Und jetzt musste sie mit den Konsequenzen leben. Aber das war gar kein Problem für sie.

Lächelnd saß sie auf dem Balkon und löste Sudokus. Alle Veränderungen in ihrer Wohnung, sogar die angebissene Leberwurst, hatte sie freundlich hingenommen. Sie war gelassen wie noch nie. Da sollte das klugscheißende Schaf erst mal hinkommen, wo Lisbeth jetzt schon war. Ruhe und Gelassenheit! Gelassenheit und Ruhe! Das konnte aber auch gut an dem Gras und dem Braunen liegen, das hier geraucht wurde. Dem Marihuana in seinen Erscheinungsformen wurde ja eine heilende Wirkung nachgesagt. Wäre nicht das Schlechteste, wenn Lisbeth ein paar ihrer Zwänge (Schlafen, Zählen) loswürde – mit der Schwäche für Leberwurst hatte es ja schon geklappt. Lisbeth freute sich tatsächlich an allem, was sich veränderte, ging jeden Tag durch die Räume, bestaunte, beroch und befühlte die neuen Details ihres neuen Lebens.

Von den Plänen des Alten mit dem Pelzstirnband funktionierte im Grunde nur der Badplan. Und das auch bloß, weil bis auf Paul und Lisbeth keiner besonders akribisch war, was Körperpflege anging, und das Klo ja extra war. Der Putzplan wurde völlig ignoriert. Gekocht wurde zwar – »eine warme Mahlzeit pro Tag muss sein« –, aber mit zweifelhaftem Ergebnis. Das eine Mal, als Paul gekocht hatte, schmeckte es exotisch nach Zitronengras und Kardamom und war appetitlich angerichtet und mit kleinen gelben Früchten dekoriert, außerdem war die Küche aufgeräumt, als hätte Tante Ruth sich für ein Stündchen hergebeamt. Diesen Standard kriegte Lisbeth selbst nie hin.

Hatte jemand anders gekocht, war das Essen grau und schmeckte nach Pappe. Oft war an den Topf ein gelber Zettel geklebt, auf dem – was wirklich sinnvoll war – stand, worum es sich handelte. *Erbsenmus – vegan, blähfrei*, wenn Huhni gekocht hatte, und *Tütensuppe, ihr Deppen!*, wenn die Schwarzhaarige mit dem Pony dran war.

Lisbeth fand das immer superinteressant, kostete, was es gab, holte sich dann bei der Blonden vom Edeka ein Croissant, brachte gleich Joghurt und Bier mit, außerdem Putzmittel, Waschmittel, Fanta und 2 Flaschen Rotwein. Sie schmiss die Essensreste vom Vortag weg (offenbar aß jeder nur sein eigenes Gericht, wenn man das überhaupt so nennen konnte, und grundsätzlich nicht das, was jemand anders gekocht hatte), kratzte Angebranntes aus den Töpfen und wischte alle Oberflächen ab.

Lisbeths Mitbewohner bewegten sich, obwohl sie ja im Haus in der Wrangelstraße in separaten Wohnungen gelebt hatten, nur im Pulk. Gemeinsam in die Hölle zum Biertrinken, gemeinsam in den Park zum Abhängen. Und selbst in der Wohnung traf man selten einen allein. Sie hockten gemeinsam im Hallenbad, hörten Musik und fachsimpelten über Filme und Politik, oder sie gingen mindestens zu zweit auf den Balkon, um sich in die Sonne zu legen. Sogar aufs Klo hatte Lisbeth den mit dem Pelzstirnband und Babsi schon gemeinsam gehen sehen. Es war ein bisschen wie im Sanatorium, fand Lisbeth, und sie konnte höchstens die Pflegerin sein, so wenig gehörte sie dazu. Aber das war auch ganz gut so. Professionelle Distanz war das A und O, damit sie die überfüllte Situation meisterte.

Beim Putzen stellte sie fest, dass im Klo neuerdings ein hässlicher Strauß beleuchteter lila Kunstblumen stand, im Bad auf dem Bord gab es ein großes Glas mit verschiedenfarbigen Dildos, und ganz hinten im Küchenschrank hatte sie, als sie Klopapier rausholen wollte, eine zerlesene Liebesschnulze gefunden. Lisbeth wischte durch, sammelte sämtliche Teelichter ein, lüftete und reduzierte – in der Hoffnung, dass Huhni nichts davon mitbekommen würde – die überall herumstehenden Räucherstäbchen.

Es war alles sehr aufregend, Abenteuer am laufenden Band. Vor allem die Listen von dem Alten mit dem Pelzstirnband hatten es Lisbeth angetan, so wenig die auch respektiert wurden. Da standen Wörter drauf, die heutzutage gar nicht mehr in Gebrauch waren. Und selbst die Tödliche Dagmar, die ihr kaum mehr von der Seite wich und wenn, dann höchstens, um sich auf Lisbeths Feldbett zu legen, war tröstlich und angenehm für Lisbeth und gar nicht mehr so lästig. Sie war Schaf-Ersatz, Ruth-Ersatz und sogar Edgar-Ersatz – Lisbeth musste ja niemandem was davon sagen, aber manchmal setzte sie sich neben den Hund aufs Parkett und erzählte ihm, wie sie Edgar damals kennengelernt hatte oder dass ihre Mutter eine sehr schöne Frau war mit langen Haaren und roten Fingernägeln und dass sie heute noch manchmal Angst hatte, sie könnte vor der Tür stehen und Lisbeth abholen wollen. Der Hund seufzte dann, legte seinen Kopf auf den Boden und schloss die Augen, offensichtlich bekam er gerne etwas erzählt. Auch dass zu den sechs Mitbewohnern plus Hund zahlreiche Gäste in Lisbeths Wohnung kamen, war super. Alle hatten einen Schlüssel, das war nicht so super, selbst Fremde, die nicht zur Hausgemeinschaft gehörten und mit denen bis in die Nacht diskutiert wurde, hatten einen. Am Ende waren sie regelmäßig zu betrunken, um wieder runterzusteigen in die Welt, und übernachteten im Hallenbad. Am nächsten Tag schliefen sie zum Glück so lange, dass Lisbeth aus dem Haus gehen konnte, ehe sie von den Massen überrannt wurde.

Wenn es nicht ganz so voll war, wollte Lisbeth am liebsten überhaupt nicht in ihrem Zimmer sein, sondern hielt sich viel in der Nähe der anderen auf. Nur Huhni mied sie. Obwohl Huhni toll war mit seinen Dreadlocks und seinen orangefarbenen Pluderhosen. Obenrum hatte er meistens nur eine Weste an, die seine unbehaarte Brust freiließ. Huhni sah aus, wie Lisbeth sich einen Derwisch vorstellte. Vollkommen irre. Und wie der erst redete! »Die Existenz ist dialektisch. Und Gegensätze sind nicht nur Gegensätze, sie sind auch Ergänzungen.« Aber er wollte Lisbeth immer umarmen, das war ein Problem. Jeden Morgen, wenn Lisbeth sich Carokaffee kochen wollte, stand Huhni – Gesicht zur Amsel, Rücken zu Lisbeth – in seinen Pluderhosen in Lisbeths Küche. Vor sich hatte er eine Art Altar aufgebaut, Lisbeths grüner Schal lag um eine brennende Kerze geschlungen, dahinter hockte ein fetter hölzerner Buddha. Es roch nach Weihrauch. Zu Atem- und Schnaufgeräuschen, die von einer CD kamen, schwenkte Huhni eine geschlagene Stunde sein Becken, machte »uh, uh, uh, uh, uh, uh« und so. Lisbeth schaute lange zu, verstand nicht, was Huhni damit bezweckte, traute sich nicht rein, verzichtete auf ihren morgendlichen Carokaffee. Und jedes Mal hatte sie so eine leise Ahnung, dass sie in nächster Zeit auf einiges verzichten würde. Außer sie änderte, was ja in letzter Zeit fast schon zur guten Gewohnheit geworden war, ihr gesamtes Leben und fragte Huhni zum Beispiel endlich mal beiläufig, was er da machte und ob sie eventuell mitmachen könnte beim Frühsport.

Am dritten Tag waren neben der Badtür die Regeln für das Zusammenleben ergänzt um den Slogan *Jeder nimmt seinen gewohnten Alltag auf, wir lassen uns nicht in die Knie zwingen.* Der Slogan *Jeder hilft mit! In drei Tagen ziehen wir bei Lisbeth aus* wäre ihr lieber gewesen, aber wer war sie denn, zu bewerten, was andere Leute taten oder nicht taten. Auch der Badplan war heute neu. Lisbeth würde erst um 9 Uhr 45 in ihr eigenes Bad können. Dabei schliefen die alle, den mit dem Pelzstirnband mal ausgenommen, bis in die Puppen. Na ja, musste sie eben ungeduscht in den Tag.

Lisbeth zog sich an, wusch sich im Gästeklo das Gesicht, leinte den Hund an und ging mit ihm runter. 106 Stufen, da stimmte doch was nicht. Sie wollte schon umkehren und nachzählen. Doch Dagmar jaulte leise und zog sie nach draußen, wo sie sofort unter die Linde pinkelte.

Nach dem Pinkeln machten sie noch einen Abstecher in den Görlitzer Park. Lisbeth fragte sich, ob es Maria nichts ausmachte, dass praktisch alle Leute die Straßenseite wechselten, wenn sie mit dem Hund ankam. Im Park war das anders. Hundebesitzer sahen offenbar sofort, dass Dagmar die Ruhe selbst war. Sie ließen ihre Hunde von der Leine, und gleich gab es zwischen den Tieren, die sich zu kennen schienen, einen kleinen Wettlauf, bei dem Dagmar jedoch sofort abgeschlagen wurde. Die anderen jagten in großen Kreisen um sie herum, um sie zum Weiterspielen zu animieren, aber Dagmar legte sich umstandslos auf den Bauch und schaute ihnen zu.

Als Lisbeth sah, wie ein Hundebesitzer Anstalten machte, sich ihr zu nähern, senkte sie erst den Blick und zählte die Kippen zu ihren Füßen (5), aber er ließ sich nicht abbringen und kam unbeirrbar auf sie zu, also drehte sie sich um und spazierte ein bisschen herum. Ein kleiner Junge kam, einen Drachen in der Hand, auf Dagmar zugerannt. »Dagmar! Huhu!«, rief er mit hohem Stimmchen.

Hinter ihm hetzte seine Mutter her. »Jan! Nicht streicheln, das ist ein Kampfhund! Geh da weg!« Aber Jan war schon bei Dagmar angelangt, beugte sich über sie, schlang seine Arme um sie und küsste sie auf den Rücken. »Jan! Nicht!«, schrie die Mutter.

Aber Jan sagte: »Das ist Dagmar. Die hat gar keine Zähne.« Er hielt Dagmar lässig die Lefzen hoch und zeigte seiner schockstarren Mutter, dass Dagmar kaum noch Zähne im Maul hatte. Der Hund nutzte die Gelegenheit, um dem Jungen das Gesicht abzulecken. »Iiieeeh!«, rief Jan begeistert. »Wo sind Maria und Stefan?« Er gähnte. »Ich bin sonst mit dem Kinderladen hier, mit Dolores und Tom und meinen Freunden Subbi, Kevin und Suse und Marten und so, aber heute gehe ich nicht in den Kinderladen. Heute hab ich meine Mama ganz früh geweckt, damit wir hier hergehen können. Ich hab nämlich Geburtstag, und da lassen wir Drachen steigen. Den ganzen Tag.«

Die Mutter hatte sich offensichtlich von Dagmars Harmlosigkeit überzeugt. Sie nickte Lisbeth zu und zündete sich eine Zigarette an. Lisbeth gratulierte Jan zum Geburtstag und gab Dagmar das Zeichen, Jan Five zu geben, weil das fünf hieß und der nämlich fünf geworden war. Die beiden machten das dann noch 23 Mal, während Jan vom Kinderladen erzählte und die Mutter rauchend abseits stand und hundemüde aussah.

Auf dem Rückweg fühlte Lisbeth sich total ausgelaugt, und das am Vormittag und ohne Arbeit. Behutsam zählte Lisbeth sich wieder nach oben – 105, alles in Ordnung.

Liegestütze

So verging eine knappe Woche. Eine Woche, die schön war und sich dennoch zog wie ein Jahrzehnt. Lisbeth dachte praktisch ständig an Edgar. Wie oft genau, wusste sie, weil sie pro Mal, das sie an ihn dachte, 5 Liegestütze machen musste. Es waren insgesamt 565, und sie war mit 475 im Rückstand, weil sie einfach nicht den Mumm hatte, in der Öffentlichkeit Liegestütze zu machen. So konnte es um Himmels willen nicht weitergehen. Eines Abends – ihre Mitbewohner waren in die Hölle gegangen, ohne Lisbeth zu fragen, ob sie mitwollte – machte sie zumindest ein Zehntel der Liegestütze, und obwohl sie dabei maximal schummelte, musste sie hinterher erst mal duschen, aber ohne Duschgel, weil das zu schwer war für ihre geschundenen Muskeln, sie kriegte es einfach nicht hochgehoben. Dann zog sie sich an und ging – die Wohnung war wirklich so still, dass es einem in den Ohren zu rauschen anfing –, um nicht wieder neue Liegestütze anzuhäufen, mutterseelenallein und trotzig in die Pizzeria unten an der Ecke. Wenn keiner sie fragte, ob sie mitwollte, ging sie eben allein! Die Leute auf der Straße waren verschwitzt und schlecht gelaunt. Lisbeth wurde zweimal angerempelt. Beide Male entschuldigte sich der Mann, der neben der Frau ging, die Lisbeth angerempelt hatte. Lisbeth sagte beide Male lächelnd »keine Ursache«, aber beide Male war Freundlichkeit ihrerseits weder gefordert noch erwünscht. Sie kam sich vor wie das letzte Landei. Sie konnte sich doch unmöglich auch so eine Attitüde von Herablassung und Hochmut zulegen, wie einige der Leute in ihrem Hallenbad sie zur Schau stellten. Tante Ruth wäre entsetzt, wenn Lisbeth wie letztens die mit dem schwarzen Pony den ganzen Abend laut telefonieren würde, während sie immer mal mit der Gabel in ihrem Essen pickte. Nicht sagte, dass es schmeckte. Sich nicht am Gespräch beteiligte. Aber immerhin waren die meisten anders – nett zu Lisbeth beziehungsweise freundlich desinteressiert.

Vor der Trattoria Sophia war ganz rechts außen noch ein Tisch frei und einer ganz links außen. Lisbeth schaute sich den ganz rechts genau an, dann den ganz links, und setzte sich dann doch an den ganz rechts und bestellte bei der Kellnerin, die praktisch sofort vor ihr stand, eine Fanta und eine Pizza Margherita. Sie hatte ihr Planungsheft (Nr. 1) dabei und, wie neuerdings immer, eine Gala, weil auch Karin immer eine Gala in der Handtasche hatte. Lisbeths war von vor 2 Wochen und schon reichlich zerknittert, ohne dass sie ein einziges Mal reingeschaut hätte. Aber dabeihaben reichte vermutlich.

Am Nachbartisch erzählte eine mittelalte Frau mit dunkelbrauner Dauerwelle ihrem Mann, was ihr Chef gesagt hatte, was sie darauf gesagt hatte und was ihr Chef erwidert hatte, während der Mann in den Himmel schaute. Jetzt hatte die Frau mitbekommen, dass ihr Mann nicht bei der Chefsache war, und verpasste ihm einen Anschiss.

Die Atmosphäre vor dem Lokal war alles andere als angenehm. Fahrig zerrte Lisbeth ihr Planungsheft aus der Tasche und beugte sich darüber. Vielleicht wäre es gut, mit etwas Kleinem anzufangen, dachte sie, vielleicht der optimalen Nutzung der ungewohnten WG-Situation, als sich ein Mann an den freien Tisch ganz links setzte, der Lisbeth sofort ins Auge stach. Lisbeth musste über vier Tische Leute hinweggucken, um ihn beobachten zu können, aber er war definitiv interessant. Er sah aus wie der junge Tom Hanks, den sie aus irgendeinem Film kannte, den sie mal mit Tante Ruth gesehen hatte. Er hatte dunkle Locken, große Kulleraugen, und er trug zu gelben Hosen ein grünes T-Shirt. Er gefiel Lisbeth, die nun doch froh war, sich allein in eine Pärchendomäne gewagt zu haben. Der Mann hatte ihre Blicke bemerkt und hob die Hand zum Gruß. Lisbeth grüßte über die Menschen, die sich jetzt nach ihr umsahen, zurück, wurde rot und musste sich dann aber wirklich erst mal über Heft Nr. 1 beugen. Sie hatte gerade sieben Linien für ihre Tabelle gezogen, freihändig, und trotzdem waren sie halbwegs akkurat, als erst sie und dann Tom Hanks Essen bekam. Lisbeth zählte die Oliven durch. Der Mann ihr gegenüber gab sich Mühe, seine Frau interessiert anzublicken, und Tom Hanks aß. Eigentlich fraß er. Gierig stopfte er mit den Händen Pommes in seinen Mund, so dass sie rechts und links rausstanden, schob neue nach und schaute unterdessen immer wieder zu Lisbeth her. Er war so kindlich und gierig. Lisbeth nahm einen großen Schluck Fanta und stellte sich unpassenderweise vor, wie sie sich Paul-mäßig über das grüne Shirt des Fremden hermachen würde, jeden Faden würde sie zählen. Wieder stopfte Tom Hanks sich Pommes in seinen Mund, der mit

Ketchup beschmiert war wie mit Lippenstift. Den müsste ihm mal jemand mit Lisbeths Serviette abwischen, Lisbeth selbst am besten. War das die Lösung? Könnte sie ihre Gefühle für Edgar loswerden, indem sie Gefühle für jemand anderen entwickelte? Mit Godot funktionierte das nicht so richtig, von dem wollte sie geküsst werden, wenn er anwesend war, war er abwesend, fehlte er ihr nicht die Bohne. Vielleicht würde es mit Tom Hanks funktionieren? Der war bestimmt sehr sensibel und sinnlich. Aber erst mal musste sie sich beruhigen und einen Schlachtplan entwerfen. Sie überblätterte die Seite mit den sieben Linien und schrieb auf die nächste:

Wie kriege ich den Mann an meinen Tisch?:
In Ohnmacht fallen
Winken
Pony aus der Stirn pusten

Lisbeth hatte keinen Pony. Sie strich sich ersatzweise über ihr Wuschelhaar, aber Tom Hanks war damit beschäftigt, einen Turm aus Bierdeckeln zu bauen, und sah es nicht. Der Mann vom Tisch gegenüber dagegen sah es und atmete geräuschvoll aus. Er starrte zu Lisbeth her, als hätte er eine Erscheinung gehabt. Die Frau neben ihm sagte: »Wir gehen!« Der Mann schob sich ein Stückchen hoch, zog seine Brieftasche hinten aus der Jeans, für die er zu viel Bauch und zu wenig Hintern hatte, wie Lisbeth sah, nachdem ihn die Frau in die Seite gestoßen hatte und er aufstand und reinging, um zu bezahlen.

Lisbeth kaute auf ihrer Pizza herum und wusste nicht recht, was sie machen sollte. 7 Oliven, sie griff nach den

Bierdeckeln auf der silbernen Tischplatte, 12. Sie schaute auf. Tom Hanks sah ihr über den Bierdeckelturm hinweg direkt in die Augen und strahlte sie an, wie schon lange niemand mehr Lisbeth angestrahlt hatte: voller unverstellter Begeisterung. Er zwinkerte ihr zu. Lisbeth zwinkerte zurück und schlug ihr Heft zu. Das würde sich schon ergeben. Er würde herkommen, ihren Arm nehmen, und dann würden sie gemeinsam einen Spaziergang machen und sich angeregt unterhalten. Der Eindruck bestätigte sich, als der Mann jetzt einen riesigen Eisbecher gebracht kriegte. Der war nicht halb so unsicher wie Edgar, nicht die Spur verdruckst. Der bestellte sich einfach, was er zu seinem Glück brauchte, der gönnte sich was. Der traute sich was. Der war Lisbeths Mann! Jetzt schaufelte er mit dem langen Löffel Eis in seinen Mund, Lisbeth säbelte kurzerhand eine Ecke von ihrer Pizza und aß sie – Blick auf Tom Hanks – mit der Hand. Das Paar von gegenüber war weg, Lisbeth hatte sie gar nicht gehen sehen, sie bewunderte über die Tische hinweg die rabiate Eleganz des Grün-Gelben. Jetzt stand er auf, verbeugte sich, griff nach dem Eisbecher, hielt ihn sich unter die Nase und schaufelte weiter Eis in seinen Mund, der jetzt nicht nur rot von Ketchup war, sondern auch noch weiß von Schlagsahne oder Zitroneneis, das wusste Lisbeth nicht. Kurz wusste Lisbeth gar nichts mehr. Verständnislos betrachtete sie das Schauspiel, doch dann begriff sie schlagartig, dass sie Tom Hanks aus dem Film *Rain Man* kannte, der von einem, nun ja, Verrückten handelte. Sie musste jetzt schleunigst aufstehen und hier weg, ehe er an ihren Tisch treten und sie zu einer Rolle vorwärts auffordern konnte. Lisbeth fingerte Geld aus dem Portemonnaie, legte es hin, raffte ihre Sachen zusammen, stopfte Heft und Stift in die Tasche und hastete davon. Seltsamerweise ging, als sie gerade hinter der nächsten Ecke verschnaufte, ein kleiner Sommerregen nieder, und Lisbeth stellte sich vor, wie er da mit ausgebreiteten Armen stand und sich wunderte und dachte, dass er ihr gerne einmal die Toasts gebügelt hätte.

Pudelnass lief sie nach Hause, wo ihr auf dem Treppengeländer Huhni entgegengerutscht kam, der ihre Trainingsjacke über seinem nackten Bauch trug. Er sprang ihr vor die Füße und sagte: »Wer hat dich denn gefickt? Das war doch nicht nur das Wetter, oder?«

»O Mann, ich kann nicht mehr«, sagte Lisbeth, und eine Träne kullerte ihr die Wange hinunter. »Ich hätte mich gerade fast in einen Verrückten verliebt.«

Huhni blieb ganz ruhig stehen und wartete auf eine Erklärung. Als nichts kam und Lisbeth ihn nur traurig anblickte, sagte er: »Aber das ist doch wunderbar! Verliebt ist verliebt, in wen ist da echt zweitrangig.«

»Findest du?«

»Ja, klar! Was wir anstreben sollten, ist Intensität, und nicht viel ist intensiver als Verliebtheit.«

»Aber ich bin ja nicht glücklich verliebt. Ich bin in jeder Hinsicht unglücklich verliebt. In Edgar. Das gerade eben war nicht so wichtig, es macht mich nur noch trauriger.«

»Ach du liebes Lieschen, so viel Angst vor dem Leben.« Huhni musterte Lisbeth. Sie stand immer noch bedröppelt vor ihm und wollte gerade hochgehen – »Na dann, woher hast du eigentlich meine Trainingsjacke?« –, da nahm er sie bei der Hand und sagte: »Die lag auf deinem Sofa, und jetzt hab ich eine Idee für dich.« Er zog sie die Treppe mehr oder minder hoch, und oben angekommen erwartete eine jaulende Tödliche Dagmar sie. »Ach herrje«, sagte Huhni. »Gehste mal mit der runter? Maria und Stefan hatten mich drum gebeten, aber ich hab's vergessen. Ich bereite derweil alles vor.«

»Okay, ist jetzt auch egal.« Lisbeth zog sich gar nicht erst um, obwohl das nasse T-Shirt wie Salbe auf ihrer Haut klebte, ihre Hose kratzte und die Schuhe vor Nässe quietschten. Sie nahm Dagmar an die Leine und trottete mit ihr runter.

Draußen hatte es nur wenig abgekühlt, aber die Luft war frischer und glitzerig. Ob Edgar auch nass geworden war? Edgar? Und unter Dagmars interessierten Blicken ging Lisbeth in die Hocke und machte mit Puddingarmen 20 saubere Liegestütze. Hinterher schaute sie ratlos auf ihre schlammigen Hände und wischte sie kurzerhand an den nassen Klamotten ab.

Als sie mit Dagmar im Schlepptau wieder oben ankam, hatte Huhni im Hallenbad Räucherstäbchen angezündet, die in dem hohen Raum gemächlich vor sich hin stanken. Er trug jetzt seine orangefarbene Weste auf dem nackten Oberkörper, und es lief klapprige exotische Musik. »Zieh dir ein Kleid an«, rief Huhni ihr zu, »aber mach schnell, die warten auf mich.« Als Lisbeth, die nassen Haare zum Pferdeschwanz gebunden, in ihrem Minikleid mit dem großen Dekolleté das Hallenbad betrat, stieß er einen Pfiff aus. »Okay, wir spielen jetzt Mann und Frau«, sagte Huhni und ging in einem Kreis um Lisbeth herum, was Lisbeth gefiel, weil es ein *großer* Kreis war und weil es so aussah, als würde sie gleich Trost kriegen. Jedenfalls sagte sie: »Aber erst erklär mir die Regeln.«

»Was hat der Verrückte gemacht, in den du dich gerade fast verliebt hättest?«

»Er hat gefressen, er hat so gefressen, dass er beinahe seine Hände mitgefressen hätte.«

»Oha ... Gut, dann machen wir das jetzt auch. Friss deine Hände, und sieh mir zu, wie ich meine Hände fresse.«

»Quatsch.« So ging Trösten nun echt nicht. Lisbeth wollte sich abwenden und in ihr Zimmer gehen und sich intensiv ärgern, weil Huhni ohne Erlaubnis in ihrem Zimmer gewesen war und sich ihre Jacke genommen hatte, aber da zog er schon wieder seine Kreise um sie, dazu die drängende Musik und der schwüle Rauch, und leckte und kaute mit weit aufgerissenem Mund begeistert auf seiner rechten Hand herum und streckte sie immer wieder in Lisbeths Richtung. »Jetzt du. Dreh dich mal um, ich will dein Kleid sehen.«

Warum eigentlich nicht? Was war schon dabei. Der Tag war ohnehin nicht mehr zu retten und Huhni im Moment ihre einzige Option. Lisbeth drehte sich einmal um ihre eigene Achse, drehte sich probehalber noch mal, beim dritten Mal fand sie es toll, hob kokett einen Zipfel von ihrem Kleid an. Woher wusste sie plötzlich, wie kokett ging? »Du siehst süß aus«, sagte Huhni, aber eher neutral als atemlos. »Und jetzt probiere es: Iss deine Hand.« Lisbeth hörte die scheppernde Melodie, sah, dass Huhni ledrige, braune Haut hatte, die unter dem Hals Falten schlug, sah, dass er sie freundlich anlächelte, und – »was soll's« – dann reckte sie sich zu den Klängen eines Tamburins, riss die Arme in die Luft, drückte den Rücken durch, hielt die ganze Zeit Blickkontakt zu Huhni, der in die Hände klatschte und sie anfeuerte. Und dann tat sie es, sie öffnete weit den Mund, sie streckte die Zunge heraus, hielt Huhni lachend ihre Zunge hin, drehte sich lachend um ihre eigene Achse, tanzte wie ein Derwisch und hob ihre Hand an den Mund, leckte daran, biss hinein, lutschte und kaute, während Huhni sie die ganze Zeit nickend betrachtete und seinen Körper zum Takt der Musik bewegte. Was war das geil. Sie konnte gar nicht mehr aufhören, den Mund aufzureißen und zu lecken und zu kauen, am liebsten hätte sie ihre Hand tatsächlich gegessen. Als das Lied zu Ende war, senkte sie beschämt den Blick, und es war so still, als hätte jemand ein Glas über Lisbeth gestülpt. Aber Huhni wechselte die Musik, nahm das Glas weg, und zu Michael Jackson, den Lisbeth normalerweise total peinlich fand, rastete er aus, tobte und dancte durchs Hallenbad, und als Lisbeth nicht gleich mitmachte, zog er sie und schleuderte sie ein bisschen, und Lisbeth konnte nicht anders als auch ausrasten. »Beat it«, brüllte sie und riss schon wieder den Mund auf, schoss wie ein geölter Blitz durch den Raum von Huhni weg und auf Huhni zu, der sie drehte und herumwirbelte und 2 Mal sogar hochhob. Als der Song zu Ende war, ließ Lisbeth sich schnaufend zu Boden sinken und streckte sich lang aus. Huhni öffnete die Tür, das Feldbett quietschte, und Dagmar kam angetrabt und legte sich neben Lisbeth. Auch Huhni legte sich neben Lisbeth, und zu dritt schauten sie an die Zimmerdecke und atmeten. »Wow«, sagte Lisbeth nach einer Weile. »Ich fühle mich gut. Und zwar trotz der ganzen Scheiße, die mich traurig macht.«

»Freut mich«, sagte Huhni sanft, drehte sich auf die Seite und betrachtete Lisbeth. »Man sollte öfter mal selbst verrücktspielen, anstatt die anzuhimmeln, die es tun.«

»Du meinst, der Verrückte hat mir gefallen, weil ich selbst gern verrückter wäre?«

»Keine Ahnung. Aber jetzt muss ich langsam mal los,

ich wollte mir ja eigentlich nur 'ne Jacke holen, und die anderen warten vor der Hölle auf mich.«

»Kann ich mit?«

»Klar. Zieh dir aber was anderes an. Ich hab keine Lust, die ganze Zeit die Zähne zu fletschen, weil dein prächtiges Dekolleté in Scharen Verehrer anlockt.«

»Vielleicht will ich das ja ...« Lisbeth grinste.

»Zieh dich um!«

»Okay.«

Die Tödliche Dagmar ging mit in Lisbeths Zimmer, hievte sich auf das Feldbett und schloss mit einem Seufzer die Augen. Lisbeth zog sich eine Jogginghose und ein Shirt über, bürstete mit ein paar schnellen Strichen ihr Haar, steckte Geld ein und stand an der Wohnungstür, als Huhni – einen Apfel zwischen den Zähnen und wieder in ihrer Jacke – aus dem Hallenbad kam.

»So, so, da bist du also in diesen Edgar verliebt«, sagte er.

»Mhm«, sagte Lisbeth und ging hinter ihm aus der Tür mit dem seltsamen und ja eigentlich auch total unangemessenen Gefühl, mit Huhni etwas Verbotenes getan zu haben.

Auf der Straße fing sie sich wieder. Ihrem Körper ging es saugut, während ihr Kopf nach wie vor »Edgar« vor sich hin heulte und »Arbeitslosigkeit« und in Bezug auf Huhni »zu dicht«. Seltsam, sehr seltsam das alles. Sie sprang neben Huhni her, der mit weit ausholenden Schritten in Richtung Hölle unterwegs war, ohne von Lisbeth noch groß Notiz zu nehmen.

Alle waren sie da, saßen rechts und links der Tür auf den Bierbänken, mit Blick auf die Straße. Eventuelle andere Gäste mussten sich mit dem Rücken zur Straße vor die Kreuzberger setzen, was aber instinktiv (Stichwort: Fluchtinstinkt) von fast niemandem getan wurde. Huhni quetschte sich sofort neben Babsi und nahm die Hand eines Mannes von deren Oberschenkel, was dieser sich widerspruchslos gefallen ließ. »Bier, Liebelein«, sagte er, ohne den Blick von Babsis Gesicht zu lassen. Und ein paar andere sagten: »Ja, mir auch.« Lisbeth ging rein, bestellte Bier und Fanta, und als sie mit den Getränken rauskam, wurde ihr schweigend Platz gemacht – auf der richtigen Seite der Bierbank.

Schlafen verboten

Als sie heimkam, die anderen hatten weitertrinken wollen, also war sie allein durch das Nachtgrau gegangen, lag Paul auf dem Balkon in der Hängematte. Am Gewürzbord in der Küche hing ein Strauß Lavendel und duftete nach geordneten Verhältnissen.

»Na, Liebelein, bist du aus gewesen?« Lisbeth setzte Teewasser auf, trat zu ihm und schaukelte ihn sanft. »Ja, aber ohne dich ist das nichts. Die dulden mich zwar, aber reden nicht mit mir.« Pauls Augen blieben geschlossen, doch er lächelte.

»In der Zeit, aus der die kommen, war das Konzept von miteinander reden noch nicht entwickelt. Das musst du denen nachsehen. Außerdem bist du 'ne Frau.«

»Hat das wirklich damit zu tun? Huhni kriegt auch ganz schön was ab, zum Beispiel wegen seiner langen Haare ...«

»Ja, der läuft bei denen auch unter Frau. Hätte der nicht 'nen grünen Daumen, die hätten ihn nie akzeptiert.«

»Du hast aber auch 'nen grünen Daumen. Warst du im Garten?«

»An Gemüse sind die nicht interessiert, Huhni pflanzt ganz andere Sachen an. Ja, klar war ich im Garten. Als es geregnet hat, hab ich mich im Kirby untergestellt. Das war zu schön, wie der Regen auf die Spree gepladdert ist. Ich hab uns Lavendel mitgebracht, für den Tee.«

»Lavendel?«

»Klar, es gibt nichts Besseres.« Ächzend quälte er sich aus der Hängematte. Und während Lisbeth 7 Zweiglein von dem Strauß abbrach – die Blüten zählte sie nicht, worauf sie so stolz war, dass sie sich für später einmal Denken an Edgar ohne Liegestütze genehmigte – und mit Wasser überbrühte, räumte Paul die Hängematte weg und stellte Teegeschirr auf den Balkontisch, zündete 7 Kerzen an und schaltete die Lichterkette ein. Lisbeth holte Tante Ruths Rezeptheft und einen roten Kuli und notierte Lavendeltee, obwohl es da außer Lavendel und Wasser nichts zu notieren gab. Paul sagte, dass nächste Woche auf der Brache die Zucchini reif sein würden, und diktierte Lisbeth das Rezept für »die weltbeste Zucchinisuppe«, die auch noch pipileicht zu kochen war, zumindest klang das erst mal so. Lisbeth versprach, sich um die Zutaten zu kümmern und gleich am Montag das Rezept zu probieren. Sie nahm einen Schluck von dem Tee und sah schon sich und Edgar auf dem Balkon sitzen und Suppe essen. Bewundernde Blicke von Edgar zu Lisbeth, das hatte der nämlich nicht gedacht, dass sie so Frauensachen draufhatte. Und nach der Suppe würde geküsst werden, eine so phantastische Suppe führte gewissermaßen zwangsläufig zum Küssen. Sie schreckte auf, als Paul ihr auf die Schulter tippte.

»Jemand zu Hause?«

»Ja, ja, hab nur geträumt.«

»Lass mich raten, von wem.«

»Ach Paul, warum muss nur immer alles so schwierig sein?«

»Nichts ist schwierig, Liebelein, das denkst du nur. Und jetzt trink deinen Tee, dann gehst du mit dem Hund raus, und dann wäschst du dir dein Gesicht und putzt dir die Zähne – immer eins nach dem anderen. Nichts ist schwierig, Liebelein, man macht einfach immer weiter, bis man nicht mehr weitermacht.«

Hierauf wusste Lisbeth erst mal nichts mehr zu sagen, und obwohl das tröstlich gemeint gewesen war, wurde sie jetzt nur noch melancholischer. Zum Glück knarrte das Feldbett, und wie auf Kommando kam Dagmar auf den Balkon getrabt und streckte sich.

Paul nahm seine Tasse vom rot, grün, gelb erleuchteten Balkon mit in die dunkle Küche, sagte: »Gute Nacht, Liebelein« und verschwand in den Tiefen der Wohnung. Lisbeth machte die Lichterkette und die Kerzen aus. Die Nacht war still und silbergrau. Ohne Licht anzuschalten, räumte sie den Tisch ab, spülte die Tassen aus und holte Dagmars Leine. Sie gingen die Treppe runter, Dagmar pinkelte, sie gingen wieder hoch, und dann wusch Lisbeth sich das Gesicht und putzte sich die Zähne – eins nach dem anderen. Als sie sich auf das Feldbett legen wollte, stellte sie fest, dass Dagmar dort gelegen hatte – nach dem Regenguss, mit schlammigen Pfoten und vermutlich auch einem schlammigen Bauch und einem schlammigen Rücken und einem schlammigen Hinterteil und einem schlammigen Kopf. O-kay. Lisbeth zog das Bett ab, aber selbst die Decke war feucht. Sie legte alles neben die Tür, holte sich die Sofadecke vom Sofa und ein Sofakissen, legte sich hin und schlief sofort ein.

Mitten in der Nacht wachte sie davon auf, dass ihr einfiel, dass sie vergessen hatte, das Belohnungs-an-Edgar-Denken in Anspruch zu nehmen. War die Liebe schon wieder erloschen? Sie horchte in sich hinein und war beruhigt. Und so beruhigt zählte sie dann durch, wie oft sie Edgar jetzt schon gesehen hatte. Fünf Mal. Und er hatte noch nie getan, was Lisbeth von ihm wollte.

Sie hörte die anderen im Treppenhaus lärmen und lachen. Etwas krachte gegen die Tür, und ehe Lisbeth sich jetzt Sorgen wegen der Nachbarn machte, schlief sie lieber schnell wieder ein.

Am nächsten Morgen erwischte sie Huhni dabei, wie er sich mit ihrem pinkfarbenen Rasierer den Bart schabte. Unrechtsbewusstsein hatte er keins, zumindest zeigte er keins. Die anderen auch nicht. Babsi G-Punkt trug nämlich schon seit Tagen Lisbeths Boots, und obwohl Lisbeth ihn in ihrem Zimmer aufbewahrte, tauchte Tante Ruths tabuer Kaffeebecher immer wieder in der Küche auf, und die Leute tranken daraus. Lisbeth fand beinahe jeden Tag einen Zettel von dem Alten mit dem Pelzstirnband vor, der sie darüber informierte, dass sie die Regeln in einem oder mehreren Punkten nicht befolgte. Zum Beispiel lüftete sie nicht richtig. Sie sollte diagonal lüften, also das Küchenfenster und das in ihrem Zimmer gleichzeitig öffnen oder das Hallenbadfenster und das Badfenster. Falsch dagegen war es, das Hallenbadfenster und das Küchenfenster zu öffnen und noch falscher, das Hallenbadfenster und das Fenster in ihrem Zimmer, weil die nebeneinander lagen und das angeblich gar nichts brachte. Lisbeth war mal kurz ziemlich sauer. Aber sie konnte den mit dem Pelzstirnband auch nicht zur Rede stellen, weil er sich offenbar nun doch um das Haus kümmerte und nur nachts und mittags da war und dann auf absoluter Ruhe bestand. Keinesfalls würde Lisbeth dem ihre Listen zeigen. Der war anders als sie – in vielerlei Hinsicht. Mittlerweile hatte sie das Gefühl, er wusch sich nicht. Dafür waren in ihrer Bürste jede Menge Haare, die sie ihm zuordnete. Und man konnte auch nicht mit ihm reden, weil er dann immer gleich bei *Gesellschaft*, *Imperialismus* und *Bullenschweine* war oder vorschlug, Lisbeth einmal *Feedback* zu geben, damit sie vorankäme im Leben. Selbst wenn sie ihn auf seinen Hermann-Kuchen ansprechen würde, dessen Teig die ganze Arbeitsplatte verklebte, wäre er innerhalb von 2 Minuten bei *Bullenschweine*, da war sie sich sicher. Deshalb sprach sie ihn nicht darauf an und auch sonst auf nichts, sondern schabte klaglos mit dem Messer aus ihrem Kinderbesteck die Teigreste weg und erledigte still sämtliche absurden Aufgaben, die sie neuerdings hatte: Aschenbecher in den Metalleimer auf dem Balkon ausleeren, kaltes Wasser draufgießen, Zeitungen für die allgemeine Lektüre von unten aus dem Papiermüll holen (kein Springerblatt, keine Illustrierten). Es musste etwas passieren. Aber Paul war in seinem Garten, den konnte sie nicht fragen, was passieren musste. Und Huhni hatte nur abgewinkt. »Der Trapper hat sich beizeiten das Hirn weggesoffen. Den vergiss einfach.«

Weil der Tag irgendwie daneben war, beschloss Lisbeth, mit etwas Praktischem die Kurve zu kriegen und die Bettdecke und das Kissen in den Waschsalon zu bringen, weil die dort große Maschinen hatten. Sie packte alles in einen 60-Liter-Müllsack und schleppte ihn auf dem Rücken in

Richtung Glogauer. Es war heiß, der Sack war unhandlich, und als eine Horde Kinder eine ganze Weile hinter ihr herrannte und immer wieder im Chor rief: »Weihnachtsmann, Weihnachtsmann, hat heute einen BH an«, war ihr nach Weinen zumute. Sie hielt an und gab dem, den sie für den Anführer hielt, 5 Euro, mit denen die Horde erwartungsgemäß in Richtung Spätkauf raste. O verheißungsvolle Stille ...

Im Waschsalon war es leer und gleißend. Lisbeth stopfte die Decke und das Kissen in die Maschine mit dem Namen dicke Berta, zahlte und setzte sich auf die Bank. Das gleichförmige Rauschen der dicken Berta beruhigte sie ein bisschen. Doch keine 5 Minuten später stürmten 7 junge Männer den Waschsalon, die ganz sicher teuer angezogen waren, wenn auch ein bisschen geschmacklos mit ihren riesigen Brillen, Hüten, zu engen Hosen und zu weiten Shirts. »Was sollte das denn? *Bitte die Bierflaschen draußen lassen.* Der alte Mann soll froh sein, wenn wir ihm den Laden aufwerten. Seinetwegen geht bestimmt keine Frau da rein.« Sie stießen mit ihren Bierflaschen an, einer steckte Minilautsprecher an seinen iPod. »Get the party started!«, rief er, drehte die elektronische Musik lauter und lauter, die anderen begannen zu tanzen. Lisbeth, die ahnte, dass sie hier mit 5 Euro nicht weiterkäme, zumal die jungen Männer sie zwar beim Tanzen immer wieder berührten, aber ansonsten ignorierten – sie konnte froh sein, dass die nicht durch sie hindurchtanzten –, ging aus dem Waschsalon, rüber in die Bar, aus der die 7 rausgeflogen waren.

Drüben gab es wirklich keine weibliche Kundschaft. Männliche auch nicht. Kerzen standen auf den Tischen, und es lief düstere, melancholische Musik. Der Barmann – vielleicht Anfang dreißig, sehr blond, in Anzug und Cowboystiefeln, die Haare zurückgegelt, am Finger ein Totenkopfring – lächelte ihr entgegen. Lisbeth setzte sich an den Tresen und bestellte einen Martini. Dann erzählte sie, dass die jungen Männer, die er rausgeschmissen hatte, den Waschsalon in Beschlag genommen hätten.

»Dann geht der Martini natürlich aufs Haus«, sagte er, und gemeinsam schauten sie schweigend den Männern gegenüber beim Partymachen zu. Der Barmann rauchte. Es war der perfekte Moment für eine Zigarette. Leider rauchte Lisbeth nicht.

Irgendwann wurde es doch voll in der Bar. Frauen und Männer, die allesamt erwachsen wirkten, anders als Lisbeths Mitbewohner. Denen hier traute man einen Job zu – und zwar nichts mit Medien wie denen gegenüber im Waschsalon. Lisbeth schaute den Leuten zu, hörte sich an, worüber sie sich unterhielten, genoss auch die Musik, die hier lief, und hatte bald ihren zweiten Martini ausgetrunken.

20 vor 10 zahlte sie, winkte dem Barmann, der gerade an einem Tisch eine Bestellung aufnahm, zu, »bis bald!« und ging rüber zur dicken Berta.

Als Lisbeth heimkam, steckte der Schlüssel von innen. Sie musste lange klingeln, ehe ihr geöffnet wurde. Dann stand der mit dem Pelzstirnband in der Tür und sagte: »Ich dachte, es wäre Huhni.«

Es stellte sich heraus, dass er Huhni rausgeschmissen hatte, weil der versehentlich den Kefir weggegossen hatte – in dem Glauben, es handele sich um vergorenen Joghurt. Lisbeth stellte die Wäsche in ihrem Zimmer ab, ging hinüber ins Hallenbad und hörte dem mit dem Pelzstirnband eine Weile beim Sich-Aufregen zu. »Ich wohne hier«, sagte sie leise, »und ich entscheide, wer rausgeschmissen wird. Und jetzt gehe ich und hole ihn zurück.«

»Wie du meinst«, sagte der mit dem Pelzstirnband, »aber wenn du dem Pack den kleinen Finger gibst, frisst es dich mit Haut und Haar, du wirst schon sehen, was du davon hast.«

Lisbeth drehte sich um, stieß einen lauten Pfiff aus, dessen Bedeutung die Tödliche Dagmar tatsächlich auch verstand, und gemeinsam gingen sie zur Hölle, wo Huhni verloren zwischen Touristen eingekeilt saß.

Überhaupt spitzte sich die Wohnsituation zu – für Lisbeth merklich, für die anderen unmerklich. Lisbeths anfängliche Begeisterung war einer gewissen Vorsicht gewichen, mit der sie sich weitgehend von ihren Mitbewohnern separierte, um nicht ins Zählen zu geraten. Aber sie hatte keinen rechten Rückzugsort. Selbst ihr Zimmer war durchtränkt vom heiseren Lachen, den lauten Gesprächen und dem Gepolter der Fremden, es roch nach Bier und Schweiß und dem, was sie rauchten und aßen, und auf Lisbeths Feldbett lag die Tödliche Dagmar, mit der keiner rausging, wenn Lisbeth das nicht machte. Es war permanent laut, und Huhnis Klangschalen und Oms waren noch das Leiseste. Tagsüber wurde Musik gehört, die Lisbeth nicht mochte, nachts wurde gegrölt und gesungen. Das alles war sehr dicht an Lisbeth dran. Aber sie hatte dank Paul eine Lösung gefunden, die sich noch nicht mal entfernt wie eine Notlösung anfühlte: Lisbeth kochte neuerdings, und wenn es im Hallenbad zu laut war, beruhigte sie sich auf dem Feldbett liegend mit den diversen Mengenangaben in diversen Kochbüchern. Angefangen hatte sie aus der Not heraus. Sie versuchte, sich mit dem Kochen von ihren anderen Aufgaben freizukaufen, die sie oft nicht verstand. Außerdem war ihre Küche jedes Mal völlig verwüstet, wenn Maria oder der mit dem Pelzstirnband gekocht hatten oder die mit dem Pony, sie hieß Charlotte, wusste Lisbeth inzwischen. Und da das Putzen nach dem Kochen sowieso an Lisbeth hängenblieb, konnte sie auch gleich noch kochen. Zeit hatte sie ja nun mehr als genug. Sie konnte ja schlecht den ganzen Tag Sudokus machen. Zumal sie für Sudokus Ruhe brauchte, und da meistens gleichzeitig Musik, ein Film und Gespräche liefen, gab es keine Ruhe in Lisbeths Wohnung.

Zwar hatte der Diktator sie entlassen und ihre journalistische Karriere im Keim erstickt, aber Lisbeth nahm mittlerweile an, dass sie über Kochen und Essen ohnehin nicht hätte schreiben können, sie musste Kochen und Essen, also *gut* Essen, ja erst einmal lernen. Damit war sie im Moment vollauf beschäftigt. Ihr Repertoire an Gerichten war klein, die Anzahl der zu Versorgenden groß und deren Ansprüche enorm. Was sie nicht mochten, ließen die knallhart stehen. Höflich waren die nicht. Das kannte sie in dieser Konsequenz höchstens von ihrem Schaf. Das hatte auch noch nie bitte oder danke gesagt, Lisbeth dagegen war so wohlerzogen, dass man sie nachts um 2 Uhr wecken und fragen konnte: »Wie sagt man?«, und Lisbeth würde verschlafen murmeln: »Danke.« Jedenfalls hatte Paul ihr drei vegane Gerichte aufgeschrieben, die ihr allesamt gut gelungen waren. Das Rezept für Zucchinisuppe war tatsächlich pipileicht, aber spektakulär. Den Rote-Bete-Eintopf wollte sie heute noch mal kochen und zusätzlich zum normalen Rezept Tomaten und Basilikum dazugeben. Das müsste doch passen. Ein paar Nachtische hatte sie inzwischen auch drauf.

Am Morgen war Paul von seiner Isomatte auf Lisbeths Couch umgezogen, weil es in ihrem Zimmer ruhiger war, er hatte Lisbeth um Tee gebeten und ob sie nicht mit Dagmar auf die Brache gehen und gießen könnte. Dann hatte er 2 Tabletten genommen und umstandslos weitergeschlafen. Lisbeth schaute immer wieder zu ihm rein und hatte den Impuls, ihn zu rütteln und etwas zu fragen, so versunken war er in sich selbst, so zusammengesunken! Aber sie beherrschte sich, obwohl sie sich inzwischen ernsthaft Sorgen um ihn machte, sie hielt Abstand und ließ ihn schlafen und kam seltsamerweise halbwegs klar damit. Gut, sie zählte, als sie im Kühlschrank nachschaute, was sie einkaufen musste, die dort gelagerten Sachen durch, aber das war echt nicht so schlimm. Und als der mit dem Pelzstirnband in die Küche kam, riss sie sich problemlos los und klappte die Tür zu, als hätte sie nur mal eben die Milch reingestellt und nicht etwa 12 Bierbüchsen gezählt, 4 Zwiebeln, 3 Knoblauchknollen, 9 Becher Fruchtjoghurt und 2 Päckchen Tofu.

Der mit dem Pelzstirnband nahm sich das Butterbrötchen, das Lisbeth sich vor 8 Minuten geschmiert hatte, biss ab und sagte kauend: »Edgar hat angerufen, ich hab gesagt, er soll sich später noch mal melden.«

»Du hast *was*??«

»Ich hab gesagt, er soll sich später noch mal melden. Ich wusste ja nicht, dass du da bist.«

»Wieso hast du denn nicht nachgeschaut? Dann hättest du es gewusst!«

»Das hier ist eine Gemeinschaft und nicht der Sklavenmarkt von Tanger, außerdem hatte ich wirklich anderes zu tun«, sagte er beleidigt. »Irgendwie hab ich das Gefühl, der Mann tut dir nicht gut.« Ohne eine Spur von schlechtem Gewissen stand der hässliche, vogelgesichtige Mann mit der grauen Haut und dem riesigen Adamsapfel vor Lisbeth, viel zu dicht übrigens, und schaute auf sie runter.

»Weißt du, *wer* mir nicht guttut? *Du* tust mir nicht gut. Und den anderen hier auch nicht, falls es dich überhaupt interessiert, was *ich* für ein Gefühl hab. Du … du … Klugscheißer!«

»Also, du musst jetzt nicht deinen Frust an mir auslassen. Werd erwachsen, Mädel, und platzier die Sachen dort, wo sie hingehören.«

»Wie schon vorgestern gesagt: Das hier ist *meine* Wohnung, da kann ich erstens die Sachen dort platzieren, wo es mir gefällt, und zweitens wollte ich dir das schon lange mal sagen, kam aber nie dazu, weil du ja die ganze Zeit redest, nein, ich korrigiere: laberst.« Lisbeth war außer sich vor Wut. So außer sich vor Wut und gleichzeitig ganz bei sich war sie wahrscheinlich noch nie gewesen.

»Meine Wohnung, meine Wohnung«, äffte der mit dem Pelzstirnband sie nach und verzog das Gesicht zu einer hämischen Fratze. »Hätte ich mir ja denken können: Wer in so 'nem Palast wohnt, ist ein Produkt des faulenden, parasitären, absterbenden Kapitalismus.« Er wandte sich zum Gehen.

»Wenn du noch mal mein Zimmer betrittst, erschieße ich

dich. Du hast eh keine Freunde, es würde also wahrscheinlich nicht mal jemandem auffallen«, sagte Lisbeth hart und dachte bei sich, dass sie jetzt zu weit gegangen war. Jetzt war es unschön geworden, und sie musste irgendwie die Kurve kriegen. »Ich habe Edgars Telefonnummer nicht, und ich bin total in ihn verliebt – nur für den Fall, dass in deinem Hirn Platz für solche intimen Informationen ist.«

Der mit dem Pelzstirnband blieb vor der Klotür stehen und studierte den Putzplan. »Ich besorge dir die Nummer«, sagte er über die Schulter. »Du bist dran mit der Küche.«

Nachdem sie Basilikum aus Pauls Garten geholt und dort gleich noch gegossen hatte, fand Lisbeth daheim vor der Tür wie inzwischen seit sieben Tagen etliche Paar Schuhe (8) und einen einzelnen in verschiedenen Stadien des Zerfalls vor (Punkt 19 vom Zettel Regeln für das Zusammenleben: *Den Schmutz der Welt lassen wir draußen. Im konkreten und übertragenen Sinne*). Wieder irritiert von der Frage, ob die von einem Fremden für das Benutzen ihrer Wohnung aufgestellten Regeln auch für sie selbst galten, und was das eigentlich hieß, wenn jemand Fremdes die Regeln für Lisbeths Leben in Lisbeths Wohnung entwarf, überlegte sie, ob sie ihre Schuhe vor der Tür ausziehen sollte. Schließlich stellte sie ihre geputzten Boots zu den anderen ungeputzten. Im Flur fand sie Huhni im Handstand vor. Die Frau mit dem schwarzen Pony ging in schwarzer Unterwäsche, die ihr bestimmt zwei Nummern zu klein war, vom Klo ins Hallenbad, bückte sich kurz, sagte zu Huhni: »Stirb, Eso« und zu Lisbeth: »Du bist so unfassbar hässlich, ich glaub es nicht«, dann schüttelte sie den Kopf und drückte die Klinke runter. Huhni sagte von Falschrum aus, er finde Lisbeth nicht hässlich. Und Lisbeth sagte »willkommen in der Wirklichkeit«, hängte ihre Jacke auf und ließ sich neben Huhni auf das Parkett sinken. Dann: »Ich halte das unter Umständen nicht mehr lange aus.« Huhni antwortete, dass ihm heute das erste Mal überhaupt der Handstand geglückt sei, obwohl er schon ewig in seinem Tao-Yoga-Kurs trainiere. Lisbeth machte »pff« und stellte sich im Handstand neben ihn. Er schaute bedröppelt zu ihr her. Der mit dem Pelzstirnband kam aus dem Hallenbad, sagte, als hätte Lisbeth ihn nicht erst vor ein paar Stunden in Grund und Boden argumentiert: »14 Uhr bis 15 Uhr Mittagsruhe. Bitte einhalten. 15 Uhr 15 Treffen in der Wrangelstraße, Beginn der Instandsetzungsarbeiten, siehe Renovierungsplan 29. Juni. Wer nicht erscheint, hat mit Disziplinarmaßnahmen zu rechnen.« Lisbeth kam auf die Füße und seufzte. Huhni kam auch auf die Füße, seine grauen Dreadlocks flogen ihm um den Kopf, und er ließ sich mit dem Rücken zu dem mit dem Pelzstirnband im Schneidersitz auf Lisbeths Sisal nieder.

»Huhni, wo wir schon mal reden, sag mal, wenn du morgens meditierst, kann ich dann trotzdem meinen Carokaffee kochen oder vielleicht sogar mitmedi…«

»Pscht«, machte er, wedelte Lisbeth mit der Hand weg und schloss die Augen. Sie ging in die Küche, wo ein Berg Geschirr stand, daneben 1 leere Haferflockentüte, Apfelschalen, 2 leere Milchflaschen. Neben dem Abwaschberg lag ein Zettel. *Lisbeth, wie bereits um 9 Uhr 15 gesagt: Du bist dran mit dem Abwasch!* Daneben stand immerhin Edgars Telefonnummer. Deren Quersumme ergab 26. Lisbeth weinte fast, offenbar war sie ein bisschen fertig mit den Nerven. Auf den Balkon konnte sie jetzt nicht, da hing ihre nachtblaue Luftmatratze, darin schlafend Maria und Stefan. Wieso waren die nicht im Büro? Das waren die einzigen beiden von Lisbeths Mitbewohnern, die einer einigermaßen geregelten Arbeit nachzugehen schienen, und jetzt schliefen die hier Arm in Arm. Lisbeth gähnte und nahm den Zettel mit in ihr Zimmer, wo Dagmar auf dem Bett lag und nicht mal den Kopf hob. Also setzte sich Lisbeth vor das Bett und zählte gierig den Rest des Zettels durch. 4 T, ein L, 5 I, 6 E, 5 S. Das Zählen entspannte, Lisbeth löste noch ein paar Sudokus, dann legte sie sich auf die Couch, obwohl sie ja eigentlich hatte kochen wollen. Und vielleicht Edgar anrufen. Irgendwann klingelte es zweimal kurz, da hatte jemand keinen Schlüssel. Lisbeth kam es vor, als gebe es in ganz Berlin nur noch eine Person, die keinen Schlüssel zu ihrer Wohnung hatte. Irgendwer machte auf, Lisbeth hörte ein Schaben im Flur. Sie blieb zur Sicherheit noch ein bisschen in ihrem Zimmer, dann ging sie zur Tür, lauschte. Schaben, nicht zu identifizierendes Schaben. Irgendwann musste sie den Rote-Bete-Eintopf für heute Abend kochen. Und duschen. Falls das wirklich Edgar war, der vorhin gekommen war, wollte sie möglichst gut aussehen. Dafür musste sie unbemerkt aus ihrem Zimmer ins Bad gelangen. Hoffentlich war das Bad jetzt frei und nicht wieder den ganzen Tag lang ausgebucht. Sie machte vorsichtig die Tür auf und spähte hinaus. Die Luft war rein, aber ihr Flur war eine grasgrüne Plastiksommerwiese mit lila Plastikblümchen drauf. Ganz schön stachelig, aber wunderschön! »Danke, Edgar!«, seufzte sie. Lisbeth hörte Stimmen in der Küche und wusste auch ganz genau, zu wem die gehörten, aber sie fühlte sich nicht präsentabel. Erst musste sie duschen. Jetzt! Los! Ihre rosa Unterwäsche über dem Arm und ein schwarzes Kleid, stieß sie die Tür auf, rannte, ohne sich um den Badplan zu scheren, quer über den Flur, stürzte – zum Glück ungesehen von denen in der Küche – ins Bad, um dort Huhni gegenüberzustehen. Er saß, die Dreadlocks vor der Brust, nackt und mit einer Zeitung auf dem Klo. »Dein anderes Klo fand ich zu klein und muffig. Weißt du, wir wollen das Leben in allen Aspekten feiern, und Scheißen mit Blick auf den Hinterhof ist nun mal echt schöner als in 'nem Kabuff, so als wäre Scheißen peinlich. Hab mich deshalb extra für 14 Uhr 15 in den Scheiß-, äh, Badplan eingetragen.« Lisbeth hatte sich schon halb wieder umgedreht und legte die Hand auf die Klinke. »Hast du ein Problem mit Scheißen?«, fragte er.

»Überhaupt nicht«, antwortete Lisbeth matt. »Ich wollte nur duschen.«

»Du kannst gern duschen«, sagte Huhni, »du störst mich nicht.« Aber da war Lisbeth bereits zur Tür raus – und stieß gegen Edgar, neben ihm stand der schrecklich blass aussehende Paul. »Ich wohne hier!«, hörte Lisbeth sich schreien. »Seit 54 Tagen und rund 2 Stunden. Ich hab hier Rechte!« Edgar trat erschrocken einen Schritt zur Seite. Plötzlich war Lisbeth sehr bewusst, dass sie ungeduscht und unsicher vor dem Mann stand, den sie ... den sie hasste, und nun zum zweiten Mal innerhalb von 18 Tagen angeschrien hatte. Gut, sie hatte diesmal nicht Arschloch gesagt, aber wenn sie nicht bald aus dieser Zwickmühle rauskam – hinter der Tür der nackte Huhni, vor ihr Edgar, neben ihm Paul –, war es nur noch eine Frage von Sekunden, ehe sie völlig austicken würde. Zählen, zählen und was antippen, dazu schreien. »Ihr gestattet«, sagte sie so unbeteiligt wie möglich, machte einen Schritt nach links, zur einzigen freien Seite, nur dass da inzwischen Dagmar hockte, die sich ja neuerdings immer aufhalten musste, wo Lisbeth sich aufhielt. Lisbeth stolperte und war im Begriff, auf die neue Wiese zu fallen, als sie aufgefangen und an jemanden gedrückt wurde. Es war aber leider bloß Paul. »Was bist du schwer, Liebelein.« Lisbeth machte sich los. Um Würde bemüht, was in Unterwäsche echt nicht ohne ist, wandte sie sich ab und ging auf ihre Zimmertür zu. »Heute Abend gibt's Rote-Bete-Eintopf. Kümmert ihr euch um die Vorspeise?« Dann straffte sie sich und sagte über die Schulter in das verdutzte Schweigen der beiden Männer hinein: »Und danke für die Wiese mit den 37 Blumen, Edgar.«

Lisbeth blieb innen an ihrer Zimmertür stehen, atmete tief ein und aus, ein und aus, und als sie die Badtür gehen hörte, raste sie quer über den neuen Rasen ins Bad, verrammelte die Tür hinter sich, riss das Fenster auf und kriegte endlich, endlich eine 17-minütige Dusche.

Paul hatte, als er gegen sieben zurückkam, wieder Edgar dabei, der Lisbeth zur Begrüßung scheu anlächelte. Paul machte eine Flasche auf, drückte ihr ein Glas Weißwein in die Hand, sie bückte sich unter der Hängematte hindurch und setzte sich an die Brüstung neben ihre schweigende Amsel. »Liebeleinchen, die Rote-Bete-Suppe ist aber lecker! Da hast du auch Piment reingemacht. Muss man erst mal drauf kommen!«, sagte Paul von drinnen.

»Lecker ist sie schon«, sagte Lisbeth, »aber sie hat die gleiche Farbe wie meine Unterwäsche, das finde ich irgendwie seltsam.« In diesem Moment trat Edgar, ebenfalls ein Weißweinglas in der Hand, auf den Balkon und wurde feuerrot. Lisbeth wurde auch rot.

Zum Glück kam Paul dazu, nahm die Hängematte ab, verstaute sie im Schränkchen neben der Balkontür und stieß mit ihnen an. »Was hast du Edgar gerade über deine Unterwäsche gesagt, Liebelein?«, fragte er.

»Essen sollte nicht die Farbe von Unterwäsche haben«, sagte Lisbeth und wurde gleich noch mal rot. Edgar nahm einen großen Schluck und schaute über den Hof.

»Das ist doch Quatsch. Weißt du, warum Schlumpfeis der Renner ist? Es hat die Farbe von Mädchenunterwäsche.«

»Ich dachte, es hätte die Farbe von Schlümpfen«, sagte Edgar.

»Aber das würde seinen Erfolg nicht erklären. Die Schlümpfe sind tot. Schlumpfeis dagegen wird sehr gern geleckt.«

Lisbeth ging rein, das Salz holen. Sie stellte sich kurz ans Küchenbord und suchte zwischen den 17 Gläschen und Bechern mit Gewürzen nach dem Salzstreuer, der direkt vor ihr stand, wie sie wusste, dann ging sie wieder raus.

Edgar und Paul redeten inzwischen über die Vor- und Nachteile gemeinschaftlichen Wohnens. Also eigentlich redete nur Paul, und auch nur über die Nachteile.

»Manchmal träume ich schon von so was«, sagte Edgar und schaute Lisbeth tief in die Augen, »ich bin ziemlich allein da auf'm Dorf.«

Leider musste Edgar zurück nach Bückschitz, und so konnte Lisbeth nicht testen, ob er nun ein gemeiner Heuchler war oder nicht. Ruth war auf Reisen, was Lisbeth ziemlich erstaunte, hatte sie sich doch, soweit Lisbeth wusste, nie aus Bückschitz wegbewegt. »Die Leute reisen um die Welt und kommen genauso bekloppt zurück, wie sie losgefahren sind«, pflegte sie zu sagen. »Wenn ich was lernen will, kann ich das genauso gut hier tun. Und wenn ich sowieso nichts lernen will, muss ich auch nicht in ein Flugzeug steigen.« Ruth hatte sich sehr verändert, seit sie Lisbeth am 7. Mai rausgeschmissen hatte. Jedenfalls kümmerte Edgar sich in Tante Ruths Abwesenheit um alles – und alles war ziemlich viel, das wusste Lisbeth, ohne sich je genauer damit beschäftigt zu haben. Sie wusste es einfach daher, dass Tante Ruth von früh um sechs bis abends um acht unablässig beschäftigt war, seit sie sich kannten. Und sie kannten sich, seit Lisbeth mit fünf Jahren – einen Pappkoffer mit Spielsachen in der Hand – bei Tante Ruth auf der Schwelle gestanden hatte, weil ihre Mutter geschlagene zwei Tage nicht daheim gewesen war, und Tante Ruth im Konsum mal gesagt hatte, sie wohne in der Straße am Wald 19, Lisbeth könne jederzeit gern bei ihr klingeln. Natürlich hatte sie nicht bei ihrer Mutter ausziehen können, so einfach ging so etwas nicht. Aber von da an war sie trotz des Verbots ihrer Mutter so oft bei Ruth gewesen, wie es eben ging. Und wenn ihre Mutter wieder einmal unterwegs gewesen war, hatte Lisbeth sich nicht mehr im Schrank versteckt, das hatte sie Tante Ruth versprechen müssen, sondern war zu ihr gegangen und hatte wie selbstverständlich immer so lange bei ihr gewohnt, bis die Schneekönigin kalt lächelnd und leise drohend in der Straße am Wald 19 am Gartentor stand.

So oder so – Edgar hatte wirklich viel zu tun. Trotzdem wollte er sich weiterhin abends nach getaner Arbeit immer mal blicken lassen und vielleicht das eine oder andere im wassergeschädigten Haus reparieren. Versprechen könne er nichts, sagte er und ging, nicht ohne Lisbeth noch einmal verliebt anzusehen. Dachte sie zumindest, dass er sie verliebt angesehen hatte. Wie wusste man denn, ob einer verliebt guckte oder nur Heuschnupfen hatte – es gab, soweit Lisbeth wusste, keinerlei empirische Erhebungen diesbezüglich.

Paul hatte ihr gute Nacht gesagt und sich ins Hallenbad zurückgezogen, und Lisbeth saß auf dem Balkon und fragte sich, was sie nun machen sollte – nicht von jetzt bis zum Schlafengehen – eher so generell. Sie ging rüber, um Paul zu fragen. Die Luft war rauchgeschwängert, vier Leute saßen am Fenster und redeten, doch Paul schlief bereits.

Lisbeth ging in ihr Zimmer und holte das Notheft (Nr. 9), einen Stift und eine Tafel Schokolade auf den Balkon. Dann goss sie sich aus einer Flasche, die nicht ihr gehörte, Rotwein in ein Wasserglas und machte einen Plan. Einen recht kleinteiligen, weshalb sie bis 1 Uhr 19 auf dem Balkon saß und die Rotweinflasche leer trank und die Schokolade aufaß. Außerdem war das Notheft hinterher fast voll.

Am nächsten Morgen klingelte um sechs der Hummelwecker, den sie zu ihrem dreizehnten Geburtstag von Tante Ruth bekommen hatte – eigentlich klingelte er nicht, sondern schnarrte: »Good Morning!« Lisbeth ging in die Küche, nahm 2 Aspirin und zog ihre Umzugssachen an. Dann schaute sie ins Hallenbad, wo 7 Leute im Kreis lagen und schliefen. Sie rief flüsternd nach Dagmar und schlug sich auf den Oberschenkel, aber Dagmar hob nicht einmal den Kopf. Es war zu früh. Fand Lisbeth auch. Aber sie fing heute ein neues Leben an – so hatte sie es im Notheft (Nr. 9) festgehalten –, da musste man schon ein paar Unannehmlichkeiten in Kauf nehmen. Als sie Dagmar ein Leckerli hinhielt, erhob die sich langsam und kam mit gesenktem Kopf angeschlurft.

Auf dem Treppenabsatz blieb sie hocken und weigerte sich beharrlich, mitzugehen. Sie sah sehr müde aus. Lisbeth hatte gar nicht gewusst, dass Hunde müde aussehen konnten. Sie nahm Dagmar, vorne und hinten, und hob sie mühevoll hoch. Das wiederum ließ sie sich gern gefallen, sie leckte Lisbeth das Gesicht. Aber sie war zu schwer. Auf dem nächsten Treppenabsatz setzte Lisbeth sie ab, aber wieder blieb sie einfach sitzen. »Okay, okay«, Lisbeth ging zurück nach oben, Dagmar folgte ihr freudig. Lisbeth schloss auf, ging sich das Gesicht waschen, das Feldbett knarrte.

Also ging sie allein. Die Luft war klar und kühl, Lisbeths Beine waren schwer. Schwer und hölzern. Sie war eine Kreuzung aus Jumbo, dem kleinen Elefanten, und Pinocchio. Bei den anderen sah das Joggen eleganter aus. Es kamen ihr viele entgegen, ein knallgelb gekleideter Farbiger joggte mit großer Eleganz, eine schmale kleine Frau mit großer Verbissenheit, ein drahtiger Mann im Rentenalter mit verblüffender Geschwindigkeit, ein Mädchen-Grüppchen plauschte sogar gemütlich beim Laufen. Ein paar der Jogger hatten keine besonderen Merkmale – aber allen war gemeinsam, dass ihnen das Laufen leichter zu fallen schien als Lisbeth. Bereits nach einer Viertelstunde, da hatte sie noch nicht mal den Kanal erreicht, war Lisbeth so fertig, dass sie am liebsten umgekehrt wäre oder still geweint hätte. Außerdem trug sie nicht die richtige Kleidung. Auf der Trainingsstrecke waren keine Trainingssachen angesagt, sondern Hightech-Dresses in klaren Farben, mit denen man sicher zum Mond fliegen oder unterwegs seinen Schweiß in einen erfrischenden Himbeershake umwandeln konnte.

Sie grüßten sich unterwegs, kannten einander wahrscheinlich von ihrem täglichen kleinen Morgenlauf. Lisbeth wurde nicht gegrüßt, auch dann nicht, wenn sie selbst grüßte. Also hörte sie auf zu grüßen. Sie hielt sich mit dem Zählen der Platanen am Laufen. Als eine sehr dicke Frau in Jeans und einem rosa Teddypullover in Zeitlupe angeschnauft kam und Lisbeth demütig grüßte, schaute Lisbeth weg. Dann blieb sie stehen, schämte sich, ärgerte sich über sich selbst und die anderen und die Dicke und die Platanen – und beschloss, umzukehren. Für den ersten Tag war das wirklich genug. Man sollte seine Leistungsgrenze behutsam erweitern. Wenn man es übertrieb, wurde man nur missmutig. Lisbeth hatte Geld dabei und spazierte mit schlotternden Knien zu Chagall, um ihre neue tägliche Routine mit einer Zeitung und einem Cappuccino fortzusetzen. Aber Chagall hatte noch nicht auf, es war erst 6 Uhr 53. Das fing ja gut an mit dem Joggen. Noch 67 Minuten warten wollte Lisbeth auch nicht, also trottete sie nach Hause. Es kamen ihr weiterhin Jogger entgegen, sogar noch wesentlich mehr als vorhin, doch sie hatte definitiv keine Lust mehr auf Laufschritt. Sie musste nach Hause zu ihrem Notheft. Wahrscheinlich brauchte sie am Ende zu jeder Tätigkeit, die sie sich für die Tage, die sie ohne Arbeit, ohne Edgar und ohne Tante Ruth war, überlegt hatte, mindestens eine Ersatztätigkeit, zu der sie im Notfall problemlos wechseln konnte, ohne ins Zählen zu geraten oder sich hinlegen zu müssen. Vielleicht sollte sie das mit dem Joggen gleich ganz ersetzen. Joggen war nichts für sie. Dabei hatte sie sich das ganz toll vorgestellt: im Einklang mit der Natur, den Hund an ihrer Seite, dahintraben und nichts denken, nichts zählen, nur Körper sein.

In ihrer Wohnung stank es. Rauch, Schweiß, Klo. Lisbeth riss das Klofenster auf und wollte sich einen Carokaffee kochen, als sie aus der Küche das vertraute Schnaufen vernahm. Huhni. Sie seufzte. Aus dem Hallenbad kam ihr ein fremder Mann mit zerzausten Haaren entgegen, ging grußlos an ihr vorbei, aufs Klo, wo er als Erstes das Fenster zuknallte. Lisbeth hatte nicht übel Lust, gegen die Klotür zu hämmern und sich seine Papiere zeigen zu lassen, klarzustellen, dass dies hier immer noch ihre Wohnung war. Aber dann ging sie in ihr Zimmer, machte die Tür hinter sich zu, scheuchte Dagmar vom Feldbett, legte sich in ihren durchgeschwitzten Joggingsachen hin und schlief trotz des beträchtlichen Lärms von nebenan bis 12 Uhr 23 durch. Da klingelte es nämlich, und Dagmar bellte. Lisbeth stand auf und schlurfte zur Tür. Aber Godot hatte schon aufgeschlossen. Er hatte eine Frau dabei. Die Details dieser Frau vergegenwärtigte Lisbeth sich lieber nicht. Es waren sehr viele weibliche Details. Lisbeth senkte den Blick auf ihre nackten Füße. »Liebelein.« Godot küsste sie auf die Lippen, hielt aber seinen Körper fern von ihrem Körper, sondern eher nahe bei der anderen Frau. »Wir wollen was arbeiten. Machst du uns einen Kaffee?«

»Klar.« Lisbeth kochte Kaffee und endlich für sich einen Carokaffee. Die beiden waren auf den Balkon gegangen, hörten Musik und hatten Papier auf dem Tisch ausgebreitet. Lisbeth ging duschen. Als sie wieder in die Küche kam, streichelte Godot der Frau in dem weißen Kleid übers Haar, und Lisbeth ging mal lieber in ihr Zimmer, wo sie an der

Tür stehenblieb und viermal ihre Finger durchzählte (40, was für eine Überraschung), dann schlich sie zum Regal, nahm ihr Notheft (Nr. 9) zur Hand und stellte fest, dass sie sich das Notieren möglicher Tagesabläufe gut hätte sparen können. Wenn es eng wurde, wenn niemand Lisbeth liebte, konnte auch keine Routine helfen. Aber »Schlafen verboten« stand vorn auf dem Heft und »Schlafen ist keine Lösung« hinten, das war zumindest ein Ansatzpunkt. Von hier aus musste sie locker losdenken und eine Lösung für diesen Tag finden. Und dann für die folgenden Tage. Sie hatte sogar schon eine Ahnung, wie die aussehen konnte: Sie brauchte einen neuen Job. Und jetzt war ihr nach Putzen zumute. Zum ersten Mal war sie dem Alten mit dem Pelzstirnband dankbar für diese Zettel, die an ihrer Zimmertür pappten und Orientierung boten. Aktuell waren es 2: *Küche gründlich reinigen, gründlich!* – das passte auf jeden Fall zu ihrer Stimmung – und *Heute kochen vegan/vegetarisch*. Also los ...

An der Tür zum Hallenbad hingen 17 solcher Zettel, aber da sie so gut wie nie Wirkung zeitigten, am ehesten noch, wenn es ums Kochen ging, war es wohl so, dass der mit dem Pelzstirnband aus wutökonomischen Gründen alle unerledigten Aufgaben auf Lisbeth übertrug. Irgendwie schien er zu wissen, dass wenn sie nicht schlief, sie alles picobello erledigte. Vielleicht nahm auch irgendwer von den anderen die Zettel vom Hallenbad ab und platzierte sie bei Lisbeth, weil sie inzwischen ganz gut kochte und so. War ja auch egal. Auf diese Weise bekam Lisbeth auch ohne Joggen eine gewisse Routine hin, die sie zufrieden machte. Sie war die Herbergsmutter für 6 bis 13 Mitbewohner plus

Hund, wurde als solche zwar nicht groß wahrgenommen, was sie manchmal kränkte, aber meistens sehr angenehm war. Nichts war schlimmer, als an Huhnis nackte Brust gequetscht oder von dem mit dem Pelzstirnband aus geringer Entfernung belehrt zu werden. Aber sie kam schon klar mit ihren Mitbewohnern, und auch ohne Joggen, fiel ihr auf, hatte sie schon ein paar hilfreiche Routinen entwickelt. Am Nachmittag war Lisbeth oft auf eine Runde Schach bei ihrem Schaf. Wenn sie zurückkehrte, trank sie Tee mit Paul.

Auch heute saß er schon auf dem Balkon, als sie kam. Er sah nicht gut aus. Aber leider war an Paul kein Rankommen. Er ließ sich nicht helfen, sondern hielt sie mit seinen supercoolen Sprüchen auf Distanz. Ihm eine Fußreflexzonenmassage zu geben, wie sie das bei Tante Ruth gelernt hatte, war undenkbar. »Ick bin doch nich schwul«, winkte er ab und nahm einen Schluck Tee.

Das Ende

Drei Tage später, die Stadt lag lethargisch in der Julihitze, schwieg und stank vor sich hin, wollte Paul zu Karin ziehen und vorher ein bisschen Abschied feiern. Dass Lisbeth, statt ihn wie früher anzurufen, einfach zu ihm hingehen und ihn zum Beispiel fragen konnte, wie weich bei Kichererbsen weich ist oder bei welcher Temperatur Geschirrtücher gewaschen werden, würde ihr fehlen. Sehr sogar. Lisbeth beschloss, in Erinnerung an ihr Kennenlernen Kichererbsensuppe zu kochen und als Vorspeise Hummus zu machen. Sie wusste noch, wie sie erst nur das Schlechtgelaunte in den Kichererbsen geschmeckt hatte und dann seltsamerweise den Trost. Und heute würde sie Trost gut gebrauchen können – jede Menge davon. Dass Paul ausziehen wollte, war einfach nicht gut. Zwar lag Godots Hand – heute Morgen war er überraschend vorbeigekommen, hatte sich 53 Minuten in die Badewanne gelegt und seine Sachen in die Waschmaschine, jetzt hatte er sich ein Händehandtuch um den Unterleib geschlungen, war also mehr oder weniger nackt – alle naselang auf Lisbeths Nacken, was extrem angenehm war, aber dass Paul ausziehen wollte, war extrem unangenehm. Und dass Edgar nicht da war,

war auch unangenehm. Eigentlich wollte Lisbeth nämlich Edgars Hand auf ihrem Nacken haben, genoss aber stattdessen die von Godot. Das war schon ganz schön verrucht. So kannte Lisbeth sich gar nicht. Eine Möglichkeit wäre, mal ins Hallenbad zu gehen und zu schauen, ob gegenüber etwas Graues ausgeschüttelt wurde, und sich dann statt Godots Hand Edgars Hand auf den Leib zu wünschen. Aber es wurde nichts ausgeschüttelt, und außerdem hatte Edgar wirklich gerade anderes mit seiner Hand zu tun, als sie auf Lisbeths Nacken zu legen – Godot hatte eher nichts anderes zu tun. Der war seit 3 Stunden und 13 Minuten da, saß auf dem Balkon und telefonierte, spielte mit zwei anderen Skat und aß dicke Sandwiches. Lisbeth musste zugeben, dass sie die Anwesenheit des Hünen genoss. Zumindest solange er schwieg. Doch zum Glück schwieg er nie lange, so dass Lisbeth nicht ganz und gar zerfloss. Er redete nämlich in Kalauern. Wahrscheinlich gab es so etwas wie ein Kalauer-Gen, das nur bei Männern auftrat. Paul zum Bleistift hatte es eindeutig auch. Edgar zum Glück nicht.

Als Godot gegangen war, nicht ohne sie auf den Mund zu küssen und »bis nachher, Liebelein« zu sagen, fasste Lisbeth sich ein Herz und ging rüber zu den Punks. Die hatten sie kennenlernen wollen und schon mit dem Schirm den ersten Schritt gemacht. Jetzt musste sie aber mal den zweiten Schritt machen, zumal es sich bei diesem Sommer um einen sogenannten Jahrhundertsommer handelte und Lisbeth schwitzte und die Punks ja eh keinen Balkon hatten, sondern den Schirm die ganze Zeit neben ihrem Sofa stehen ließen. Was sie davon hatten, wusste Lisbeth nicht, und vorstellen konnte sie es sich auch nicht.

Die Haustür stand offen. Im Hausflur bunte Papierschnipsel und Graffiti, dann 5 Stockwerke, 98 Stufen. An der Klingel stand: *Punk's not dead, punk's sleeping drunk.* Sie klingelte. Ein Punk Ende zwanzig in orangefarbener Latzhose machte ihr auf. »Kommst du mal«, rief er nach drinnen, als er Lisbeth sah. Dann standen sie vor ihr. Eineiige Zwillinge. Toll.

»Kann ich bitte meinen Sonnenschirm wiederhaben?«, fragte Lisbeth, und Dagmar, die unterwegs aufgehalten worden war – wahrscheinlich hatte sie auf den Stufen etwas Essbares gefunden –, erreichte den Treppenabsatz und setzte sich relativ dicht vor den beiden hin und blickte interessiert zu ihnen hoch.

»Geht klar.« Der eine ging rein und holte den Schirm, der andere blickte von Lisbeth zu Dagmar und wieder zurück.

»Ich wäre ganz schön alleine ohne euch«, sagte Lisbeth, ihren Schirm unter dem Arm. »Ich bin froh, dass ihr euch um meine Bekanntschaft bemüht. Ich mag euch.«

»Aha«, sagte der eine Punk. »Gut zu wissen«, sagte der andere Punk.

»Nein, wirklich …« Aber da war die Tür schon wieder zu.

»Verstehst du das?«, fragte Lisbeth die Tödliche Dagmar. Aber die wollte einfach nur los.

Die Suppe für Pauls Abschiedsfest war tröstlich und würzig geworden – viel Kurkuma, Kreuzkümmel und Zitronengras. Außerdem hatte Lisbeth trotz der blöden Abfuhr der Punks beim Zubereiten ihrer Suppe weder die Kichererbsen noch die Nudelhörnchen gezählt. Der große Topf, den der mit dem Pelzstirnband gleich in der ersten Woche samt Geschirr und Besteck aus dem abgesoffenen Haus mitgebracht hatte, war gut gefüllt, und es roch »geil«, wie einer nach dem anderen sagte, der seine Nase zur Küchentür hereinsteckte. Und das waren jetzt schon acht gewesen.

Beim Essen – zum Nachtisch gab es eine Schüssel Panna Cotta, außerdem Cookies mit Rosinen, Nüssen und Zimt – und bei viel Rotwein und Bier beredete die Hausgemeinschaft, wie bezüglich des Hauses vorzugehen sei. Lisbeth hatte lieber Fanta genommen. Immerhin saß Godot neben ihr, und sie erinnerte sich nur zu gut, welchen Effekt der Weißwein neulich gehabt hatte. Ob Rotwein wohl den gleichen Effekt hatte? So schön es gewesen war, von ihm durch die Stadt getragen und an 5 Stellen berührt zu werden – sie wollte es nicht noch einmal darauf ankommen lassen. Sie war in einen anderen Mann verliebt, außerdem war sie inzwischen für eine Gruppe zuständig. Sie durfte sich nicht gehenlassen. Der Alte mit dem Pelzstirnband hatte offensichtlich eine ganz ähnliche Mission. Aufrecht saß er da und machte sich Notizen. »Stasi«, zischte Charlotte, die Frau mit dem schwarzen Pony, die nichts gegessen hatte, nur Wein getrunken, und steckte sich eine Zigarette an.

Alle waren sauer auf Babsi G-Punkt, die nach wie vor nicht zugeben wollte, dass sie schuld war an der Überschwemmung. Dinge wurden gesagt, gegen die *arschdumme Schrippe* beinahe ein Kompliment war. Aber so oder so, sagte der mit dem Pelzstirnband und warf sich in die Brust, könne im Grunde gar nichts passieren, weil sie dank seiner Voraussicht auf das Beste versichert seien. »Ihr könnt mir gern mal danken, wenn ihr irgendwann nüchtern seid!« Es werde nur eben alles etwas dauern. Minimum weitere zwei Wochen. So begeistert Lisbeth über die Mitbewohner war – jetzt musste sie doch schlucken. Nicht nur, dass die Tödliche Dagmar ihr seit 11 Tagen (und Nächten) nicht mehr von der Seite wich – sie hatte heute zum Beispiel auch noch nicht geduscht. Stichwort: Badplan, den man auch gut Badverhinderungsplan nennen könnte. Aber dass man ungeduscht erst mal gar nicht unbedingt schlecht roch oder ungeduscht aussah, war auch eine interessante Erfahrung. Nur wollte Lisbeth die Erfahrung jetzt nicht unbedingt zu einer mehrtägigen Versuchsreihe ausdehnen ...

Lisbeth lehnte sich mit dem Rücken gegen die Balustrade des Austritts vor dem hohen Hallenbadfenster und schaute sich ihre Mitbewohner an, die gar nicht groß Notiz von ihr nahmen, sie jedoch brauchten und sich blind auf sie verließen. Diesen Punkt wollte Lisbeth unbedingt in ihrem Heft über die Vermutungen bezüglich des gelungenen Lebens einer richtigen Frau (Nr. 17) notieren: *Nicht nur brauchen und bedürftig sein, sondern auch von anderen beansprucht werden können – und zwar egal, wie lange es dauert!* Paul stellte sich zu ihr und zog sie an sich. »Was für ein verrückter Sommer«, sagte sie an ihn gelehnt. »Du wirst mir fehlen.«

Er sagte nichts, sondern streichelte ihr nur mit seiner knochigen Hand wieder und wieder übers Haar.

7 vor 10 wurde Paul von Karin abgeholt. Schon wieder Karin! Die hatte Lisbeth doch bereits Edgar weggenommen! Wo war der überhaupt? Wartete der in Karins Bett darauf, dass sie zurückkam? Na, der würde begeistert sein, wenn sie jetzt auch noch Paul anschleppte! Lisbeth stand am Fenster und weinte, aber da waren Karin und Paul schon weg. Godot kam zu ihr, legte ihr eine kühle Hand in den Nacken und goss ihr Rotwein ins Fantaglas. Dann gingen sie, der Hund

hinterher, in die Küche, wo Godot Lisbeth einen Kuss auf die Stirn hauchte und auf jedes Auge einen, dann küsste er sie lange auf den Mund. Dazu musste er sich runterbeugen. Hinterher war Lisbeth nicht mehr nach Weinen, eher nach Weiterküssen, aber Godot schob sie zurück ins Hallenbad, wo die anderen lautstark Geschichten von früher erzählten, die total unglaublich klangen. Von Bordellen, die sich keine Prostituierten leisten konnten und »bei Bedarf« welche aus Charlottenburg einfuhren. Oder von einer Schalmeiengruppe, die eine Gruppe Kommunisten aus dem Polizeigewahrsam befreite. Lisbeth konnte sich diese Zeit kaum vorstellen, aber sie liebte die großmäulig vorgetragenen Geschichten. Immer wieder war es so, dass einer vom Hörensagen erzählte und ein anderer ihn unterbrach und behauptete: »Lass gut sein, Digger, ich war dabei, das war ganz anders, und zwar folgendermaßen ...«

11 Minuten vor 11 klingelte es. Lisbeth stellte sich auf den Austritt vorm Hallenbadfenster und schaute hinunter, auch Dagmar schaute hinunter, zum Glück war ein Gitter auf ihrer Höhe. »Ich glaub, mein Schwein pfeift«, sagte Lisbeth, die das noch nie gesagt hatte, und klopfte einen kleinen Rhythmus auf der Brüstung.

Unten stand Babsi G-Punkt, neben sich das Schaf Guerilla-Paul mit seiner pinken Mähne. »Ich pack das nicht!«, schrie Babsi rauf. »Ich will da nicht länger alleine sein. Das geht jetzt schon über eine Woche so. Lass uns rein.« Aber Lisbeth wusste, dass Paul keine 105 Stufen hochsteigen konnte. Und selbst wenn er es schaffte, käme er am Ende nicht wieder runter. Paul war schließlich keine Bergziege. Lisbeth zählte sich 18 Schritte zur Zimmertür vor. »Babsi«, sagte sie über die Schulter. »Mit meinem Schaf. Ihr müsst was machen, es ist nach 22 Uhr, es ist 22 Uhr 56, die bringt die Leute im Haus gegen mich auf. Es reicht, dass hier 6, äh 12 Personen wohnen statt einer Person. Wenn jetzt auch noch auf der Straße gelärmt wird, von mir gewissermaßen, dann kriege ich echt Ärger mit den Leuten.«

Einer sagte: »Ey, bleib mal locker, det ist Kreuzberg, nicht Hinterposemuckel. Hier freuen sich die Leute, wenn sie dich hören. Wenn sie dich hören, stehst du nämlich nicht hinter ihnen mit einem Messer in der Hand.«

Godot schob den Typen – und Lisbeth gleich mit – in Richtung Tür und sagte ungewohnt milde, als hätte das Küssen auch bei ihm etwas bewirkt: »Wir gehen runter und reden mit Babsi. Du kommst mit und kümmerst dich um dein Schaf.« Lisbeth nickte und ging, dicht gefolgt von Dagmar, 22 Schritte rüber in ihr Zimmer, um sich eine Jacke zu holen. Sie zog sich eine Trainingsjacke an, steckte einen Apfel in ihre Hosentasche, legte sich auf das Feldbett und war sofort eingeschlafen. Aber die ließen sie nicht, Huhnis Dreadlocks fühlten sich auf ihrer Wange talgig an wie Pauls Fell. »Wat machst du denn hier?«, fragte er in ihr Ohr, »Mädchen, du sollst doch runter zu dem Schaf, und wir reden derweil mit Babsi.« Lisbeth sprang auf. Das hatte sie völlig vergessen. »Das hab ich völlig vergessen.« Huhni schaute verdattert aus der Wäsche, »Mädchen, was hast du denn bloß geraucht ...«, aber Lisbeth war schon zur Tür raus und die Treppen runter.

Unten wurde laut geredet, die 2 Punks waren rausgekommen und standen jetzt rechts und links von der aufgelösten Babsi G-Punkt und bestaunten Lisbeths Schaf. Ihnen gegenüber standen 8 erboste Hausgemeinschaftsmitglieder, die drauf und dran waren, sich auf Babsi zu stürzen, was die aber gar nicht mitzukriegen schien. Lisbeth sagte mit letzter Kraft, eine Hand auf ihrem Schaf, das ein rotes Seidentuch trug und einen Huf seitlich gestellt hatte: »Alle hoch, oben gibt's Cookies. Alle reden.« Seltsamerweise wirkte es. Nur dass die Punks in ihren Müllfahrer-Latzhosen Babsi in die Mitte genommen hatten und auch mit hochgingen, war seltsam. Das Schaf hob den Kopf, als wollte es sagen: *Wenn du weiter so an meinem Kopf rumziehst, hab ich nachher 'ne kahle Stelle*, aber dann knickte es vorsichtig die Vorderbeine ein und ließ sich langsam aufs Trottoir sinken. War ja auch weit gewesen vom Haus der Hausgemeinschaft bis hierher. Neben das Schaf legte sich Dagmar, die offensichtlich von Maria und Stefan vergessen worden war. Hinlegen. Ja, das wäre gut jetzt. Ehe Lisbeth abdriftete, zählte sie mal schnell die Fenster vom Haus der beiden Punks durch, dann straffte sie sich – wer hätte gedacht, dass Straffen zu den Kompetenzen gehörte, die man auch im Alltag brauchte –, sie band Paul an der Laterne an und eilte, hinter sich Dagmar, die das fälschlicherweise für ein Spiel hielt und immer wieder nach Lisbeths Hosenbein schnappte, 105 Stufen hoch, um Hundeleckerli und eine Leine zu holen. In ihrer Küche standen die beiden Punks über den Topf gebeugt rechts und links von Babsi, und alle 3 löffelten Suppe. Im Hallenbad saßen die anderen 8 bei Cookies und Wein, als wäre nichts passiert. Lisbeth wurde magisch angezogen vom Feldbett, aber Dagmar stupste sie an und wollte ein Leckerli.

»Ich geh dann mal. Alles Gute«, sagte Lisbeth zu den Punks, die sie verwundert anstarrten und sich dann wieder über die Suppe hermachten. Babsi schaute nicht mal auf. Na klar, Babsi hatte ja jetzt erreicht, was sie wollte. Sie hatte 12 Leute in Bewegung gesetzt, da konnte sie beruhigt die Füße hochlegen, zumindest im übertragenen Sinne. Wenn sie wirklich die Füße hochlegte, käme sie ja nicht mehr an den Kochtopf ran, weil der Herd zu hoch war.

Unten lag das Schaf Paul neben der Laterne und döste. Die Frau von unter den Punks schaute im Nachthemd aus dem Fenster, schüttelte aber nichts Graues aus. Dabei hätte Lisbeth jetzt echt einen Wunsch gebrauchen können. Wobei – einer brachte hier ja gar nichts, so verfahren wie die Situation mittlerweile war. Selbst wenn sie sich wünschte, das Haus der Hausgemeinschaft möge trocknen und die 6 plus Hund mögen wieder ausziehen samt sämtlicher seltsamen Gewohnheiten, war Paul immer noch krank und Drops immer noch nicht bei ihr. Außerdem war ihr Schaf in Berlin, wo es nicht hingehörte. Außerdem war Lisbeth ohne Job, und inzwischen hatte die Tödliche Dagmar sie auch noch zu ihrer Pflegemutter bestimmt, was ganz schön viel Verantwortung war für jemanden wie Lisbeth, die eigentlich nur gut darin war, sich aus der Verantwortung zu zählen.

Aber da die Frau inzwischen wieder weg vom Fenster war, beschloss Lisbeth, erst mal ohne Wunsch das Nächstliegende zu unternehmen. Das Schaf Paul musste in sein Gatter. Am liebsten wäre er ja liegengeblieben, aber sie half ihm hoch, während Dagmar an seinem Hintern roch, und zu dritt setzten sie sich in Bewegung. Der Hund ging voran, in der Mitte ging Lisbeth, die wünschte, sie wäre in ihrem Bett und das alles gar nicht wahr, Paul schlenkerte lustlos hinterher. Kaum ein Mensch war auf der Straße, obwohl die Nacht sternenklar und mild war und zum Draußensitzen geradezu einlud. In der Wrangelstraße kam ihnen die Kellnerin der Trattoria Sophia entgegen, wahrscheinlich hatte sie Feierabend. Sie musterte konzentriert das Grüppchen und wechselte die Straßenseite. Dagmar. Vor der hätte Lisbeth auch Angst, wenn sie nicht Freunde wären. Für Paul musste Lisbeth morgen auf jeden Fall eine Lösung finden. Schafe lebten in Herden, Lisbeths Schaf war einsam – dafür hatte Lisbeth, die nun wirklich kein Herdentier war, plötzlich eine Art Herde samt Hütehund. Das konnte doch alles gar nicht wahr sein. Leider hatte sie keinen Job, dafür Godot, aber nicht Drops. Und kaum hatte sie gedacht, dass sie das doch eben erst gedacht hatte – offenbar dachte sie in Schleifen –, stand er vor ihr. Drops. Im Hof der Hausgemeinschaft. Die Tödliche Dagmar warf sich ihm sofort entgegen, als wollte sie Lisbeth zeigen: *So macht man das, wenn man jemanden mag*, und er kraulte ihr den Bauch. Dann machte er einen Schritt auf Lisbeth und Paul zu, sagte: »Hatte mich schon gewundert, wo Babsi mit dem Schaf hin ist, hab sie getroffen, als ich gekommen bin. Ich gucke gerade *I Am Love* und esse was. Eigentlich war ich zu Pauls Abschied eingeladen, hab aber im Stau gesteckt. Morgen wäre ich vorbeigekommen. Aber ...« – er musterte Lisbeth begeistert – »so ist es natürlich viel schöner. Ihr bleibt doch ein bisschen? Esst ihr mit mir?« Ohne eine Antwort abzuwarten, ging er voran in den hinteren Teil des Gartens, wo neben Pauls Gatter ein Zelt stand. Viel kleiner als Lisbeths Mannschaftszelt, aber doch auch kein Einmannzelt. Lisbeth konnte den Wunsch, daran zu riechen, nicht unterdrücken und roch daran.

Anders.

Unter Edgars belustigten Blicken bückte sie sich, schob

sich, das Schaf neben sich, der Hund zwischen ihren Beinen hindurch, in das Zelt hinein. Sie setzte sich auf die Isomatte und sah sich um. Dagmar machte sich über einen Teller mit Käsebroten, Oliven und Tomatenscheiben her, der auf dem Boden gestanden hatte, und Lisbeth schimpfte. Doch der Hund sah nur kurz zu ihr her, schnappte sich dann frech das letzte Brot und zog ab.

»Edgar, ich fürchte, Dagmar hat dein Abendbrot ...«

»So 'n Mist! Aber na ja, so schlimm ist das auch wieder nicht.«

»Soll ich dir 'ne Pizza holen?«

»Den Wein und die Gummibärchen wird die gute Dagmar ja wohl nicht vernichtet haben, das reicht mir.«

Lisbeth war froh, dass er das sagte. Edgar kam ins Zelt gekrochen und streckte sich hinter ihr auf der Matte aus. Lisbeth fühlte sich auf einmal sehr schwer nach der ganzen Aufregung des Abends. Sie konnte nicht mehr. Sie war fertig. Und ohne darüber nachzudenken, ob sie noch sauer auf ihn war, legte sie sich dazu. An Edgar gekuschelt, lag sie unter einer weinroten Wolldecke und schaute gemeinsam mit ihm den Film. Er hatte noch mal auf Anfang gestellt, ihr und dem Schaf zuliebe, die ja sonst nicht verstanden hätten, worum es ging. Als sie auf die Uhr schaute, fragte er alarmiert: »Warum schaust du auf die Uhr?«, und sie überlegte kurz, ihm zu erzählen, dass sie erst vor 118 Minuten Godot geküsst hatte, ließ es dann aber bleiben und zuckte bloß mit den Schultern. »Nur so.« Man konnte ja auch mal geheimnisvoll sein, statt den anderen mit Geschichten ohne Pointe zu langweilen. War das heute der Abend, an dem sich herausstellte, dass sie all diese Frauensachen irgendwie schon wusste?

In dem Zelt roch es nach Wärme und Staub, Lisbeth lag mit Mann und Schaf im Zelt, der Hund, weil sie geschimpft hatte, beleidigt am Eingang – immerhin hatte Dagmar schon wieder eine Pfote drinnen, gerade schob sie auch die andere vor. Eine kleine Lampe erzeugte eine Atmosphäre, die behaglich an Kindheit und nächtliches Lesen unter der Bettdecke erinnerte. Nur dass da niemand gewesen war, an den man sich hätte schmiegen können wie jetzt an Drops. *Schmiegen, schmog, geschmogen*, dachte Lisbeth, *aber mich fragt ja keiner, wenn es um diese Dinge geht. Und eigentlich auch sonst nicht*. Und ehe sie es sich versah, hielt sie Edgar ihre Lippen hin. Der schaltete auf Pause, warf einen Blick auf Paul, der einen Blick zurückwarf, und gab Lisbeth einen festen, kühlen, trockenen und leider kurzen Kuss. Der Kuss von Godot war beeindruckender gewesen. Dann schaltete er wieder auf Play. Lisbeth und das Schaf blickten einander verdutzt an. Dann blickte das Schaf auf den Bildschirm. Lisbeth stand nicht auf und zählte sich bis nach Hause, wie sie das eventuell früher gemacht hätte, bevor sie erwachsen gewesen war, sondern blickte auch auf den Bildschirm.[5] Lisbeth lag in Edgars Arm, in einem Zelt. Mehr gab es gerade nicht, also brauchte sie vielleicht auch nicht mehr. Mittlerweile hatte Dagmar nicht nur die Pfoten im

---

5 Und wer der Ansicht ist, in diesem 10 Zeilen umfassenden Abschnitt würde ein wenig zu oft »geblickt«, der sei daran erinnert, dass das Zelt nur etwa 4 Quadratmeter groß ist und sich 3 Personen, wenn man der Einfachheit halber das hochbegabte Schaf als Person zählen will, darin befinden. Man kann sich leicht vorstellen, dass die Blickdichte unter solchen Umständen recht hoch ist. Zumal die Tödliche Dagmar, man erinnere sich, 2 Pfoten sind bereits im Zelt, drauf und dran ist, hier mitzublicken und das Ganze zusätzlich zu verkomplizieren.

Zelt. Zentimeter für Zentimeter hatte sie sich hereingeschoben, lag auf einer Jeans von Edgar und tat, als schliefe sie. Das Schaf stank ganz schön. In Lisbeths Zelt war das nie so aufgefallen, aber das hier war klein. Lisbeth fütterte abwechselnd sich und Drops mit Gummibärchen, bis der auch eingeschlafen war.

Edgar musste erschöpft sein. Lisbeth betrachtete seine Wimpern, roch an Edgars Halsbeuge, leckte an seiner Schläfe. Als sie ihre Nase an seine hielt, knurrte er im Schlaf, also legte sie sich brav wie ein Deckchen neben ihn und schaute den Film, der vielversprechend war – die Heldin darin konnte sich auch nicht berühren lassen, bis sie sich schließlich sehr berühren lassen konnte.

Doch irgendwann war auch der längste Film zu Ende, und man musste gehen, weil man sich nicht rechtzeitig in Fluchtschlaf geflüchtet hatte. Edgar wachte beim Abspann auf, schaute aus kleinen, müden Augen zu, wie sie sich die Haare zu einem Zopf band. Lisbeth streichelte ihm über die Wange, »schlaf weiter«, und erhob sich.

Das Schaf und Dagmar waren schon zur »Tür« raus. Paul wurde ins Gatter gesperrt, mit frischem Wasser und Heu versorgt und bekam den Apfel aus Lisbeths Hosentasche zwischen die Zähne geschoben. Dann begleitete Edgar, der ziemlich zerknittert aussah, wie er sich da aus dem Zelt schälte, Lisbeth und Dagmar nach Hause.

Unterwegs erzählte er, dass er so oft wie möglich für ein, zwei Abende hier sei – manchmal wohne er in der Hausgemeinschaft, wo er auch kochen und duschen könne – oft aber auch im Zelt. Das erinnere ihn an seine Kindheit und gefalle ihm. Er helfe Paul mit dem Garten. Auf die anderen sei diesbezüglich kaum Verlass. »Das ist gerade ein bisschen viel, was ich bei Ruth zu tun habe, ist alles neu und fremd, ständig mache ich Fehler und muss noch mal von vorn anfangen.«

»Du übertreibst. Ich bin sicher, du kriegst das super hin«, widersprach Lisbeth.

»Hast du 'ne Ahnung«, entgegnete er kopfschüttelnd. »Man könnte meinen, deine Tante wäre 'ne Hexe. Seit sie weg ist, haben die zwei Katzen Durchfall, eine Ameisenstraße läuft quer durch die Küche, es gibt mindestens eine Maus – klar, den Katzen geht's ja nicht gut –, und im Bad im ersten Stock ist die Lampe runtergekommen.«

»Echt? Das ist ja lustig.« Lisbeth grinste. »Tante Ruth ist übrigens wirklich eine Hexe. Und das ein oder andere hat sie mir beigebracht, also sieh dich vor.«

Doch Edgar schien gar nicht gehört zu haben, was sie gesagt hatte.

»Dich sehe ich auch viel zu selten«, murrte er. Und obwohl Lisbeth dieses hier gern noch ein bisschen vertieft hätte, wechselte er mit einem Kopfschütteln das Thema und sagte, das könne so nicht weitergehen. Das Schaf brauche eine andere Umgebung, und Lisbeth müsse Tante Ruth verzeihen. Was habe die denn schon groß gemacht? Und er wolle das Haus und das Land sowieso nicht, wenn Lisbeth so ein Theater veranstalten würde. Aber sie solle doch mal überlegen, warum sie so ein Theater veranstalten würde. Da stampfe ja wohl eine Fünfjährige mit den Füßen auf, weil sie nicht einsehen wolle, dass andere Leute unabhängig von ihr und ihren Bedürfnissen ein Leben und Interessen hätten.

»Also ...« Lisbeth stemmte die Hände in die Hüften, aber Edgar sagte, er habe keine Lust auf einen neuerlichen Wutausbruch, das Ganze gehe ihn nichts an und interessiere ihn auch nicht. Bloß Tante Ruth tue ihm leid, das habe die alte Frau wirklich nicht verdient. »Denk darüber nach. Wir können ja mal in Ruhe über die Sache reden. Morgen muss ich wieder weg. Montag früh kommt der Tierarzt. Aber Ende nächster Woche sehen wir uns, spätestens am 8. Juli. Abgemacht?«

»Abgemacht«, hauchte sie. Sein Gesicht war ganz dicht vor Lisbeths. Wenn seine Wimpern so lang gewesen wären wie die von Paul, hätten sie Lisbeths Haut berührt. Aber Edgar küsste sie nicht noch einmal. Er strich ihr mit einem rauen Daumen übers Jochbein. Dagmar pinkelte derweil an die Linde, an die sie immer pinkelte, seit sie bei Lisbeth wohnte, dann wandte Edgar sich ab, »danke für den schönen Abend«, sagte er noch im Gehen, und Lisbeth schwebte und Dagmar klackerte die Treppe hoch.

Am nächsten Morgen wurde sie viel später als normal (8 Uhr 13) von Dagmars kalter Schnauze an ihrer Wange geweckt und wusste plötzlich, wie sie das Paul-Problem zumindest vorläufig lösen konnte, und zwar ohne Hilfe. Und zwar sofort. Edgar würde sie lieben für ihre Patenz. Patenz? Wie hieß das Substantiv zu *patent sein* noch mal? Lisbeth merkte, dass sie heute ein bisschen fragil war. Und diesmal nicht, weil Sonntage schwierig waren. Positive Sachen wie ein Kuss von Edgar und eine grandiose Idee konnten einen genauso aus der Fassung und ins Zählen bringen wie negative. Sie würde heute aufpassen müssen.

Die Tür zum Hallenbad stand offen. Es stank nach Schweiß und Bier, wie in letzter Zeit immer. 11 Leute, inklusive Babsi, schliefen tief und fest. Laut Badplan war Huhni im Bad. Im Hallenbad hatte er jedenfalls nicht gelegen, also ging Lisbeth lieber kein Risiko ein. Ein Nackter saß mit dem Rücken zu Lisbeth auf dem Balkon, schaute in den Himmel und rauchte. Lisbeth kochte sich gerade einen Carokaffee, als Babsi G-Punkt, zerzaust und in einem roten Unterrock, zu ihr trat. Babsi warf sich in Lisbeths Arme, müffelte und schniefte da vor sich hin. »Ich war so alleine. Keiner kann mich leiden. Ich ...« Lisbeth hielt Babsi auf Armlänge von sich weg und sagte, sie müsse jetzt aber mal los.

Erst Karlchen anrufen, dann zu Paul und Edgar. Das Zelt neben dem Gatter war weg, als wäre es nie da gewesen. Letzte Nacht hatte sie hier *I Am Love* geguckt und in Edgars Arm gelegen. Aber nichts erinnerte daran. Nicht mal das Gras war plattgedrückt. Beziehungsweise war es sowieso in einem Zustand ständiger Plattgedrücktheit. Paul kam sofort zu ihr her, ließ sich kraulen und dann widerspruchslos mitnehmen zum Kinderbauernhof. Unterwegs guckten die Leute. Immer mal wieder sagte einer »mäh«. Das hatte Lisbeth gar nicht auf dem Schirm gehabt, dass die Leute gucken und mäh sagen würden. Gestern war es so spät gewesen, da hatte keiner Notiz von ihnen genommen, und als sie damals Paul aus der Kneipe hatte retten müssen, war sie so energiegeladen und wütend gewesen, da hatte sich wahrscheinlich keiner getraut. Doch jetzt mussten sie mehrere Streichelstopps einlegen. Gut, dass das Schaf kein größeres Problem mit der Nähe von Menschen hatte.

Karlchen freute sich, dass sie kamen. Er bedankte sich, dass Lisbeth eine *sehr* großzügige Spende eines Herrn Buback organisiert hatte, und war gern bereit, ihr auszuhelfen. »Ein Schaf mehr oder weniger macht den Kohl nicht fett.«

Er streichelte Pauls Kopf, sagte: »Du hast Glück, Dicker, diese Woche wird endlich geschoren. Wir sind echt spät dran diesmal.« Den Minihahn, der die ganze Zeit auf seinem Handteller gehockt und mit den Augen gerollt hatte, steckte er in die große Brusttasche seiner ausgeblichenen dunkelblauen Latzhose, und dann gingen sie nach hinten zum Schafgatter, während Lisbeth ihm ganz genau erklärte, was Paul mochte (Schach, Äpfel, Musik, gestreichelt werden, Ansprache, Fernsehen). Lisbeth hatte zudem ein Heft erstellt mit Pauls Lebensgeschichte, einem Stammbaum, dazu auch noch etwas genauer seine Vorlieben und Bedürfnisse, hinten eine kleine Literaturliste. Inzwischen rollte nicht nur der Minihahn mit den Augen. Aber das war das Einzige, woran man ablesen konnte, dass Karlchen genervt war. Denn Karlchen war ein sehr freundlicher Mensch. Am Gatter angekommen, stellte Paul einen Huf seitlich, dann blökte er, was vom schwarzen Schaf Leslie, das wieder abseits in der Ecke stand, leise, aber doch deutlich hörbar beantwortet wurde. »Na, jetzt geht's aber los«, sagte Karlchen, »die Leslie hat kein Wort nicht geredet, seit sie bei uns ist.« Er ließ Paul ins Gatter, der ging an den anderen drei Schafen vorbei direkt nach hinten durch und stellte sich neben Leslie mit dem schwarzen Kästchen über der grauen Nase. Zwei kleine Jungs kamen mit Apfelstücken, und Paul drängte Leslie an den Zaun und sorgte so dafür, dass sie und er gefüttert und gestreichelt wurden. Die anderen drei gingen leer aus.

Lisbeth ging zum Supermarkt um die Ecke und kaufte Kekse und kochte Kaffee für die Besucher, und als sie, bevor sie ging, noch einmal nach Paul sah, stand der einträchtig zwischen zwei anderen Schafen und erzählte ihnen wahrscheinlich gerade, welchen Irrsinn er in den vergangenen Wochen durchlebt hatte. Leslie stand am Rand, knibbelte an ihrem Huf und sah kaum hin. Lisbeth hatte das schwarze Schaf durchschaut. Das stand nicht gern im Mittelpunkt, würde aber schon gerne bei Paul im Mittelpunkt stehen. Das schwarze Schaf war wie Lisbeth, haargenau wie Lisbeth. Und so war ihr außer dem Weinen, nach dem ihr war, auch sehr nach Grinsen.

Auf dem Heimweg kam sie kaum voran, so viel zählte sie, an manchen Häusern zählte sie sogar die Klingelknöpfe, es ging ihr einfach so unfassbar gut, viel zu gut, um nicht zu zählen, ging es ihr. Sie hatte Freundschaft und hatte für ihr Schaf gesorgt und war verliebt, und bei Tante Ruth würde sie sich auch entschuldigen, und überhaupt lag da schon das sechste Bonbonpapier auf der kurzen Strecke vom Kinderbauernhof nach Hause. Was für ein Glück Lisbeth doch im Leben hatte. Sie sprang mal kurz in die Luft. Der verquollene Mann im Ballonseidenanzug, der im betreuten Wohnen um die Ecke lebte, schüttelte den Kopf und sagte zu ihr: »Kein Stress, mach bloß kein' Stress, hier gibt's auch noch andere Leute außer dir.« Lisbeth lächelte ihn an und ging weiter.

Vor dem Haus wartete Edgar auf sie. Tränen liefen ihm die Wangen hinunter. Paul war gestorben. Heute Morgen im Krankenhaus. »Unerwartet.« Bis jetzt wusste außer ihm und Karin, die mit Paul im Krankenhaus gewesen waren, noch niemand davon. Edgar zog Lisbeth zu sich her, drückte ihren mageren Körper an seinen mageren Körper. Alles an ihm flatterte – Herz, Arme, Beine, Lider.

Lisbeth raufte sich die Haare, schüttelte den Kopf, während er sie zu halten versuchte, wieder und wieder schüttelte sie den Kopf. »Nein«, sagte sie und wischte sich den Rotz von der Nase. Sie entzog sich Edgars Umarmung, baute sich vor ihm auf und tippte auf seine Brust. Tippte 17, 18 Mal, konnte nicht aufhören zu tippen, schrie heiser: »Ihr könnt ruhig alle gehen ...! Wenn hier einer derjenige ist, der nichts und niemanden braucht, dann bin ich das. Geh du ruhig auch ... Gestorben ... Ihr spinnt doch alle!« Sie wollte sich abwenden und losgehen, aber Edgar hielt sie fest.

»Weine nur, weine«, sagte er, »ich bin da«, er beugte sich zu ihr runter und strich ihr fest über den Rücken. Und als hätte sie seine Genehmigung gebraucht, weinte sie, weinte alle Tränen, die sie hatte, während Edgar sie stumm hielt. Dann gingen sie gemeinsam die Treppe hoch, Lisbeth in Edgars Arm, ganz langsam, ganz dicht aneinandergeschmiegt, »ich koch dir einen Carokaffee, und du ruhst dich erst mal aus. Ich muss leider für ein paar Tage zurück, der Tierarzt, das geht nicht anders, aber sobald ich kann, komme ich sofort wieder her, um nach dir zu sehen. Schaffst du das?«

Lisbeth nickte abwesend, vor lauter Tränen konnte sie gar nichts mehr sehen.

»Sicher?« Lisbeth nickte noch mal. Während Edgar ins Hallenbad ging, um die anderen zu informieren, stand sie da und nickte unablässig und unter Tränen.

Als Lisbeth ihr Zimmer betrat, war das nicht mehr ihr Zimmer. Alles war jetzt anders. Paul war gestorben. Und das grüne Sofa stand nicht mehr in der Mitte des Raumes in Feldbettnähe, es war an die Längsseite des Zimmers gerückt worden. Daneben stand ein großer beigefarbener Schrank, der sich bisher nicht in Lisbeths Besitz befunden hatte, in dem man aber ganz sicher sitzen konnte, wenn einem ein Freund weggestorben war. Am Fenster ein grünes Bänkchen. Die 9 Kisten waren weg. Vorsichtig machte Lisbeth die Tür des neuen Schranks auf: Voll. Da konnte man nicht drin sitzen. Der Schrank war voll mit den Sachen aus den Kisten. Sie schaute sich um, ging zum Feldbett. Das Kinderbesteck am Kopfende fehlte, war nirgendwo zu finden. Auf dem Fensterbrett nicht, in den Schubladen nicht, unterm Bett nicht, im Regal auch nicht. Da waren ihre Hefte einsortiert. Lisbeth musste sich *sofort* hinlegen. Sie zog sich bis auf die Unterwäsche aus und legte sich hin. Die Tödliche Dagmar, die ihr gefolgt sein musste, ließ sich mit einem Seufzer auf den Boden neben dem Bett sinken. Lisbeth schlief. Edgar kam noch mal rein und schaute ihr beim Schlafen zu, strich ihr das Haar aus der Stirn, aber das bekam Lisbeth nicht mehr mit.

Erst am Abend, als Edgar längst in Bückschitz war, wurde sie wach, lag da, schaute an die Decke. Die Tür ging auf, und Babsi G-Punkt kam herein. »Na, das war eine Überraschung, was? Freuste dich? Ich weiß ja, du bist traurig wegen Paul, ich bin auch traurig, aber freuste dich trotzdem? Ich hab deine ganzen Sachen in den Schrank geräumt. Der ist vom Sperrmüll. Hab ich von Huhni herfahren lassen. Unterwäsche und Socken hab ich dir eigenhändig zusammengelegt und in die Schubladen getan, dann musste nicht immer mit Pappkartons hantieren. Gut, oder?«

Lisbeth hatte sich auf ihrem Feldbett halb aufgerichtet und sagte: »Ja.«

»Oder nicht?«, fragte Babsi G-Punkt verunsichert.

»Ja. Geh mal mit dem Hund raus. Und beschaff mir das Kinderbesteck wieder, das brauche ich.«

»Geht klar.« Babsi stand gebeugt da – *wie 'ne Kuh wenn's donnert*, hätte Paul gesagt, aber Paul war gestorben. Lisbeth schlief weiter. Sie hörte die anderen kommen und gehen, sah sie auch, wenn sie aufs Klo ging. Wurde immer mal an wen gezogen, sagte stumm nickend zu, auf der Beerdigung übernächste Woche eine Rede zu halten. Sie trank ein Glas Wasser, schickte Dagmar weg, die sich jedes Mal, wenn Lisbeth zurück in ihr Zimmer wollte, wieder an ihre Fersen heftete. Nein, sie war hier nicht die Hundesitterin oder die Babysitterin, und wenn das Klopapier alle war, sollte bitte auch jemand von ihren Mitbewohnern sich darum kümmern. Lisbeth legte sich wieder stumm auf ihr Feldbett, und diesmal schlief sie so lange wie seit Jahren nicht. Das war ihr natürlich nicht bewusst, sie hatte sich schließlich nicht vorgenommen, so lange zu schlafen wie seit Jahren nicht. Es schien, als wäre sie so krank wie damals, als Tante Ruth sie zu sich geholt hatte und Medikamente notwendig gewesen waren, um sie wieder aus dem Bett zu holen, das danach gegen ein unbequemes Feldbett ausgetauscht wurde. Hätte Edgar von Lisbeths Schlafen erfahren oder der von Paul instruierte Russen-Dima – man wäre ihr zu Hilfe geeilt. Oder hätte gar Tante Ruth, die zurzeit in Paris weilte, gespürt, wie schlecht es ihr ging – sie wäre gekommen. Jetzt aber war die Hausgemeinschaft die einzige Betreuung, die Lisbeth zur Verfügung stand. Ihre Mitbewohner und auch deren Gäste, die das Geschehen am Rande mitbekamen, fanden jedoch, dass das schon in Ordnung ging, wenn einer sich mal zurückzog. Oder sogar, wenn einer mal eine knappe Woche nichts aß oder sich nicht wusch. Natürlich beratschlagten sie hin und wieder, ob man Lisbeth wecken sollte, vor allem, wenn sie die Grillzange nicht fanden, wenn die Kichererbsensuppe angebrannt war oder Lisbeth dran war mit Küche putzen. Kam sie jedoch raus, um aufs Klo zu gehen, wagte nicht mal Huhni, sie anzusprechen oder gar in den Arm zu nehmen. Es war, als hätten alle Angst, Elend könnte ansteckend sein. Mit Elend wollte keiner von ihnen mehr näher zu tun haben. Sie waren froh, dass sie im Gegensatz zu Paul mal wieder überlebt hatten, und schon Lisbeth hinter der Wand zu wissen, war eine Bedrohung, der sie mit geballtem Frohsinn begegnen mussten. Lisbeth im Flur dagegen war kaum auszuhalten, weshalb sie erleichtert waren, dass sie praktisch nie rauskam. *Jedem seine Krise*, sagten sie hektisch. *Krisen sind Bestandteil menschlicher Existenz.* Ausgehend von Lisbeths Fall erinnerten sie sich daran, wie schlecht es der Doktor'schen damals ging, als ihr Mann nach sieben Jahren aus dem Knast kam und wieder bei ihr einziehen wollte, und daran, wie Huhni mal was Falsches genommen hatte und zwei Monate lang im Koma lag. Seitdem rührte er außer Rotwein und Gras nichts mehr an. Das waren Zeiten gewesen, damals! Ohne Krisen keine Reifung. Darauf tranken sie gleich mal einen und noch einen, und dann waren zwei Flaschen Whiskey alle. Dass Krisen allerdings ein Garant für Reifung waren, konnte man auch nicht unbedingt sagen.

»Nicht, Babsi? Du bist eine wandelnde Krise, aber gereift bist du nicht. Du bist nur alt.« Huhni liebte es, Babsi zu provozieren, beziehungsweise er hatte es geliebt, Babsi zu provozieren. Seit sie jedoch rechts und links einen blutjungen Punk an ihrer Seite hatte – inzwischen schlief sie sogar manchmal gegenüber –, war sie die Ruhe selbst und grinste, nein lächelte nur noch. Das machte Huhni echt fertig. Er konnte nicht glauben, dass eineiige Zwillinge in Müllfahrer-Latzhosen geschafft haben sollten, woran er gescheitert war – erst mit spiritueller Unterweisung, dann mit Yoga und schließlich mit Hohn und Spott: Nämlich Babsi in sich verliebt zu machen.[6]

Jedenfalls nahm – wie sich auch außer dem mit dem Pelzstirnband niemand so richtig um das abgesoffene Haus der Hausgemeinschaft kümmerte – keiner allzu ernst, dass Lisbeth nun schon wirklich ungewöhnlich lange ausschlief. Die hatten ihr Ding am Laufen in Lisbeths Hallenbad, und da erwiesen sich die Punks als Bereicherung. Und zwar im wahrsten Sinne des Wortes. Missratene Söhne eines Wilmersdorfer Gynäkologen, verfügten sie über ausreichend Geld, um der Wohngemeinschaft Grillabende und Bier zu finanzieren. Außerdem waren sie schlau und unterhaltsam, besaßen eine beeindruckende Sammlung an Horrorfilmen und brachten Frauen mit. Nette Frauen. Lola von gegenüber zum Beispiel, was Lisbeth gefreut hätte, wäre sie nicht im Nebenraum dem Hochsommer entgegengedämmert. Lola sang – beruflich im Varieté und privat für die Gruppe. Huhni vergaß seine Babsi für eine Nacht mit Lola in deren Wohnung gegenüber, woraufhin Babsi ihm eine klebte. Denn geliebt werden wollte sie schon. Nur zurückzulieben war ihr zu aufwendig. Ein weit verbreitetes Phänomen, hätte Tante Ruth gesagt, wenn sie nicht in Paris gewesen wäre.

---

6 Das aber nur unter uns: Nie im Leben würde Huhni zugeben, dass er Babsi am liebsten täglich aufbrausen sehen und zuhören wollte, wie sie über Gott und die Welt schimpfte.

Als Edgar wie versprochen nach fünf Tagen kam und Lisbeth schlafend vorfand, rastete er aus. »Habt ihr sie noch alle? Wie herzlos seid ihr denn? Die stirbt da im Nebenzimmer, und ihr macht hier Lagerfeuer in der Wohnung, singt schmutzige Lieder und grillt Steaks?«

»Lagerfeuer ja nun wirklich nicht«, wiegelte der mit dem Pelzstirnband ab, »wir haben eine Feuerschale benutzt. Wer konnte denn bitte wissen, dass die unten so heiß wird, dass das Parkett ankokelt. Ich hab schon den Baumarkt angezählt wegen fehlerhafter beziehungsweise unzureichender Gebrauchsanleitung und den Schaden mit unserem Versicherungsheini durchgesprochen. Das wird kein Problem, meinte der.«

»Zurück zu Lisbeth!«, schrie Edgar jetzt. Er trat bedrohlich nah an den mit dem Pelzstirnband heran, und es bestand kein Zweifel, dass er ihn eigenhändig hochheben und vor Lisbeths Bett tragen würde – vielleicht auch ermorden –, wenn er sich nicht irgendwie rührte.

»Nur weil du die Kleine bumst, denkst du, sie wär was Besonderes«, der mit dem Pelzstirnband wollte schon wieder abdrehen, »ist sie aber nicht. Und ich für meinen Teil respektiere es, wenn eine Tür geschlossen ist.«

Edgar hielt sein Gesicht jetzt ganz dicht an das von dem mit dem Pelzstirnband. »Du hältst jetzt auf der Stelle das Maul und kochst Suppe für dieses Mädchen, klar? Denn im Gegensatz zu dir ist Lisbeth etwas ganz Besonderes ...! Na los, dalli!«

In *Dornröschen*, muss man sagen, werden die Dinge ein wenig beschönigt. Lisbeth war keine Augenweide nach dem vielen Schlafen. Edgar erschrak, Huhni erschrak. Babsi schämte sich. Dabei hatten sie Lisbeth ja doch hin und wieder auf dem Flur gesehen. Aber im Zwielicht und auf dem Blumenteppich war ihnen gar nicht aufgefallen, wie ausgezehrt und verwahrlost sie war, dass sie seit Tagen ihre Haare weder gekämmt noch gewaschen und ihre Zähne nicht geputzt hatte ... Mit Edgars Hilfe stand Lisbeth auf. Duschen, Haare waschen, Bademantel überziehen, Wasser trinken, Suppe essen, die der Alte mit dem Pelzstirnband vom Asiaten geholt hatte. Nur ganz wenig Suppe. Die anderen waren in die Hölle gegangen. Touris gucken, Edgar und Lisbeth allein lassen.

Nach dem Essen lag Lisbeth im Bademantel auf ihrem Bett und war schon wieder schläfrig. Edgar suchte ihr eine Trainingshose und ein Shirt mit Loch an der Schulter (hatte Lisbeth so gekauft) raus und half ihr beim Anziehen, während er besänftigend sinnloses Zeug auf sie einredete und ihr linkisch übers Gesicht strich, wieder und wieder.

Die nächsten Tage vergingen in zähem Elend. Paul legte nicht Purcell auf, und Lisbeth konnte ihn auch nicht anrufen oder zu ihm ins Hallenbad rübergehen, um ihn zum Beispiel scheinheilig zu fragen, ob die Milch zum Schäumen kalt oder warm sein musste. Edgar hatte sich zwei Tage lang um sie gekümmert, mit ihr Suppe gegessen, ihr vorgelesen. Vor seiner Abreise musste er Lisbeths Mitbewohner instruiert haben, denn seitdem hatte sie ständig einen »Betreuer«, der ihr Essen machte und aufpasste, dass sie pro Tag eine Sache erledigte. Karin, die nicht allein sein wollte und auch im Hallenbad kampierte, hatte Lisbeth ein Foto von Paul ans Kopfende gestellt. *König von Kreuzberg* war mit Goldkuli quer über den unteren Rand geschrieben. Ja, so war er gewesen. Ein Großmaul vor dem Herrn. Und neben Tante Ruth der liebenswerteste Mensch überhaupt.

Manchmal wachte Lisbeth davon auf, dass Huhni lüftete und ein Räucherstäbchen anzündete oder ganz leise seine Klangschalenmusik laufen ließ, die Lisbeth so mochte, weil sie sie an die Stimmgabel von dem Typ im Park erinnerte und weil sie ihr durch und durch ging. Nach zwei Tagen wurden die Zeiträume kürzer, in denen Lisbeth in aller Ruhe auf ihrem Feldbett liegen und schlafen konnte. Wann immer sie rauskam, weil sie aufs Klo musste oder Hunger oder Durst hatte, war da Babsi G-Punkt und drängte ihr ein Gespräch auf, in dem es in aller Regel um Babsi G-Punkt ging. Immerhin hatte sie das Kinderbesteck wiederbeschafft. Die Gabel war weniger verbogen, und auf dem Löffel war jetzt statt des Clowns ein Affe, aber das war Lisbeth egal. Die Dinge änderten sich, das konnte niemand aufhalten. Sie klopfte Babsi 7 Mal auf die Schulter, dann ging sie über den neuen Blumenteppich ins Hallenbad, wo leider die Punks saßen und nach Babsi G-Punkt riefen, weshalb man jetzt nicht mehr zu den Punks rüberschauen konnte. Aber die Frau unter der Wohnung der Punks war immer noch da und schüttelte, als hätte sie geahnt, dass es hier um Leben und Tod ging, etwas Graues aus. Lisbeth nickte ihr dankbar zu und ging über den Blümchenteppich zur Wohnungstür. Sie öffnete und sah Edgar, der gerade im Begriff war zu klingeln und eine große Gemüsekiste balancierte. Er setzte die Kiste ab, sie nahm seine Hand, zog ihn in ihr Zimmer, streichelte der Tödlichen Dagmar, die die Gelegenheit genutzt hatte und seit langem mal wieder auf Lisbeths Bett lag, den Bauch, dann legte sie sich vor dem

Bett auf den Boden und befahl Edgar mit einer Geste hinter sich. Erst schaute er überrascht, dann legte er sich dicht hinter sie, Lisbeth schob sich in seinen Arm und schlief sofort ein. Einmal wachte sie davon auf, dass Karin vor ihr lag – sie selbst lag wie eine Scheibe Leberkäse zwischen Karin und Edgar, die sich flüsternd über sie hinweg unterhielten. »Weißte, der hat jedes verdammte Wochenende einen verdammten Kuchen für mich gebacken«, flüsterte Karin, und Lisbeth schlief wieder ein. Wurde von Streicheln auf ihrem Rücken geweckt – und schlief wieder ein. Irgendwann war sie allein. Es roch nach Kartoffelsuppe. Wie viele Stunden hatte Edgar wohl bei ihr gelegen?

Als sie zum Essen rauskam, waren alle weg. Edgar hatte aufgeschrieben, dass in fünf Tagen die Beerdigung war und er rechtzeitig da sein werde, um seine Lisbeth, »meine Lisbeth«, zu wecken.

Lisbeth weinte. Nahm sich Tempos mit auf den Balkon, trank Carokaffee, sagte endlich auch der schweigenden Amsel Bescheid, dass Paul tot war, sagte das in nur einem Hauptsatz, ohne Nebensatz und Adjektiv, sie wollte ja demnächst mal wieder aufhören zu weinen. Dann ging sie in ihr Schlafzimmer, kramte ihr Zahlenheft (Nr. 3), ihr Planungsheft (Nr. 1), ihr Freundschaftsheft (Nr. 7) und ihr Notheft (Nr. 9) aus dem Regal hervor. Dann setzte sie sich mit den ganzen Heften und einem Suppenteller raus auf den Balkon und schrieb ins Notheft, wo nur noch 4 Seiten frei waren, eine Rede für Paul. Das heißt, sie wollte eine Rede schreiben. Stattdessen schrieb sie auf, wie viele Tage sie Paul kannte, wie oft er Kuchen für sie gebacken hatte, wie oft sie ihn unter dem Vorwand, etwas Lebenspraktisches erfragen zu müssen, angerufen hatte. Ob die Amsel vielleicht zum Tierarzt musste, weil sie nie sang, wie alt Paul eigentlich war, ob 3 Aspirin als Überdosis galten. Wie oft er »Liebelein« gesagt hatte, wusste sie nicht – was für ein Versäumnis! Sonst zählte sie doch auch alles und jeden durch, aber wenn es dann mal wirklich nottat, war sie zu faul zum Zählen. Jedenfalls hatte Paul Lisbeth so oft Liebelein genannt, dass alle sie jetzt Liebelein nannten. Immerhin wusste sie, wie viele Schritte es von ihr zu ihm waren und wie viele Fliesen in seinem Bad waren. Und dass sein Lieblingshemd vorn 65 sichtbare Karos hatte, hinten 73. Lauter so Sachen hatte sie jetzt notiert. Lisbeth aß gierig die Suppe, schmeckte Liebstöckel darin und las noch einmal ihre Fakten zu Paul. Konnte sie Paul damit heraufbeschwören? 4 Tränen im Gesicht, 6 Fliegen auf dem Arm – er war 53 gewesen, nicht 70 … Lisbeth starrte hoch zum Himmel … Natürlich konnte sie ihn damit nicht heraufbeschwören. Er war tot.

Lisbeth hatte Paul nie gesagt, wie viel er ihr bedeutete. Dabei war er immer für sie da gewesen. Paul hatte wirklich ein zu großes Herz gehabt. Und jetzt war er daran gestorben. Tante Ruth hatte auch ein großes Herz, sie hatte Lisbeth aufgenommen, als diese mit ihrem Pappkoffer vor der Tür gestanden hatte. Ruth hatte sich mit Lisbeths Mutter und dem Jugendamt auseinandergesetzt, wieder und wieder. Klar, sie hatte keinerlei Ahnung von Kindern gehabt. Und so war Lisbeth ganz allein mit dem grünen Einkaufsnetz und ihrem Kinderportemonnaie zum Dorfkonsum gegangen und hatte eine Kinderzahnbürste und Haferflocken gekauft, obwohl sie den von Tante Ruth hingestellten Marmeladentoast viel lieber gefrühstückt hätte.

Aber sie hatte gewollt, dass Tante Ruth und sie alles richtig machten, wenn schon bis dahin alles falsch gelaufen war. Und es sollte in den nächsten Jahren noch einiges falsch laufen, weil sie als Kind natürlich nicht einfach bestimmen konnte, wo sie wohnte.

Sie nahm Ruths Rezeptheft zur Hand, mit dem ihre Zeit in Berlin angefangen hatte, und blätterte sich gedankenverloren durch gehaltvolle und köstliche Speisen. Rote Grütze, russische Eier, Schweinebraten, Kartoffelplätzchen. Da kam ihr eine wirklich phantastische Idee! Keine Trauerrede, sondern einen Leichenschmaus von dionysischem Ausmaß würde Paul von Lisbeth bekommen. Sie würde ihm zeigen, wie gut sie schon kochen konnte! Lisbeth sprang auf, raste in ihr Zimmer und schrieb einen ziemlich langen Einkaufszettel. Dann legte sie sich, erschreckt von der eigenen Courage, mal kurz hin. Draußen rumorte es. Huhni war dran mit Staubsaugen und schimpfte laut auf die Wiese im Flur, die, so schön sie aussah, sich einfach nicht saugen ließ.

Lisbeth konnte nicht einschlafen. Und die Bettwäsche durchzählen konnte sie auch nicht, weil Edgar ihr Bett mit irgendwas Fremdem bezogen hatte. Einfarbig türkis. Wahrscheinlich von sich selbst. Und als ihr das bewusst geworden war, konnte sie erst recht nicht einschlafen. Während Huhni draußen weiter rumorte und fluchte, roch Lisbeth an der Bettwäsche, die aber nach nichts roch. Sie stand auf, verließ ihr Zimmer und ging an Huhni vorbei, der mit einem Joint und einem Bier in der Hand neben dem Staubsauger auf der Wiese im Flur saß, sie anlächelte und dann leicht entnervt in Richtung Hallenbad nickte.

Im Hallenbad knutschte Babsi tatsächlich mit zwei Punks gleichzeitig. Näher konnte sie nicht rangehen, aber sie hätte schon gern gewusst, wie zu dritt knutschen ging. Sie selbst konnte ja mit Edgar noch nicht mal ordnungsgemäß zu zweit knutschen. Egal. Lisbeth ging ins Bad, duschte, cremte sich ein, bürstete ihr Haar, hatte hinterher keine Ahnung, wie viele Bürstenstriche es gewesen waren, aber sie sah okay aus. Dann zog sie sich Umzugsklamotten an, schnappte sich einen Apfel und war froh, dass Dagmar nicht da war. Huhni saß immer noch auf der Wiese. Babsi und die Punks seien ins Haus der Hausgemeinschaft gegangen, um zu helfen, sagte er matt und knibbelte an seinen Dreadlocks. »Kommst du mit? Ich muss mich da blicken lassen. Du hast ja gesehen, was der Trapper geschrieben hat. *13. Juli 12 Uhr Subbotnik im Haus. Wer fehlt, wird Scheiße fressen, das garantiere ich euch!*«

Tatsächlich hatte der Alte mit dem Pelzstirnband, nachdem dezentere Aufrufe in den letzten Tagen samt und sonders nichts gefruchtet hatten – die Gemeinschaft hatte es vorgezogen, in der Hölle entspannt Bier zu trinken –, diese drastische Ansage auf A2-Papier an die Wohnungstür gepinnt. »Scheiße fressen. Als hätte ich das nicht schon oft genug getan.« Lisbeth zog Huhni hoch und gab ihm einen kleinen Schubs.

»Nimm dir die Dose Cookies aus der Küche mit. Du schaffst das schon.«

Lisbeth ging Pauls Garten gießen und an Paul denken. Kaum jemand war auf der Straße. Dabei war es nur minimal stürmisch. Vor dem Gebrauchtwagenacker bog sie in die Wiese ein. Unkraut und Gräser schabten an ihren nackten Beinen.

Im Lavendel summten Hummeln. An der anderen Seite bildeten Sonnenblumen die Begrenzung. Dazwischen Rotkohl und Zucchini, Kartoffeln und Kräuter. Das hier war eine verdammte Oase, Pauls Oase. Gewesen … Lisbeth schleppte Kannen und goss, dann ging sie an dem leeren Bienenstock vorbei zum Fluss. Sie legte sich auf die kniehohe Brüstung und schaute in den grauen Himmel. Der arme alte Schornstein, der ihr ganz am Anfang so gefallen hatte, hatte sich zum Zentrum einer Art Sommercamp entwickelt. Man hatte ihm eine silbern und schwarz gekästelte Bauchbinde angesprüht, und gleich neben ihm, auf dem Dach der alten Fabrik, hockten Leute windumtost, rauchten, tranken und schauten in den Himmel. Was hatte der Schornstein für einen geilen letzten Sommer! Der Wind vom Fluss blies Lisbeth das Haar ins Gesicht, und sie wusste plötzlich, dass der Leichenschmaus hier auf der Brache stattfinden würde. Traurig, wie sie waren, würden sie auf das Dach der alten Fabrik steigen, hoch zu dem sterbenden Schornstein, und jeder würde Paul einen Wunsch hinterherrufen. Und dann würden sie essen und trinken und tanzen, als gäbe es nicht nur für Paul kein Morgen.

Ob die anderen einverstanden sein würden? Im Hof der Hausgemeinschaft wäre es für alle bequemer. Aber hier schlug nun mal Pauls Herz. Hier im Garten, auf der Brache, konnte man von ihm Abschied nehmen. Sie kämpfte sich gerade zurück durch das Grün, als Drops ihr entgegenkam. »Huhni hat mir gesagt, dass ich dich hier finde.« Wie immer keine Knöpfe an dem Mann – Mund, Nase, 2 Augen, 2 Schlüsselbeine. Er lud Lisbeth auf einen Kaffee ins Jenseits ein, wo jetzt ein großes Foto vom rosa gesträhnten Schaf Paul im Schankraum neben dem Tresen hing. Der

Wirt begrüßte Lisbeth mit Handschlag wie einen alten Kumpel. Drops wurde kritisch gemustert, dann aber offenbar als geistig gesund beziehungsweise unbedenklich eingestuft.

»Wir müssen reden«, sagte er.

Lisbeth riss sich los von seinem Anblick, fragte trotzig: »Müssen wir das?« Und fragte sich im gleichen Moment, wieso sie eigentlich nicht normal mit dem Mann sprechen konnte, in den sie verliebt war. Wieso musste sie so unwirsch sein?

Da nahm Edgar ihren Kopf in seine beiden Hände – neben Nacken-Halten die sicherste Methode, um eine sich geradewegs in den Wahnsinn zählende Lisbeth zu stabilisieren, dabei war ihr jetzt gar nicht nach Zählen. Und stabilisiert werden wollte sie auch nicht. Ihre Knie waren so herrlich weich, ihr ganzer Körper war so schön pudding. Der Wirt brachte einen Kaffee und eine Fanta und sagte: »Na sieh mal einer an.« Aber Lisbeth hörte das gar nicht, weil sie ja Edgars Handflächen auf den Ohren hatte und eher so muschelmäßiges Rauschen hörte, nicht das, was sich in der Realität abspielte. Dann war es leider vorbei. Edgar hatte Lisbeth schon wieder losgelassen, rückte ein Stück von ihr ab und setzte sich aufrecht hin. »Lass uns mal über alles reden. Punkt eins, Ruth ist von ihrer Reise zurück.«

»Oh.« Lisbeth setzte sich auch aufrecht hin. Über dem ganzen Trubel der letzten Wochen hatte sie total vergessen, Tante Ruth zu vermissen, aber als jetzt klar war, dass man sie besuchen konnte, wollte Lisbeth sie sofort sehen. Lisbeth wollte sich persönlich davon überzeugen, dass es Tante Ruth gutging. Ruth hatte sich seltsam verhalten, indem sie Lisbeth quasi deren Erbe geschickt hatte: die Töpfe und vor allem ihren geblümten Kaffeebecher, der von Lisbeth ihre ganze Kindheit über beäugt worden war wie ein magischer Gegenstand. Einmal hatte Lisbeth sogar gewagt, an dem Becher zu nippen, ein Rest von Ruths Kaffee war noch drin gewesen, sehr süß und fast dickflüssig. Diesen Moment würde Lisbeth nie vergessen – sie war so aufgeregt gewesen, als hätte sie mindestens heimlich geraucht, und hatte sich danach erst einmal hinlegen müssen, Tante Ruth hatte ihr grinsend die Schläfen mit einem kühlen Waschlappen betupft. Lisbeth musste nach der alten Frau sehen, wie die immer nach ihr gesehen hatte. Edgar würde unter anderem wegen der Beerdigung die nächsten beiden Tage in Berlin verbringen und konnte sie nicht fahren, also bat sie ihn um sein Handy, rief bei Karin an und fragte, ob sie das Auto der Hausgemeinschaft ausleihen dürfe. »Es ist wirklich wichtig.« Karin versprach, die Sache »auf dem kleinen Dienstweg« zu klären, und bestellte Lisbeth für 15 Uhr zu sich in die Praxis. Lisbeth schaute auf die Uhr. Edgar legte seine Hand auf ihre, prüfte mit einem Blick, ob das in Ordnung war, es war in Ordnung, dann erklärte er, er wolle Lisbeth nichts wegnehmen, aber für ihn als Landschaftsgärtner, der sich in Bückschitz niederlassen wolle, sei Ruths Angebot eine tolle Chance. Auf ihrem Grund könne er Pflanzen heranzüchten, er könne sich in der Schafzucht probieren. »Und …«

Lisbeth nickte ungeduldig. »Mach du mal, interessiert mich alles nicht. Aber ich will für ein Jahr ein vertraglich festgelegtes Wohnrecht in der Straße am Wald 19, im Zelt. Mehr brauche ich nicht. Aber das brauche ich. Das brauche ich unbedingt. Weißt du, das ist mein Heim und mein Hafen, das brauche ich doch, das müsst ihr verstehen.«

Tränen stiegen ihr in die Augen. Edgar beugte sich über den Tisch und sagte eindringlich: »Lass uns das doch zusammen machen. Komm mit mir da hin und hilf mir, mich zurechtzufinden, und ich helfe dir hier.«

»Und Karin, geht die auch mit?« Das war Lisbeth jetzt nur so rausgerutscht.

»Die hat Paul geliebt«, sagte er hart. »Den Paul, der jetzt tot ist, weshalb sie dein Mitgefühl viel eher brauchen könnte als deine Eifersucht.«

Lisbeth nickte stumm, dann streckte sie ihm die Hand entgegen. »Abgemacht. Unter der Bedingung, dass ich ein Zelt habe.«

»Abgemacht.« Der Wirt brachte ungefragt drei Schnapsgläser, die mit etwas Rotem gefüllt waren. »Hier geht es um wichtige Verhandlungen, hab ich das Gefühl, und wichtige Verhandlungen werden mit einem zünftigen Schluck besiegelt.« Er zwinkerte Lisbeth zu: »Kirschsaft ...« Dann stieß er mit ihnen an und ging zurück hinter den Tresen.

Lisbeth hätte den Gedanken »ich helfe dir hier« am liebsten bis ganz zu Ende gedacht, aber sie hatte so viel zu tun wie schon lange nicht mehr. Sie erklärte Edgar, dass der Leichenschmaus übermorgen nach der Beerdigung in Pauls Garten am Fluss stattfinden werde, bat ihn, alle einzuschwören – Bierbänke müssten raus, Getränke, eine Musikanlage –, sie sagte ihm für den Notfall auch den Spruch von dem mit dem Pelzstirnband. Aber Edgar schüttelte nur verständnislos den Kopf, sagte, es werde wohl auch ohne *Scheiße fressen* gehen, und er frage sich schon hin und wieder, ob Kreuzberg der richtige Umgang für sie sei. Lisbeth grinste und sagte, sie werde jetzt Tante Ruth für den Leichenschmaus übermorgen herholen.

»An sich finde ich das ja sehr löblich. Aber wo soll sie schlafen? Bei den 5 bis 20 anderen in deinem Wohnzimmer?«

Daran hatte Lisbeth gar nicht gedacht. »Kann ich ... Meinst du, ich kann eine Nacht bei dir im Zelt schlafen und Ruth mein Zimmer überlassen?«, fragte sie todesmutig. Sie musste einmal länger von Edgar geküsst werden, als sie von Godot geküsst worden war. Dann würde der Bann gebrochen sein. Sie wollte Edgar, wirklich. Aber wenn Godot da war, vibrierte ihr ganzer Körper, wie das Netz der Spinne in Pauls Garten. Edgar dagegen war fast genauso schüchtern wie sie selbst.

Edgar nickte bedächtig. Kinn hoch, Kinn runter, Kinn hoch ... »Ich renoviere heute gemeinsam mit Karin die erste Wohnung, nach der Beerdigung ziehen sicher die meisten bei dir aus. Im Grunde hätten die schon ausziehen können und Stück für Stück renovieren und reparieren, das Wasser ist längst wieder angestellt, das Leck repariert. Aber ich glaube, die genießen das Zusammenleben auf engstem Raum, das erinnert sie an Anfang der Achtziger, das tut ihnen gut. Die sind einsam, Lisbeth, du wirst es nicht glauben.«

»Sie werden mir fehlen. Ich bin auch einsam.« Und als Edgar dazu nichts einfiel – der war ja wirklich schwer von Begriff –, stand Lisbeth auf. »Morgen um zehn Picknick bei Karlchen und dem Schaf im Streichelzoo. Dort wird alles Weitere besprochen. Und wenn ich Tante Ruth aus Bückschitz loseisen kann, übernachte ich heute bei dir.«

Edgar nickte wieder. Sie drückte ihm einen Kuss aufs Haar, trat an die Theke, um zu bezahlen, aber der Wirt winkte nur ab, dann ging sie.

Karin steckte mitten in ihrer Schwangerensprechstunde, aber die Sprechstundenhilfe übergab Lisbeth den Autoschlüssel und sagte ihr, wo das Auto stand. Im Handschuhfach fand Lisbeth Pauls Punk-Cassette. Sie steckte sie in ihre Handtasche, legte Purcell ein und fuhr los. Unterwegs machte sie zum Tanken halt und fuhr das Auto gleich noch in die Waschstraße, wo es ganz sicher zum ersten Mal in seinem Autoleben gebürstet und geduscht wurde. Immerhin sollte Tante Ruth freiwillig einsteigen. Diesbezüglich würde Sauberkeit sicher kein Nachteil sein. Dann räumte sie den Kram vom Rücksitz, das meiste warf sie weg, aber den glänzend lila Slip, einen Mondkalender, eine Schachtel Kondome, eine Tube Fußcreme und ein paar Kassetten packte sie in eine kleine Pappkiste, die sie auf den Rücksitz stellte. Sie saugte das Auto gründlich aus und wischte den Staub von den Armaturen und Fenstergriffen. Dann kaufte sie sich eine Fanta und fuhr weiter.

Kunststück

Tante Ruth hatte ihr gutes Kleid an. Sie stand auf der Treppe und blickte Lisbeth entgegen, als sie vor dem Gartentor hielt.

Und dann war es wie immer. Im Flur roch es nach Lavendel, und in der Küche nach Auflauf. Auf dem Tisch lag DIE ZEIT, daneben stand eine Kaffeetasse. Tante Ruth hatte Lisbeth im Zelt ihr Bett bezogen. Die Plane war zurückgeschlagen, wahrscheinlich hatte sie lange gelüftet, und dennoch roch es ganz typisch nach Zelt. Sie aßen gemeinsam und tranken Rotwein. Lisbeth entschuldigte sich für ihr Benehmen damals – natürlich könne Tante Ruth ihren Besitz verkaufen, an wen sie wolle. Und dann entschuldigte Tante Ruth sich. Sie hätte mit Lisbeth sprechen müssen, ihr alles erklären. Jedenfalls wäre nie der Plan gewesen, Lisbeth aus dem Zelt und dem Haus zu vertreiben. Ganz im Gegenteil: Indem der junge Sielert alles übernehme, sei garantiert, dass Lisbeth bleiben könne. »Hast du etwa vergessen, dass ich die Zukunft sowohl sehen als auch in bescheidenem Maße beeinflussen kann? Du enttäuschst mich, mein Mädchen.« Der junge Sielert habe ja schon eine Weile bei ihr ausgeholfen, und ihr sei aufgefallen, wie der immer so komisch vor den Fotos an der Treppe gestanden habe, denen von Lisbeths Abschlussball, für den sie gemeinsam das weiße Petticoat-Kleid mit den weinroten Kirschen genäht hatten, »weißt du noch, wie du die gezählt hast? 133 waren es.« Jedenfalls hatte der junge Sielert gefragt, wer das auf den Bildern sei, und Ruth hatte ein bisschen erzählt und sich naiv gegeben, dabei war sie ja nun alles andere als naiv und konnte problemlos eins und eins zusammenzählen. Sie hatte genau das gesagt, was er wissen musste, *schlaues Mädchen/liebes Kind/in Berlin/Korrektorin*, und weggelassen, was er nicht wissen musste, *Zahlenfreak/etwas angeschlagen/passionierte Einzelgängerin.* Und als er dann dreingeschaut hatte wie ein angeschossenes Reh, hatte sie beschlossen, ihn ein bisschen zu prüfen – zur Sicherheit hatte sie noch die Karten gelegt –, und als alles hervorragend aussah, hatte sie der Sache auf die Sprünge geholfen. »Das lief wie geschmiert, bis du dich quergestellt hast. Ich hab einfach unterschätzt, wie wichtig das Haus hier für dich ist – als Stützpunkt gegen die feindliche Welt.«

Lisbeth lachte. »Gegen die *vermeintlich* feindliche Welt«, sagte sie. »Als du weg warst, hab ich gemerkt, dass es weniger um das Haus geht. *Dich* brauche ich – mit deinen Hexenkräften, du verrückte Alte. Und Edgar brauche ich inzwischen auch, das hast du gut gesehen.«

Sie tranken auf Paul. Und Tante Ruth sagte, dass sie selbstverständlich mitkommen werde, um den Leichenschmaus vorzubereiten. Und obwohl es Lisbeth zog und zerrte, gleich heute noch mit Tante Ruth zurückzufahren und die Nacht bei Edgar zu verbringen, die ganze Nacht mit ihm im Zelt zu liegen, ihn zu küssen, wenn er sie schon nicht küsste, und leise über jenen Nachmittag am See zu reden und ihm dabei tief in die Augen zu schauen, war Lisbeth total vernünftig, ging mit Tante Ruth die Schafe versorgen, goss eine Stunde lang den Garten, während Tante Ruth telefonierte und sich um eine Vertretung für die nächsten Tage kümmerte.

Am nächsten Morgen fuhren sie früh nach Berlin. Als Erstes zu Lisbeths Schaf. Viel zu lange hatte Lisbeth nicht nach ihrem Schaf gesehen. Gestern in ihrem Zelt hatte sie in ihr Heft mit den Vermutungen bezüglich des gelungenen Lebens einer richtigen Frau (Nr. 17) notiert, dass man jene nicht genug wertschätzte, die immer bedingungslos da waren, keine Forderungen formulierten. Das Schaf war so jemand. Freute sich, wenn sie kam, hatte immer Lust auf eine Partie Schach, war sogar klaglos nach Berlin gekommen, nur um hier so richtig von Lisbeth vernachlässigt zu werden.

20 vor 10 kamen sie bei Lisbeth an, und obwohl Tante Ruth neugierig auf die Wohnung war, ließ Lisbeth sie lieber im Auto warten, schnappte sich den Karton mit den im Auto liegengebliebenen Sachen von der Rückbank und ging hoch. Die Tante sollte sich erst ein paar Stunden akklimatisieren, sehen, dass ganz Kreuzberg ein bisschen »anders« war, dann würde sie vielleicht easy hinnehmen, dass Kreuzberg sich bis in Lisbeths Wohnung ausgebreitet hatte. Die Leute in ihrem Hallenbad konnten jemandem, der nicht vorbereitet war, der geradewegs aus Bückschitz kam, schon etwas seltsam vorkommen.

Im Hallenbad 6 Leute und 1 Hund. Lisbeth weckte Babsi, die zwischen ihre Punks gekuschelt schlief, und bat sie, auf den Flur zu kommen, die Tödliche Dagmar streckte sich und kam mit raus. Babsi rieb sich die Augen und versprach, die Wohnung bis 13 Uhr tantengerecht herzurichten, »wenn hier überhaupt geraucht wird, dann nur stinknormale Zigaretten, ganz klar«, am Abend würde sie gemeinsam mit den Punks Bierbänke auf die Brache bringen. »Ich hab das im Griff. Vertrau mir.« Und auch wenn Lisbeth keine besonders große Lust hatte, Babsi G-Punkt zu vertrauen, wie sie da stand in ihrem lila Spitzenhemdchen und dem schwarzen Schlüpfer ... Moment mal?! Lisbeth hob den Slip aus der Kiste hoch und hielt ihn an Babsis Hemdchen. Eindeutig.

»Oh, Mann, den hab ich gesucht wie eine Verrückte. Wo war der? Bei Pauls Sachen? Hat Lutz den vorbeigebracht?« Lisbeth schüttelte den Kopf.

»Huhni hätte ihn behalten, so wie der in mich verknallt ist ... Ach, jetzt weiß ich, der war im Auto. Danke, Lisbeth.« Babsi ging zurück ins Hallenbad, und die Tödliche Dagmar blieb vor Lisbeth stehen und schaute flehentlich zu ihr hoch.

»Na gut, hol deine Leine.«

Man kann noch so weltgewandt sein und vielleicht vor ein paar Tagen erst den Eiffelturm besichtigt haben – wenn die Tödliche Dagmar mit nur einem Ohr vor einem steht und mit der Narbe im Gesicht, rutscht einem garantiert das Herz in die Hose. So ging es auch Tante Ruth, die gerade noch seelenruhig neben dem Auto gestanden und auf Lisbeth gewartet hatte. Aber die Tödliche Dagmar ignorierte Tante Ruth, nachdem sie kurz an deren Rock gerochen hatte. Sie ging zu der Linde, an die sie immer pinkelte, pinkelte daran, dann ging sie schnurstracks zur

Fahrertür des gelben Autos und setzte sich davor. »Ruth, Dagmar – Dagmar, Ruth, mein Name ist Lisbeth. Die drei mit den bekloppten Namen«, sagte Lisbeth in memoriam Paul und ließ Dagmar einsteigen.

Irgendwann hatte auch Tante Ruth sich ins Auto getraut, und so kamen sie fast pünktlich auf dem Kinderbauernhof an. Der Hund wurde an die Leine genommen, Karlchen wurde von Lisbeth umarmt, Edgar wurde lange von Lisbeth umarmt, aber dann zog Dagmar an der Leine, und gemeinsam gingen sie zum Schafgatter, wo Lisbeth wie vom Donner gerührt stehen blieb. Und zwar nicht, weil Paul zur Begrüßung ein Mähen ausstieß, in das Leslie einfiel, nein, während Leslie ein normal geschorenes Schaf war, sah Paul aus wie Lisbeth damals, als sie sich selbst die Haare mit der Nagelschere geschnitten hatte. Lisbeth öffnete das Gatter, streichelte Paul großflächig über den Bauch und sagte: »Keine Sorge, mein Guter, ich räche dich. Ich werde Karlchen verklagen.«

»Was sollte ich machen, die Maschine ist an Leslies Hinterteil kaputtgegangen. Ich hab die Gartenschere genommen. Aber erstens liebt er den Look, guck doch nur, wie stolz er ist, und außerdem wissen wir jetzt, dass Leslie ihn nicht nur wegen seines Aussehens genommen hat. Die beiden sind unzertrennlich. Die anderen drei sind schon total genervt.«

»Ist ja gut, kein Problem. Einen schönen Menschen entstellt nichts, das gilt auch für Paul.« Lisbeth verpflichtete Karlchen, ihr Schaf bei nächster Gelegenheit nachzuscheren, und brachte Paul und Leslie dann vor zu Tante Ruth und Edgar, die auf der Wiese eine Decke ausgebreitet hatten. Paul stieß zur Begrüßung seine Nase 7 Mal in Tante Ruths Hand. Dann ging er sofort zurück zu Leslie und legte ihr den Kopf auf den Rücken, was so süß aussah, dass Lisbeth verzückt seufzte. Die Tödliche Dagmar hatte sich an den Rand der Picknickdecke gelegt – die schwarze Nase 3,5 Zentimeter von den Schinken- und Leberwurstbroten entfernt im Gras – und gab sich maximal desinteressiert. Während Tante Ruth Kaffee einschenkte, bürstete Lisbeth mit dem Kopf eines Straßenbesens, der im Gatter gelegen hatte, Pauls Rücken und Flanken. Und plötzlich stand Leslie hinter ihr und zupfte an Lisbeths knallgrünem Schal.

»Ich wette, ihr spielt den ganzen Tag Schach. Aber grüne Klamotten nicht von 'ner Wiese unterscheiden können! Ihr beide müsstet verhungern, wenn Karlchen euch nicht füttern würde. Es gibt neben den schöngeistigen auch so ein paar lebenspraktische Dinge, die man sich aneignen muss, schreib dir das hinter die Ohren, meine Liebe«, sagte Lisbeth zu Leslie.

Karlchen schüttelte entgeistert den Kopf, Tante Ruth hob die Schultern, wie um klarzumachen, dass sie hierfür weder etwas könne noch zuständig sei, und Lisbeth bürstete jetzt Leslie Rücken und Flanken. Dann gab Karlchen den Schafen Karotten und Äpfel, und das Picknick konnte beginnen.

Während Lisbeth sich neben Edgar setzte und sich von ihm Kaffee und ein Gurkenbrot reichen ließ, erzählte Tante Ruth von Paris. Damit, dass sie ihr Leben lang nicht groß aus Bückschitz herausgekommen sei, begann die Geschichte. 1965 in Dresden im Grünen Gewölbe habe sie einen Franzosen kennengelernt, Pierre, der habe sie zum

Essen eingeladen. Mit dem habe sie eine Nacht verbracht. »Aber ich war nie besonders interessiert an Männern, und als ich begriffen hab, dass es mit diesem anders war, dass ich in den verliebt war, war er längst abgereist, und ich hatte den Zettel mit seiner Telefonnummer, wie ich das immer gemacht hab, im Damenklo in den Papierkorb geworfen.«

»Wie traurig ist das denn, Menno ... Ich kann solche traurigen Geschichten nicht leiden, deshalb hab ich im Kino auch nie *Titanic* gesehen, man weiß ja, wie es ausgeht ...« Karlchen baute einen großen Joint. Zwar hatte Lisbeth ihre Mitbewohner gebrieft, doch daran, dass Karlchen auch kiffen könnte, hatte sie nicht gedacht.

Aber Tante Ruth grinste und sagte: »So traurig ist das gar nicht, Herr Karlchen, eine kleine Melancholie macht Frauen schön und interessant. Stellen Sie sich nur vor, ich wäre ausgereist, wir hätten geheiratet, und alles hätte sich nur zu bald als schrecklicher Fehler herausgestellt. Langeweile, Streit und tiefes Bedauern, weil ich Haus und Hof im Stich gelassen habe.« Sie bat um den Joint. Edgar sagte: »Aber denk dran, Ruth, wie das Zeug bei dir wirkt – ich werde nie vergessen, wie du mit Paul Tango getanzt hast, als wir bei dir waren. Er hat tagelang davon geschwärmt.«

»Ach, gönn einer alten Frau doch auch ein bisschen Spaß.« Sie nahm einen tiefen Zug[7]. Lisbeth betrachtete verwundert die strenge Tante, die sich benahm und auch so aussah, als hätte sie eine schwere Rüstung abgelegt, die

---

7 An dieser Stelle sei auf den Film »Wenn Liebe so einfach wäre« verwiesen, der zwar in der Geschichte des Kinos keine große Rolle spielen wird, in dem jedoch Meryl Streep begeistert einen Joint raucht. Eins ist ja wohl klar: Wenn Meryl Streep etwas tut, dann ist das nicht nur erlaubt, dann ist das gewissermaßen Pflicht. Tante Ruth verhält sich, wie im Grunde immer, vorbildlich.

sie ihr Leben lang hatte tragen müssen. Barfüßig, mit rot lackierten Fußnägeln saß sie da, scherzte und lachte wie ein junges Mädchen, flirtete sogar ein wenig mit Karlchen und fühlte sich offensichtlich sehr wohl.

Neben der Decke tauchte Karlchens schwarzer Minihahn auf, und mit den Augen rollend patrouillierte er hochmütig auf den 3,5 Zentimetern zwischen Hundenase und belegten Broten auf und ab, während Dagmar mit geschlossenen Augen dalag. Karlchen schlug sich auf die Schenkel. »Det is ja zum Piepen! Angeblich soll der in 'ner Löwennummer mitgemacht haben, hat mir der Typ erzählt, der mir den für ein Schweinegeld andrehen wollte. Und weil ich mich sofort in det kleene Viech verliebt hatte, hab ich ihm das Geld gegeben, außerdem fehlten dem die oberen Schneidezähne, hab ich ihm halt die Zähne finanziert. Wenn er das Geld mal dafür ausgegeben hat ... Jedenfalls hab ich olle Imchen die Sache mit der Löwennummer keine Sekunde geglaubt. Und jetzt ditte!«

»Funktioniert aber nur, weil die Tödliche Dagmar die Ruhe weghat«, sagte Edgar und hielt dem Hund ein Leckerli vor die Nase, was dieser mit geschlossenen Augen behutsam aus seiner Hand nahm. Und während Karlchen erst die Tödliche Dagmar beim Halsband nahm und dann ganz aufgeregt mit Hund und Hahn auf die Seite ging, um auszuprobieren, was der Hahn noch alles konnte, beredeten Tante Ruth, Edgar und Lisbeth intensiv, angespannt und kurz auch laut, wie es weitergehen sollte mit ihnen. Und der Tenor dieses Beredens war schließlich, dass sich schon zeigen werde, wie es weiterging. Tante Ruth würde im Erdgeschoss ihres Hauses zwei Zimmer bewohnen, von denen eines Lisbeth jederzeit zur Verfügung stand, der junge Sielert – Edgar, Drops – würde das obere Stockwerk bewohnen, das Dach ausbauen, die Landwirtschaft übernehmen und nach seinem Gutdünken gestalten. Inwieweit Tante Ruth und Lisbeth involviert sein würden, werde man sehen. »Ein gelungenes Leben, meine Liebe …«, sagte Tante Ruth und tätschelte Lisbeth, die sich ein Stück aus Edgars Umarmung lehnte, um sich tätscheln zu lassen, den Kopf, »… ist meiner bescheidenen Meinung nach eines, in dem möglichst viel möglich ist. Man sollte sich seinen Ängsten nie so weit ergeben, dass man mit dem Rücken zur Wand steht.«

»Oder auf dem Feldbett liegt«, sagte Lisbeth, »ich kann mit Edgar zusammen was machen. Wie wär's mit Bienen und Lavendel?« Sie legte eine Hand an Edgars kratzige Wange. Er schmiegte sich ein bisschen in ihre Hand. »Was wir zusammen machen werden, und zwar ganz oft und ganz viel …«, sagte er versonnen mit geschlossenen Augen, dann öffnete er die Augen, blickte alarmiert Tante Ruth an, die vor sich hin grinste, »ist … äh … also«, er drehte den Kopf und schaute Lisbeth verzweifelt an. »Wir werden … paddeln … auf dem Butzsee, den ganzen Spätsommer, jede freie Minute.«

Was war nur mit dem Mann los? Godot hätte sich nicht vor Tante Ruth geniert, der hätte seine Hand in ihren Nacken gelegt und sie geküsst, dass ihr heiß und kalt geworden wäre. Mit Edgar war es immer nur lauwarm. Aber sie redete sich gut zu. Sie hatten eine Beerdigung vor sich, sie waren traurig, sie waren nicht allein. Auch wenn sie selbst gerne küssen wollte unter diesen Umständen, was schon seltsam genug war, musste sie doch respektieren, dass es Edgar anders ging. *Respektieren* war jetzt nicht das sexieste

Wort der Welt, das musste demnächst mal ausgetauscht werden gegen *liebkosen* und *hingeben*. Aber echt.

So saßen sie eine Weile, jeder hing seinen Gedanken nach, die Schafe hatten sich neben Lisbeth gelegt und kauten vor sich hin, der Himmel war blau, und immer mal kam ein Besucherkind vorbei, legte seine Hand auf Paul oder Leslie und sagte »mäh«. Die beiden sagten nichts.

Als Karlchen mit Minihahn und Hund zurückkam, war er ganz aus dem Häuschen. »Det Kerlchen ist genial!«, sagte er, »schaut euch det an« und setzte den Hahn, der wild mit den Augen rollte, auf den Rücken der Tödlichen Dagmar. Und während die Tödliche Dagmar für ein paar Leckerli ungerührt mit gesenktem Kopf im Kreis ging, stiefelte der Minihahn ihren Rücken entlang – von vorne nach hinten, dann machte er einen kleinen Sprung und stiefelte wieder Richtung Kopf. Dort angekommen hob er beide Flügel. Auf Tante Ruths Vorschlag hin wurde die Minihahn-Nummer ins morgige Kulturprogramm für den Leichenschmaus eingebaut. »Das ist jetzt aber echt schade, dass Paul das nicht mehr erleben kann«, sagte Karlchen. »Der sah zwar nicht so aus, aber er hatte eine Schwäche für alles Niedliche. Der hat sich gar nicht mehr eingekriegt, wenn wir hier Entenküken hatten. Ich hab ein paar Fotos, auf denen er mit entrücktem Blick Entenküken füttert. Ich hab dich in der Hand, hab ich immer gesagt, ich hab dich aber so was von in der Hand. Den harten Kerl kauft dir keiner mehr ab, wenn ich die Bilder ins Netz stelle, ich kann deine ganze Karriere ruinieren.«

Tante Ruth lachte. »Was hat er denn für eine Karriere gehabt?«

In das nun einsetzende betretene Schweigen hinein reichte Karlchen ihr vorsichtig den Hahn. »Das willst du nicht wissen.«

»Na gut.« Lisbeth sah, dass Karlchen Tante Ruth gefiel. Es war richtig gewesen, sie gerade hier auf Kreuzberg einzustimmen. Der Minihahn stand jetzt auf ihrem Handteller und rollte mit den Augen, sie hielt ihn sich vors Gesicht und rollte auch mit den Augen. Dagmar trat heran, roch an dem vorwitzigen Hahn und stupste Tante Ruth an die Wange. Der war das sichtlich nicht einerlei, aber nachdem Minuten vergangen waren, ohne dass die Tödliche Dagmar zugebissen hatte, entspannte sie sich, gab dem Hahn einen Brotkrümel und dem Hund ein Stück Leberwurstbrot und wirkte insgesamt sehr aufgeräumt. Edgar wirkte auch aufgeräumt. Seit 53 Minuten hatte er immer eine Hand an Lisbeth dran. Jetzt gerade an ihrem Schulterblatt, was sich sehr angenehm anfühlte, zumal an ihrer anderen Seite das Schaf Paul lehnte, an dem wiederum das Schaf Leslie lehnte, dem Paul immer mal auf dem Kopf herumzupfte.

Auf dem Heimweg kauften sie noch die restlichen Lebensmittel für den Leichenschmaus. »Armes Mädchen«, sagte Ruth, als sie die Blonde vom Edeka sah, »hat der Wind erst die Asche verweht, steigt kein Phönix mehr auf.« Lisbeth beschloss, der Tante gleich oben in der Wohnung etwas zu trinken zu geben. Schließlich hörte man immer wieder, dass alte Leute wunderlich wurden, wenn sie nicht genug tranken. Und vielleicht wäre auch Mittagsruhe angesagt. Die 105 Stufen machten Tante Ruth zu schaffen, aber die Tödliche Dagmar, die sonst immer als Erste oben war und triumphierend bellte, ging Schritt für Schritt neben ihr her, als wären die Stufen für sie genauso beschwerlich wie für die alte Frau. Lisbeth ging schon mal vor, aber sie traf niemanden an. In der Küche lag ein Zettel von dem mit dem Pelzstirnband: *Vorbereitungen fürs Fest auf der Brache laufen, alle wurden von mir persönlich perfekt instruiert, Babsi ist für die Details zuständig. Es geht jetzt darum, sie zu rehabilitieren und wieder in die Gemeinschaft einzugliedern.* Das machte Lisbeth ein bisschen Angst. Wenn Babsi für die Details zuständig war, blieb kein Stein auf dem anderen, wie die gelb gestrichene Küche und der Schrank in Lisbeths Zimmer mit all ihrer Wäsche darin, eigenhändig zusammengelegt von dieser fremden Frau, bewiesen. Aber egal. Es war sowieso kein Stein mehr auf dem anderen.

Jetzt hatten auch Tante Ruth und die Tödliche Dagmar den fünften Stock erreicht. Lisbeth führte sie durch die Räume. Die Tante war entzückt. So viel Platz! »Und man sieht den Fernsehturm. Und was sind denn das für nette Männer in Orange, die rüberwinken? Oh, Lisbeth, so schnell hast du Bekanntschaften geschlossen.« Dass die beiden mit Lisbeth nicht so richtig hatten bekannt sein wollen, sondern eher die Bekanntschaft von Babsi G-Punkt suchten, sagte sie lieber nicht. Sie lotste die Tante auf den Balkon und brachte ihr ein Glas Wasser, das diese achtlos neben sich auf Pauls Holztischchen mit der abblätternden roten Farbe stellte.

Das gemeinsame Kochen war genauso wie damals in Bückschitz, wenn sie kalte Platten für die Freiwillige Feuerwehr und die Volkstanzgruppe machten. Es war auch deshalb wie früher, weil Lisbeth viele Gerätschaften von Tante Ruth bekommen hatte und im KaDeWe von Öl bis Pfeffer und Zimt genau die Basics gekauft hatte, die Tante Ruth immer benutzte. Sie unterhielten sich die ganze Zeit, lachten, Tante Ruth erzählte von früher. Lisbeth fasste sich ein Herz und fragte, warum die Tante keine eigenen Töchter hatte.

»Ich konnte keine Kinder bekommen. Lange hab ich das bedauert, aber ich hatte wirklich ein gutes Leben. Immer ein bisschen abseits, immer ein bisschen allein, aber gut. Und, Kindchen, meine Tochter bist doch du, auch wenn ich das kürzlich mal abgestritten haben sollte.«

»Das mit den Kindern wusste ich nicht, tut mir leid.«

»Ach was, ich bin froh, dass du bei mir geklingelt hast. Du warst so herrlich neunmalklug, hast mit viereinhalb schon im Konsum die Aufschriften auf den Verpackungen vorgelesen, und alle haben gestaunt und dir Schokolade gegeben.«

»Sehr schlau, schade, dass das heute nicht mehr funktioniert.«

»Probier's. Lies mir vor, was Paul auf das Etikett von der Marmelade geschrieben hat, die da hinten in der Kiste steht, und du darfst von diesem köstlichen Schokoladenpudding naschen.«

»*Erdbeerabend?* So was schreibt Paul doch nicht, so was findet der schwul, der nennt alles Gefühlvolle schwul.«

»Stimmt, ist mir auch aufgefallen. Dann ist die von Edgar. Auf der von Paul stand *Erdbeeren. Brache.*«

»Erzähl mir von eurem Abend, als Paul bei dir war, um das Schaf zu holen, und ihr gekifft habt.«

»Ich muss gestehen, ich hatte ein bisschen Angst vor der Begegnung, immerhin war Paul gewissermaßen dein Abgesandter und mir vielleicht nicht wohlgesonnen. Ich hab also ein bisschen Magie eingesetzt und zur Sicherheit noch Rinderbraten gekocht.«

»Magie, soso. Schämst du dich nicht?«

»Ach was, das wäre gar nicht nötig gewesen. Paul und Edgar kamen schon in Feierlaune bei mir an. Es hat keine Stunde gedauert, bis sie die Anlage aufgedreht und Luftgitarre gespielt haben. Irgendwann haben wir dann alle getanzt. Es gab gar nicht viel zu bereden. Wir haben einfach gelacht und getanzt. So sollte man generell mit Problemen verfahren. Was mit Tanzen nicht weggeht, kann man ja dann immer noch zerreden.« Tante Ruth kicherte und goss ihnen zwei Gläschen Dessertwein ein.

Lisbeth lehnte am Küchenbord, schaute in den Raum, als könnte sie Ruth und Edgar und Paul tanzen sehen. Dann stießen sie an. »Auf Paul.«

»Auf Paul.«

Erst gegen Mitternacht waren sie fertig. Aber die Arbeit hatte sich gelohnt. Duftende Köstlichkeiten lagerten in Tupperdosen und auf Platten in Lisbeths Kühlschrank und auf dem Balkon. Die Mitbewohner waren nicht aufgekreuzt. Maria hatte angerufen und gesagt, sie seien im Haus beschäftigt, würden da auch übernachten, ob der Hund bei Lisbeth bleiben könne? Lisbeth war ganz froh um die Ruhe, obwohl sie nicht begriff, woher der plötzliche Tatendrang ihrer Mitbewohner rührte. Sie pfiff nach dem Hund, ihr Feldbett quietschte, und die Tödliche Dagmar kam verschlafen angetrabt und streckte sich. Zu dritt machten sie einen nächtlichen Spaziergang durch den Kiez. »Freiheit für alle Gefangenen«, las Tante Ruth die Aufschrift auf dem Nachbarhaus. Lisbeth war nervös und ertappte sich immer wieder beim Durchzählen der Gehwegplatten. Tante Ruth plauderte, als merke sie nichts von Lisbeths Verfassung. Sie sei jetzt offiziell Rentnerin und habe als solche Amsterdam gebucht und für den Winter Rom. »2,7 Millionen Einwohner«, sagte Lisbeth, und plötzlich standen sie im Park, der, dunkel war es in Berlin ja nie, grau-violett schimmerte. Die Tödliche Dagmar war mit einem Satz im nächsten Gebüsch. Falls Tante Ruth Angst hatte, ließ sie sich jedenfalls nichts anmerken. Lisbeth zählte die 13 Laternen durch, dann setzte sie sich auf die Wippe, wo der Mann mit der Stimmgabel gesessen hatte. Tante Ruth hätte vermutlich auch einen Ton aus der Stimmgabel gebrauchen können, wie sie da schemenhaft und blau-grau neben der Wippe stand. Sie hatte sich gar nicht erst auf den kleinen abgenutzten Holzsitz gesetzt, sondern stand nur da und sagte nichts mehr, hatte alle tröstlichen Worte ausgesprochen. Paul war gestorben. Sie hatten gekocht und gelacht. Und jetzt war es Nacht, und es gab keinen Trost mehr. Man konnte der Realität noch nicht einmal ins Auge sehen. Die Realität, die Scheißrealität hielt einen umklammert, dass einem die Luft wegblieb. Dagmar kam angehechelt, und zu dritt schleppten sie sich nach Hause und die Treppe hoch, und dann, das Feldbett knarrte, hatte Dagmar, schmutzig wie sie war, sich hingelegt, Ruth und Lisbeth legten sich zusammen aufs Sofa. Und wie früher hielt Ruth Lisbeth die ganze Nacht über im Arm.

Himmelslaternen

Die Beerdigung bekam Lisbeth mit wie vom 10-Meter-Turm des Columbiabads aus. Tante Ruth hatte ihr zwei Tabletten gegeben. Sie saß rechts von ihr, links von ihr saß Edgar und hielt ihre Hand. Stumm betrachtete Lisbeth die Szenerie. Die Kapelle war überfüllt. Ganz Kreuzberg musste hier sein. Manche hatten Skateboards unter dem Arm, manche Bierflaschen in der Hand. Durch das runde Bleiglasfenster fielen Scherben farbigen Lichts auf die Urne. Als Iggy Pop, *I am the Passenger*, in voller Lautstärke aus den Boxen kam, erhoben sich alle, viele weinten, die tätowierten Jungs wischten sich nur verstohlen die Augen. Maria und Stefan tanzten Stehblues, Huhni hielt Babsi umarmt. Charlotte stand abseits und schluchzte hemmungslos. Dann sangen alle mit: »Singing la la la la la-la-la la.« Nach dem Lied hielt Karin ihre Rede. Lisbeth konnte nicht reden, gut, dass sie gekocht hatte. Reden konnte sie keinesfalls, vor lauter Weinen. Karin erzählte von Paul, als wären sie und Paul bis zum Schluss ein richtiges Paar gewesen. Voller Wärme und Liebe und witziger intimer Details. Lisbeth wusste, dass Paul Karins Rede gefallen hätte. Er hatte eine Schwäche gehabt für Übertreibungen, Pathos, schrägen Humor.

Die Urne stand auf einer riesigen, in Rot- und Goldtönen bedruckten Fahne. Darauf ein König in prunkvollem Ornat, Pauls tätowiertes Gesicht war in das Bild eingefügt, und darüber stand in großen, feierlichen Lettern *König von Kreuzberg*. Die sowieso schon kurze Rede des Pfarrers wurde mehrfach ausgebuht. Die meisten der Anwesenden waren so streng reglementierte Veranstaltungen wie eine Trauerfeier einfach nicht gewohnt, aber der Pfarrer nahm es mit Gelassenheit.

Im allgemeinen Gewühl des Aufbruchs trat Lisbeth noch einmal an die Urne und klopfte 17 Mal mit dem Fingerknöchel darauf. 17 war ihre Lieblingszahl, und Paul wusste das.

Am Grab wollte vor lauter Gedrängel und Rempelei keine andächtige Stimmung aufkommen. Als dann noch einer einen Joint und ein anderer eine volle Bierflasche hineinwarf, war es ganz vorbei. Johlen und Jubel. Das Scheppern der Flasche ließ Übelkeit in Lisbeth aufsteigen. Aber irgendwie gefiel ihr die Geste, alles andere hätte nicht zu Tattoo-Paul gepasst.

Hinterher wollten die Skater in die Hölle, ihren Kummer ersäufen, wie sie sagten, eine Gruppe, die Lisbeth nicht kannte und die Godot der Wagenburg um die Ecke zuordnete, schloss sich ihnen an. Godot küsste Lisbeth in den Nacken. Edgar sah wütend aus, machte einen Schritt in Godots Richtung, als wollte er ihn zur Rede stellen, aber der hatte sich schon abgewandt.

Lisbeth lud alle für achtzehn Uhr auf die Brache ein und verteilte Wegbeschreibungen. Dann schleppten sie, Ruth und Edgar sich nach Hause.

105 Stufen. Keine Schuhe vor der Tür. In Lisbeths Wohnung war niemand. Sie tranken schweigend Wasser. Tante Ruth wollte die Hängematte auf dem Balkon ausprobieren, weil sie noch nie in einer gelegen hatte, sie ließ sich hineinhelfen und schloss sofort die Augen. »Eigentlich hätte ich sterben sollen, nicht dieser Hüpfer«, sagte sie mit geschlossenen Augen, und Lisbeth strich ihr über Wange und Stirn. Lisbeth und Edgar gingen in Lisbeths Zimmer und legten sich Arm in Arm und Bein an Bein und Bauch an Bauch auf Lisbeths knarzendes Feldbett, Lisbeth roch an Edgars Halsbeuge und schlief sofort ein. Edgar roch an Lisbeths Haar und schlief keineswegs ein.

Nach dem Aufstehen waren sie zu Tode erschöpft. Nach dem Aufstehen war vor Pauls Leichenschmaus. Sie konnten einander kaum in die Augen schauen und schlichen in großem Abstand zueinander durch die Wohnung. Keiner sprach ein Wort. Die Blumenwiese im Flur tat an den Füßen weh. Die 29 Schritte bis zum Austritt im Hallenbad – die Schlafsäcke waren weg, jemand hatte gelüftet – fühlten sich wie Meilen an. Gegenüber stand ein Punk am Fenster und deutete energisch auf seine Uhr. Lisbeth hob die Hand zum Gruß und wandte sich ab. Edgar hatte Kaffee gekocht, richtigen Kaffee, keinen Carokaffee, und Tante Ruth holte aus ihrer altmodischen braunen Reisetasche mit den kaputten Schließen eine Flasche Selbstgebrannten, auf dessen altmodischem Etikett *Schande der Jungfrau* stand, und goss ihnen jeweils einen Schuss davon in den Kaffee. Edgar trug den Kaffee auf den Balkon, und sie saßen schweigend neben der schweigenden Amsel und tranken. Dann sagte Tante Ruth: »Auf geht's«, sie erhoben sich, und gebeugt machten sie sich daran, die Vorspeisen und kalten Platten aus dem Kühlschrank und vom Balkon zu holen und in den Flur zu tragen.

An der Brotfabrik neben Pauls Garten lehnte ein riesiges Schild mit der Aufschrift *Hier entstehen Apartments und Stadthäuser*. Sie arbeiteten sich durch die Wiese vor bis zum Kern von Lärm und Musik, bis zu dem von Lavendel und Sonnenblumen begrenzten Feld. Daneben standen Bierbänke und 16 von den rosa Liegestühlen, die aussahen wie Kinderstühlchen. 63 Leute waren anwesend. Sie standen in Grüppchen beieinander oder saßen auf den Bierbänken, ein paar lagen auf der Steinbrüstung am Fluss, wo 3 Zelte aufgestellt waren, davor 30 Bierkästen und eine von roten Herzlichterketten bekränzte Bar, an der es Wodka und Gin Tonic gab. Rechts davon wurde auf einem Tapeziertisch das von Lisbeth und Ruth zubereitete Essen aufgebaut, der Leichenschmaus. Inzwischen wurde Lisbeth schon von dem Wort übel. Sie konnte nichts essen, aber den Trauergästen verdarb der Anlass der Veranstaltung nicht den Appetit. Gierig stopften sie Bratenscheiben, gefüllte Eier und Falafel in sich hinein, stöhnten vor Genuss, beluden ihre Teller neu, um weiterzuessen. Getrunken hatten sie schon, einige den ganzen Tag lang, machte es den Eindruck. Das hielt die beiden Punks in ihren Müllabfuhr-Latzhosen nicht davon ab, gut gelaunt Gin Tonics zu mixen und sie anzupreisen wie Marktschreier.

Eine knappe Stunde später holte Lisbeth Karlchen vom Rand der Wiese ab. Er trug einen goldenen David-Bowie-Overall, der ziemlich eng im Schritt war und seinen Bierbauch lustig betonte, und einen schwarzen Zylinder, auf seiner Schulter balancierte der Minihahn. An der Leine hatte er die Tödliche Dagmar. Hinter ihnen ging das Schaf Paul. Die Trauergäste glotzten, offenbar unentschlossen, wie sie den Auftritt finden sollten. Schon buhten die ersten Betrunkenen ihn aus. Aber ein paar andere beschwichtigten sie, nach und nach traten alle näher, stießen sich gegenseitig in die Seiten, lachten über das pummelige Karlchen im zu engen Dress. Als er sich verbeugte, kehrte Stille ein. Karlchen zwang die harten Kreuzberger Jungs mit weit ausholenden Bewegungen und strengem Blick, der noch gedoppelt wurde durch das entnervte Augenrollen des Taschenhahns, zu Konzentration. Dann die Nummer mit Hahn und Dagmar. Keiner sagte mehr ein Wort. Tosender Beifall, als der kecke Hahn auf der Nasenspitze der Tödlichen Dagmar stehenblieb und die Flügel spreizte. Erst als das Schaf am Schluss mit einem Filzhut im Maul rumging, kamen die Leute wieder zu sich, warfen Kronkorken in Pauls Hut und grölten. Karlchen musste drei Zugaben geben, dann flog der Hahn auf den Zylinder. Karlchen verneigte sich. »Auf Wiedersehen, ihr Loser! Auf Wiedersehen, Paul! Ich werde dich vermissen!« Als dabei der Hahn vom Zylinder rutschte, fing er ihn geschickt auf, stellte ihn zärtlich wieder oben ab und strahlte ins Publikum, während ihm Tränen über die Wangen liefen. Dann ging er mit Hahn und Hund und Schaf langsam über die Wiese davon wie am Schluss eines Films, wenn irgendwann **The End** über den kleiner und kleiner werdenden Figuren eingeblendet wird.

Alle heulten, Tante Ruth verteilte Taschentücher, und dann sang jene Lola, deren Auftritt in ihrem Hallenbad Lisbeth verpasst hatte, weil sie fast eine Woche geschlafen hatte. Es war die Frau von gegenüber, die wie ein Stummfilmstar geschminkt gewesen war und Lockenwickler getragen hatte. Heute hatte sie ein knallrotes Kleid mit tiefem Dekolleté an. *Für dich soll's rote Rosen regnen*, sang sie voller Inbrunst. Und auch wenn ehrlich gesagt nicht alle 63 Trauergäste geheult hatten, als Karlchen ging, jetzt heulten tatsächlich alle, »Rotz und kleine Bläschen«, wie Tante Ruth halb lachend, halb weinend Edgar ins Ohr flüsterte. Überhaupt blieb Edgar in der Nähe von Tante Ruth. Dem hatte Lisbeth nämlich den Auftrag gegeben, sich um die alte Frau zu kümmern. Aber als sie sich die lach-weinende Tante jetzt so anguckte, hatte sie den Eindruck, dass es der außerordentlich gut ging.

Bei Anbruch der Dämmerung führte Lisbeth die Leute über einen kleinen Schuttberg in das Innere der alten Brotfabrik, das Gebäude war entkernt und nur noch ein Wrack – mit seinen Graffiti gewissermaßen ein tätowiertes Wrack, wie auch Paul eins gewesen war –, aber zum Glück waren die Treppen robust. 54 Leute stiegen hinter Lisbeth nach oben. Ihre Schritte wurden vom Metall der Treppe seltsam vervielfacht. Es hallte und knallte im ganzen Gebäude. Über 2 Etagen ging es im Gänsemarsch, durch einen kleinen Raum, in dem es entsetzlich nach Urin stank, dann noch eine Treppe hoch auf das große Dach. Auch hier war alles voller Graffiti. Es roch nach Teer und Dachpappe. Am Rand standen die beiden Punks in ihren orangefarbenen Latzhosen bereit. Sie verteilten in kleine Plastikschnapsbecher gefüllte Mexikaner, die Paul so gerne getrunken hatte und von denen Lisbeth inzwischen wusste, dass darin außer

Tomatensaft und Tabasco auch Wodka war. Die Leute tranken, »Auf dich, Paule« – »Auf Tattoo-Paul!« – »Paul, alte Wurst …«, und gingen auf dem Dach umher. Man konnte von der einen Seite aus auf die Wiese mit Pauls Garten blicken, auf der anderen war der Fluss. Oder man konnte, wie Lisbeth, zu dem alten Schornstein rüberwinken und dann Edgar kurz von Tante Ruth loseisen und sagen: »Küss mich!« Diese Mexikaner waren wirklich ein Teufelszeug. Edgar beugte sich zu Lisbeth vor und schaute sie aus Bernsteinaugen an. Dann legte er seine Lippen auf ihre, wie man einem kranken Kind einen kühlen Waschlappen mit Tigerentenmotiv auf die Stirn legt. Und das war gut und total angemessen, und andererseits wollte Lisbeth, wo sie heute so viel fühlte, nicht nur Schmerz fühlen, sondern von Edgar einmal das Ziehen im Bauch, das Godot ihr immer verursachte.

Die Punks von gegenüber hatten begonnen, Teelichter anzuzünden und die weißen Laternen damit zu bestücken. Also straffte sich Lisbeth und erklärte laut, dass jeder, der wolle, Paul so eine Laterne schicken könne, »weit weg wird der noch nicht sein, so langsam, wie der immer gegangen ist«, und ihm einen Wunsch hinterherrufen. Ein paar wandten sich ab, »Mädchenpisse«, hörte Lisbeth, aber 43 Leute stellten sich bei den Punks an, um eine Laterne zu bekommen. Lisbeth nahm die erste. Sie trat an der Flussseite an den Rand, stellte sich kerzengerade auf, hob den rechten Arm mit der Laterne, ließ die Schnur los, und während die Laterne als weißes Licht in die Dämmerung aufstieg, rief sie, so fröhlich und leicht und kokett das eben ging: »Ich liebe dich, Paul, ich werde dich immer lieben!«

Dann machte sie einen Knicks in Richtung Lampion, und als sie sich wieder umwandte, hatte sie kaum noch die Kraft, aufrecht zu stehen. Es war Godot, der neben sie trat, sie vom Rand des Daches wegschob und ihr einen Mexikaner in die Hand drückte. Lisbeth ließ sich in seine Arme sinken. Er hob sie hoch, trug sie durch das düstere, bebilderte Haus nach unten, wo er sie vor Edgar absetzte, der gerade sehr konzentriert neue Kohle in den Grill schüttete und nicht einmal aufblickte. »Würdest du dich oben um Tante Ruth kümmern und sie dann im Zweifelsfall auch runtertragen?«, bat Lisbeth Godot. »Ich muss mich erst mal hinsetzen.«

Er nickte und ging wieder nach oben. Lisbeth sah ihm nach. Godot war der stärkste Mann, den sie je getroffen hatte. Wobei sie natürlich noch nicht viele Männer getroffen hatte in ihrem Leben und nicht recht wusste, inwieweit Stärke tatsächlich ein Auswahlkriterium für die Liebe war. »Der soll groß und stark sein, ein richtiger Hüne.« Das konnte man doch nun wirklich nicht wispern, wenn man gefragt wurde, wie der Mann sein müsse, in den man sich verlieben könne. Sie ließ sich auf eine Bierbank sinken und schaute in den Himmel, wo weiße Lampen schwebten wie Wattebäusche. Oben auf dem Dach wurde gelacht. »Freibier für dich und deine Kumpels da oben!«, rief einer und ließ seine Lampe steigen.

»Komm her«, sagte sie zu Edgar, der in seinem weißen T-Shirt und der schwarzen Jeans kindlich und verloren wirkte neben dem Grill. Er ließ die Kohlenschaufel sinken und setzte sich neben Lisbeth. Sie nahm ihn fest in den Arm, er roch nach Rauch und ein bisschen nach Schweiß und Sommer.

»Ich gehöre als Einziger nicht dazu. Immer bist du von anderen umringt«, sagte er leise. »Was soll ich auch hier. Ich gehöre nach Bückschitz – ich bin der Dorftölpel, den keiner richtig ernst nimmt. Hier ist ja einer cooler als der andere.«

Er war steif und unglücklich und sagte nichts mehr.

»Nur dass das klar ist«, sagte sie und streichelte seinen Arm, »wenn eine hier der Dorftölpel ist, dann bin ich das, dich dagegen schätzt ganz Kreuzberg. Die meisten reden nur, aber du machst. Paul war auch so einer. Du bist in Ordnung, Edgar.«

»Ach, Mensch.«

Er saß jetzt ganz dicht vor ihr, hob mit dem Zeigefinger ihr Kinn an und sah ihr irgendwie enttäuscht in die Augen, dennoch hatte Lisbeth Grund, auf einen Kuss zu hoffen, das konnte sie genau sehen, einen langen Kuss. Vielleicht schloss sie mal die Augen wie die Frauen im Film? Da ertönten Sirenen, und durchs hüfthohe Gras näherten sich zwei Polizisten. Das konnte doch echt nicht wahr sein. Wenn das hier ein Film war, dann eine verdammte Komödie. Lisbeth seufzte, legte Edgar eine Hand auf die Schulter und stand von der Bierbank auf. Polizei und Kreuzberger. Das war eine explosive Mischung, das wusste sie aus den Geschichten, die in ihrem Hallenbad erzählt worden waren. Waren sie zu laut? Hier draußen? Das konnte nicht sein. Während Edgar still auf der Bank sitzen blieb, eilte Lisbeth nach vorn, um ihre Kreuzberger und die »Bullenschweine«, wie vom Fluss her gerufen wurde, möglichst auseinanderzuhalten, ein paar Männer verschwanden hastig in Richtung der verfallenen Brotfabrik. Die anderen wurden von den beiden Punks, die inzwischen unten waren, mit Mexikanern abgelenkt. Nur Tante Lisbeth, Huhni und Godot standen schließlich neben Lisbeth bei den Polizisten. Während der eine erstaunt Pauls Garten inspizierte, erfuhren sie von dem anderen, dass Himmelslaternen in einem Umkreis von fünfzig Kilometern von größeren Flughäfen verboten seien. »Vom Brandschutz mal ganz zu schweigen.«

»Wenn's nicht brennt, war's kein Event«, sagte Huhni ernst und strich sich bedächtig über die Dreadlocks. Der eine Polizist wollte etwas entgegnen, und zwar nichts Nettes, aber Tante Ruth fiel ihm ins Wort. »Bringt der August viel Gewitter, wird der Winter kalt und bitter«, sagte sie, und Lisbeth wunderte sich, wie sie je hatte denken können, mit ihr selbst wäre irgendetwas nicht in Ordnung, wo sich doch immer wieder zeigte – vor allem in jüngster Zeit, vor allem in Berlin –, dass mit ihr selbst alles in Ordnung war, aber alle anderen vollkommen verrückt waren. Lisbeth straffte sich und erklärte, dass sie allein für die Himmelslaternen zuständig war. Dass sie die aber extra über der Spree hatte aufsteigen lassen, damit niemand in Gefahr geriet, und die Waldbrandgefahr sei ja auch niedrig ... Außerdem hatte sie Beziehungen zur Feuerwehr, fiel ihr ein, aber davon sagte sie lieber mal nichts.

»Das ist eine Trauerfeier. Ein Freund von uns ist gestorben«, sagte Tante Ruth und legte dem einen Polizisten die beringte, runzlige Hand auf den Arm. »Ein junger Hüpfer, und ich lebe noch, mit meinen 83 Jahren, Officer, das ist eine schreiende Ungerechtigkeit.« Lisbeth fragte sich, ob Tante Ruth eventuell betrunken war, und der »Officer« fragte sich das offensichtlich auch. »Das gestattet Ihnen noch lange nicht, gegen das Gesetz zu verstoßen«, sagte der andere Polizist eifrig und löste sich von der Begutachtung Pauls mächtiger Kürbisse. Kopfschüttelnd nahm er Lisbeths Personalien auf, schaute angewidert hinüber zu den johlenden und trinkenden Leuten. »Trauerfeier, pah.«

Der andere sagte mit einem strengen Seitenblick zu seinem Kollegen: »Herzliches Beileid. Und trotzdem muss ich Sie warnen: Sie haben hier die Verantwortung, zu *Ihnen* komme ich, wenn es brennt oder sonst irgendwelchen Ärger gibt, Frau Ritter.«

»Ich hab hier alles im Griff«, sagte Lisbeth, die natürlich wusste, dass sie gar nichts im Griff hatte.

»Und keine Himmelslaternen mehr«, warnte der unfreundliche Polizist. »Auf Wiedersehen.«

»Ob man die nicht besser runterschießt?«, fragte Godot, der wie zu Lisbeths Schutz hinter ihr stand, »Sie tragen doch Waffen?« Er zeigte begeistert auf die 13 beschaulich über dem Fluss dahinsegelnden Laternen. Aber die Polizisten waren schon auf dem Weg zurück zur Straße.

Als sie zu den anderen gingen, von denen die meisten inzwischen sehr betrunken waren – es wurde getanzt, gejohlt und unter anzüglichen Kommentaren in den Fluss gepinkelt –, legte Godot einen Arm um Lisbeth. »Du könntest mich haben«, sagte er nach einer Weile. »Der Typ hat nicht mal Tattoos, wette ich.«

Lisbeth lächelte. »Ich finde den so toll ...«, sagte sie und war sich dessen bewusst, wie banal und wie klein das klang. »Ich finde den toll, aber der findet mich nicht halb so toll, der hat mich noch nicht mal richtig geküsst. Ich halte dem wie eine Blöde immer wieder meine Lippen hin, aber der küsst mich ums Verrecken nicht. Kann sein, der will nur gut Wetter machen, damit ich mich nicht querstelle, wenn Tante Ruth ihm ihr Land verkauft.«

»Vielleicht sollte ich dir das nicht sagen, Liebelein ... Ich glaube, der ist so verknallt in dich, der hat Angst, dass ihm das Herz stehenbleibt, wenn er dich richtig küsst. Der hat Angst, dass du verschwindest, wenn er dich berührt ... Ich ja nicht ...« Und er drehte Lisbeth zu sich herum, beugte sich zu ihr hinunter, strich ihr mit beiden Händen das Haar aus dem Gesicht. »Aber ich hab schon verstanden. Wo ist eigentlich diese Lola abgeblieben? Irres Geschoss.« Er hielt Lisbeths Kopf und küsste sie ein letztes Mal, küsste sie innig und gierig und wissend und überhaupt. Lisbeth sackten die Knie weg, aber er hielt ihren Kopf und küsste und küsste sie immer weiter. Bis Edgar kam und sagte: »Na, dann kann ich ja gehen, wenn hier alle versorgt sind.«

»Scheiße, das gibt's doch gar nicht.« Godot hatte die Hände sinken lassen und starrte Edgar hinterher, Lisbeth streichelte seinen Oberarm, wandte sich ab und schlich zu Tante Ruth, die mit dem goldenen Karlchen, das die Tiere weggebracht hatte und sich jetzt ein Bier genehmigte, am Fluss stand und über die Freie Republik Kreuzberg fachsimpelte. Lisbeth sagte ihr, sie habe noch etwas Lebenswichtiges zu erledigen und müsse los, gab ihr den Schlüssel für die Wohnung, bedankte sich matt für die Hilfe. Tante Ruth schaute verträumt auf, nickte kurz und nahm den Schlüssel entgegen.

Lisbeth schlich zurück zur Straße, das machte 184 Schritte, und dann weiter in den Hof der Hausgemeinschaft, das machte noch mal 1031 Schritte, unterwegs 12 Laternen und 2 Papierkörbe und am Himmel unzählige Sterne, beziehungsweise unzählbare, weil Lisbeth zu viel getrunken hatte und nicht so lange hochgucken konnte. Hinten im Hof stand zum Glück das Zelt. Abgereist war Edgar also noch nicht. Aber er war nicht da. Lisbeth kroch in das Zelt, zog das schwarze Hochgeschlossene von Tante Ruth über ihren Kopf und ließ es neben der Isomatte fallen. Dann streifte sie Stiefel und Socken ab, legte sich in ihrer Unterwäsche in den dunkelblauen Schlafsack und schlief sofort ein. Sie träumte, dass sie schon lange nicht mehr geputzt hatte, und als sie sich dann endlich aufraffte, Staub zu wischen, fand sie in ihrem Bücherregal in einer Art Pop-up-Buch eine kleine, in Beige gekleidete Elfe vor, die schon fast verhungert war. Lisbeth lief in die Küche und suchte nach feinen Haferflocken, die sie der Elfe in einem Eierbecher brachte. Die Elfe war ausgehungert, und Lisbeth musste den Becher nachfüllen. Als sie gerade eine Espressotasse voll Wasser holen wollte, legte sich jemand, der nach Rauch und Ruß roch, neben sie. Edgar. Ohne die Augen zu öffnen, breitete sie den Schlafsack über sie beide, legte ihr Gesicht an seine Brust, sagte »Entschuldigung«, hörte »wir sprechen uns noch« und schlief wieder ein.

Das Wächterpony

Am nächsten Morgen trafen Lisbeth und Tante Ruth gleichzeitig auf der Brache ein. Tante Ruth hatte eine Thermoskanne mit Kaffee dabei, Lisbeth eine Tüte mit Croissants. Der mit dem Pelzstirnband befehligte die Aufräumarbeiten, die schon in vollem Gange waren, gerade kamen 3 aus einem Zelt am Fluss gekrochen, dazu lief Musik, und es wurde schon wieder Bier getrunken, aber nur von 4 Leuten, die anderen tranken Kaffee. Einer lag ungerührt auf der steinernen Brüstung, Gesicht zum Himmel, und schlief. Der mit dem Pelzstirnband trat zu Lisbeth und sagte: »Die Beete sind plattgetrampelt. Die haben es wirklich krachen lassen gestern. Tut mir leid. Ich weiß, der Garten hat dir etwas bedeutet.« Dann umarmte er Lisbeth, die das eigentlich nur von Edgar wollte, und wenn sie ehrlich war, auch von Godot. Steif wie ein Stock stand Lisbeth in dieser Umarmung, die auch noch geschlagene 7,5 Sekunden dauerte, dann schaltete Tante Ruth sich ein: »Wussten Sie, dass man sagt, die Fähigkeit loszulassen sei ganz entscheidend für das Erreichen einer gewissen Zufriedenheit, Herr Trapper?«, und der mit dem Pelzstirnband ließ Lisbeth los und sagte: »Wenn aber alle stets und ständig *loslassen*, braucht es wenigstens einen, der bei Verstand ist und alles zusammenhält. Für Kreuzberg bin ich das. Eine so ehrenvolle wie enervierende Aufgabe.«

»Oha«, sagte Tante Ruth. »Ich meine, für dieses Phänomen schon einen Fachbegriff gehört zu haben. Aus der Psychiatrie. Lisbeth, das ist doch bestimmt eine 100-Euro-Frage, was haben Leute für eine Krankheit, die sich für den Heiland halten?«

Lisbeth grinste. »Keine Ahnung. Aber du scheinst mir fit zu sein wie ein Turnschuh, oder wie haben die Leute im letzten Jahrtausend gesagt, wenn einer gegen alle Wahrscheinlichkeit ausgeruht und gut gelaunt war?«

»Glücklich, man nannte es glücklich, Kindchen.«

»Wie kommt's?«, fragte Lisbeth und nahm einen Schluck von dem heißen Kaffee, den Ruth ihr eingegossen hatte.

Der mit dem Pelzstirnband stand neben Tante Ruth wie ein großer, dürrer Vogel und schien gespannt auf die Antwort zu sein, wandte sich dann aber ab und stelzte davon, seine Leute befehligen, als Ruth sagte, dass sie gestern zum ersten Mal seit zwanzig Jahren wieder geflirtet und getanzt habe.

»Karlchen«, sagte Lisbeth. »Der könnte dein Sohn sein.«

»Ist er aber nicht«, sagte Ruth für ihre Verhältnisse barsch. »Ich will ja mit dem keine Familie gründen. Aber er hat mich daran erinnert, dass man nicht alt sein muss, bloß weil man alt ist. Das hatte ich wohl vergessen.«

»Komm, setzen wir uns hin und essen was«, sagte Lisbeth und lotste Ruth an die Brüstung vor der Spree. »Deshalb musstest du mich rausschmeißen ...« Sie hielt Ruth ein Croissant hin. »Wenn ich mich weigere, erwachsen zu werden, zwingt dich das auf ewig in die Rolle der alten Tante.«

»Du bist so schlau, dich hätten wir auf die Universität schicken sollen«, sagte Ruth. »Aber ganz so ist es nicht, das war schon meine Entscheidung. Das Land, die Tiere, da war keine Zeit für ein wildes Nachtleben.«

»Wir holen das Nachtleben beide nach«, sagte Lisbeth, die letzte Nacht noch auf der Haut, und hielt Ruth ihr Croissant zum Anstoßen hin. Ruth stieß mit ihr an, sagte aber nichts, sondern schaute hinunter auf den Fluss, wo ein winziges grünes Kanu sich mühsam vorwärtsbewegte.

Auf dem Rückweg kamen ihnen Baufahrzeuge entgegen, die sich dröhnend in Richtung Wiese schoben. 9 Männer waren damit beschäftigt, die Brotfabrik einzuzäunen und das Schild anzubringen, das gestern an der Mauer gelehnt hatte. *Hier entstehen Apartments und Stadthäuser.* Lisbeth lächelte unter Tränen. Der Schornstein hatte gestern sein letztes Fest gesehen, ein rauschendes Fest. Und auch den Garten würde es nicht mehr geben. Aber Lisbeth hatte eine Lavendelpflanze und einen Rosenbusch ausgegraben und trug die jetzt in einem Karton vor sich her.

Nach dem Aufräumen war Ruth mit Karlchen in den Botanischen Garten gefahren, Lisbeth hatte ein bisschen Zeit für sich, und weil ihr nicht nach Schlafen war, pflanzte sie den Lavendel und die Rose provisorisch im Hinterhof der Hausgemeinschaft ein. Beides sollte später auf Pauls Grab. Lisbeth arbeitete still, strich mit den Fingerspitzen über die Blüten, sog den seifigen Lavendelduft ein. Sie war froh, dass Edgar sie nicht ganz und gar verlassen hatte, auch wenn er heute Morgen nicht mehr neben ihr gelegen hatte, würde er doch weiter ihr Freund sein. Seine Liebe hatte sie sich wahrscheinlich verscherzt, als sie sich von Godot hatte küssen lassen. Das verstand sie, dass Edgar sie jetzt nicht mehr wollte. Aber sie könnte ihn sicher mal anrufen und etwas fragen, wann Schafskälte war zum Beispiel.

Jetzt trat er aus dem Haus der Hausgemeinschaft, staubig und mit weißer Farbe bekleckert und keine Spur von hünig. Edgar war anders – unsicher, linkisch. Doch jetzt war er wirklich anders: Er nickte Lisbeth entschlossen zu und nahm sie einfach bei der Hand, garantiert war ihre Hand jetzt auch voller Farbe. Er führte sie zum Zelt und schob die Plane vom Eingang hoch. Neben der Matratze stand ein uraltes braunes Pony, vielleicht 42 Zentimeter hoch, auf roten Plastikrädern. »Das hab ich vom Trödel«, sagte er unwirsch. »Sie sagen, es ist ein Wächterpony. Das Wächterpony hab ich zu deiner Bewachung engagiert. Ich möchte nämlich nicht, dass dich außer mir künftig irgendwer küsst. Vielleicht hätte ich das schon viel eher sagen sollen, ich bin in dich verliebt, ich liebe dich, Lisbeth!« Und er fuhr ihr mit seinen schmutzigen Händen rastlos durchs Haar, sie zählte 12 Farbspritzer in seinem Gesicht, und dann war er so dicht, dass sie nichts mehr zählen konnte. Er streichelte ihre Wangen, seine Hände waren rissig. Er zog und zerrte an ihrem Kleid. Er zog und zerrte sich seine Sachen vom Leib. Er küsste sie tief und gierig. Mit Zunge. Endlich. Sie stolperten, fielen, sanken auf die Isomatte. Er atmete scharf ein. Er drehte sie um und bewegte sich ihr Rückgrat entlang nach unten. Setzte Kuss an Kuss. Ohne Abstand. Kuss an Kuss. Und an der Stelle, wo ihr Rücken in ihren Hintern überging, an dieser Grenze leckte er ihre

Haut wie ein Tier, das ein anderes Tier putzt – mit einer rauen und trockenen Zunge. Dann schrieb er seinen Namen, Vor- und Zunamen, quer über ihre Hüfte und noch einmal quer über ihren Hintern. Schrieb das heutige Datum auf ihren Unterarm. Mit dem Zeigefinger schrieb er seinen Namen auf ihr linkes Schulterblatt. Ihren Namen hauchte er gegen das rechte. »Lisbeth. Liebste.«

So ging das eine unbestimmte Anzahl an Minuten. Und als sie ganz und gar beschrieben zu sein schien, wollte sie nichts, als die Innenseite ihrer Haut ihm auch noch hinhalten. Sie drehte sich um und wandte sich ihm zu, und da konnte von Eindringen keine Rede sein. Sie nahm ihn mit jeder Faser in sich auf, umschloss ihn, wie ein weiches Futteral ein kostbares Schreibgerät schützt und umschließt. Ihre Gesichter waren dicht voreinander. »Ich wusste es«, flüsterte sie und hielt ihm ihre Lippen hin.

»Ich auch«, sagte er und strich mit seiner Zunge erst über die Oberlippe, dann über die Unterlippe, wie um sie zu kosten, dann küsste er sie wieder und hörte gar nicht mehr auf damit, bis die Tödliche Dagmar im Zelt stand und das Wächterpony anbellte oder die Liebenden, das war nicht ganz klar. Von draußen rief der mit dem Pelzstirnband, der Trapper: »Bist du da, Edgar?«

»Komme.« Edgar grinste schief, löste sich von Lisbeth, der jetzt an mindestens 98 Stellen kalt war, und zog sich mit hastigen Bewegungen seine Sachen über den schlaksigen Körper, während Dagmar immer wieder an ihm hochsprang.

Der Himmel war quietschblau, als Lisbeth, ihr Pony unter dem Arm, aus dem Zelt trat.

Es stellte sich heraus, dass die beiden Punks sich um Pauls Wohnung im Haus der Hausgemeinschaft beworben hatten. Sie schienen die perfekten Mieter zu sein. Optisch sowieso. Aber zudem interessierte sich der eine für die »alternative Gestaltung städtischer Freiräume«, also solcher Brachen, wie Paul eine bewirtschaftet hatte, und schrieb seine Dissertation zu diesem Thema. Der andere forschte zu alternativen Lebenskonzepten und gemeinschaftlichem Wohnen in Europa. Sie könnten der Hausgemeinschaft neuen Schwung verleihen, Ideen auch mal umzusetzen. »Aber ich wollte erst dich fragen, ob du bei uns einziehen willst«, sagte der Trapper. »Schließlich hast du uns in den letzten Wochen bei der Renovierung des Hauses unterstützt. Du warst immer da. Sehen die anderen auch so. Und die Punks kennen wir noch nicht. Könntest die Wohnung haben. Mit einer Gegenstimme – Babsi.«

Edgar war gerührt, das konnte Lisbeth sehen. Aber er sagte ab. »Ich hab mich gestern mit den beiden unterhalten. Die haben gleich mehrere Ideen für wirklich gute Stadtguerilla-Projekte. Das dürft ihr euch nicht entgehen lassen. Lisbeth und ich kommen natürlich immer mal vorbei.« Er legte den Arm um sie und flüsterte: »Wo ich mir jetzt schon das Haus in Bückschitz unter den Nagel gerissen habe … Meinst du, könnte ich trotzdem manchmal in deiner Berliner Wohnung übernachten?« Lisbeth versetzte ihm einen kleinen Stoß mit dem Wächterpony, dann hielt sie ihm ihre Lippen hin, sagte »klar«, er sagte »danke« und küsste sie innig und ernst und ausführlich. Der mit dem Pelzstirnband blieb noch eine Weile stehen und sah zu – in der Hoffnung auf eine Fortsetzung des Gesprächs oder einen wertschätzenden Kommentar zu seiner

Person. Aber als diesbezüglich nichts kam, wandte er sich ab und ging.

Lisbeth zog Edgar zurück ins Zelt, er zerrte schon wieder an ihrem Shirt und knabberte zärtlich an ihrem Ohr, aber Lisbeth wehrte ihn ab. »Heißt *Ich liebe dich*, dass ich jetzt deine Freundin bin?«

»Ich wäre froh, wenn du das so verstehen würdest ...« Er beugte sich vor, um an ihrem Ohr zu knabbern, aber sie wehrte ihn ab. »Ich bin aber nicht unkompliziert und eher keine richtige Frau.«

»Hast du 'ne Ahnung. Du bist mehr Frau, als gut für mich ist.«

»Was heißt das denn jetzt? Bin ich nicht gut für dich?«

Er beugte sich vor, um an ihrem Ohr zu knabbern, aber sie wehrte ihn ab.

»Du bist die Beste, Lisbeth.«

»Aber ich zähle.«

»Mir egal.«

»Ich könnte vielleicht aufhören.«

»Mach das.« Er beugte sich vor, um an ihrem Ohr zu knabbern, aber sie wehrte ihn ab.

»Wir müssen auch mal in die Oper gehen.«

»Was immer du willst: Liebe machen, paddeln auf dem Butzsee, Oper, Schafe, Lavendel, Liebe machen. Wie gesagt: Ich liebe dich, Lisbeth.« Er beugte sich vor, um an ihrem Ohr zu knabbern, und mit einem Seufzer entspannte sie sich, sank an seine Brust und lauschte seinem Herzschlag.

»Wir müssen Tante Ruth Bescheid sagen.«

»Hab ich schon. Siebzehn Uhr auf dem Kinderbauernhof – Verlobung«, Lisbeth wich erschrocken zurück, aber er klopfte ihr 3 Mal auf die Schulter, »war ein Scherz. Siebzehn Uhr auf dem Kinderbauernhof – Abschied von deinem Schaf, morgen früh fahren wir zu dritt nach Bückschitz. Du bleibst, solange du willst, was hoffentlich lange ist. Und jetzt Abmarsch, packen.«

»Kriege ich vorher noch einen Kuss?«

»Na gut.«

»…«

14 Uhr 37. Lisbeth schwebte nach Hause. Und trotzdem zählte sie jeden Schritt. Dass auch großes Glück das Zählen auslösen konnte, wusste sie ja. Sie drückte das Pony mit den roten Rädern an ihre Brust und beschloss, trotzdem nie mehr auf Glück zu verzichten. Sie musste sich nicht wünschen, in einem Schrank zu sitzen, wenn sie den Balkon mit der Amsel hatte. Sie musste nicht so tun, als wäre das Schaf hochbegabt, wenn sie doch endlich von dem begriffsstutzigen Edgar geküsst worden war. Sie musste Ruth nicht zu Tante Ruth machen, um Betreuung zu bekommen. Bei 496 Schritten hörte sie auf zu zählen. Das Geile an einem eigenen Leben war doch verdammt noch mal, dass es groß war und man darin jederzeit Orientierung und Kontrolle verlieren konnte.

Um 17 Uhr 03 großes Hallo auf dem Kinderbauernhof. Maria und Stefan waren auch gekommen. Karlchen trug wieder (oder noch) seinen goldenen Dress und wirkte selig, wie er da gähnend die Enten aus weißen Kartoffelsalat-Eimern fütterte. 7 Zentimeter neben ihm her ging vorsichtig die Tödliche Dagmar. Sie hatte den Minihahn auf dem Rücken stehen. Maria saß auf dem Holzzaun zum Ziegengehege und lächelte engelsgleich aus ihren blankpolierten Augen. »Gute Neuigkeiten: Dagmar zieht hier ein. Die war eh immer ein bisschen einsam bei uns, hatte ich das Gefühl, zumal seit wir schwanger sind, nicht wahr, Stefan?«

Der nickte. »Karlchen plant eine Karriere als Kinderzirkusdirektor. Die Tödliche Dagmar wird für ihn arbeiten.«

»Liebelein!«, rief jemand.

»Liebeleinchen!«, eine andere Stimme.

Ruth saß mit Edgar auf einer blaukarierten Decke auf der Wiese. Sie tranken Prosecco und verscheuchten lachend einen fauchenden Ganter. »Woher wisst ihr, dass ich seit 2 Stunden und 13 Minuten nicht mehr zähle?« Lisbeth zeigte auf die kleinkarierte Decke.

»Wir wollten dich provozieren. Aber du hast ja neuerdings die Ruhe weg.«

Lisbeth schüttelte den Kopf über diese sogenannten Freunde, die sie hatte, und ging ihr Schaf holen. Als sie ans Gatter trat, lagen Paul und Leslie einträchtig beieinander – ein Schachbrett zwischen sich.

»Ist das nicht eine Idylle?«, fragte das goldglänzende Karlchen.

»Ich muss dir was gestehen«, setzte Lisbeth an. Sie würde endlich den Irrtum bezüglich Pauls Hochbegabung aus der Welt schaffen. »Paul …«

»Ja, ja, ich weiß, der gewinnt. Der gewinnt immer. Leslie kann nicht spielen. Im Grunde spiele ich gegen Paul. Aber sie weicht ihm nicht von der Seite, deshalb sieht es aus, als würden die Schafe gegeneinander spielen. Das wird meine Hauptattraktion. Minigolf probieren wir auch noch. Was hattest du gesagt, kann der sonst so?«

Lisbeth beschloss, kein Sterbenswörtchen von *Wer wird*

Millionär zu sagen. Sie zuckte nur mit den Schultern und betrat das Gatter, wo Paul ihr entgegengestakst kam und seine Nase in ihre Hand stieß. Dann wandte er sich mit einem männlichen Mähen ab und ging Leslie holen, damit die auch einen halben Apfel bekam. Der brauchte kein Wächterpony, der war ihr wieder mal haushoch überlegen und machte selbst in Liebesdingen alles richtig. Lisbeth streichelte mit jeder Hand je ein Schaf zwischen den Ohren. Dann ging sie rüber zu Edgar und Tante Ruth, Prosecco trinken.

Schön sein

Am nächsten Tag klebte Lisbeth einen Zettel für Russen-Dima an die Tür. *Bin im Urlaub. Liebe Grüße, L.* Aber eigentlich fuhr sie gar nicht in den Urlaub, sondern sie hatte gestern die proseccoinduzierte Dumpfheit genutzt und ohne sich lange zu notieren, was die fragen könnten und was sie antworten sollte und wie viel Honorar sie fordern musste und ob das überhaupt sinnvoll war, einfach bei dem Werbeblättchen angerufen, für das sie vor ihrem festen Job bei dem Diktator oft Korrektur gelesen hatte, und man hatte ihr sofort Arbeit für 3 Wochen gegeben und weitere in Aussicht gestellt.

Alles würde sein wie früher: Tante Ruth würde Marmelade kochen und Kartoffeln ausbuddeln, während Lisbeth vor dem Zelt saß und fleißig in ihr Notebook tippte. Gegen 14 Uhr ein gemeinsames Essen, abends am Feuer sitzen und reden oder bis in die Nacht Chutneys kochen und für die Dörfler kühlende Cremes gegen Mückenstiche und Sonnenbrände anrühren. Lisbeth seufzte vor Erleichterung oder etwas ähnlich Wohltuendem. Da fiel ihr ein, dass nichts sein würde wie früher, aber auch gar nichts, weil statt des Schafs jetzt Edgar mit ihr im Zelt wohnen würde.

Vor Nervosität zupfte sie sich ein Loch ins Knie ihrer Strumpfhose, schob die Tasche zur Seite, die sie gerade fertig gepackt hatte, und raste zum Telefon. Rief Paul an. Merkte schon beim Wählen, dass er nicht rangehen würde, weil er gestorben war, konnte aber nicht aufhören zu wählen – und dann ging er doch ran, aber es war Karin. Sie hatte geweint.

Lisbeth hörte lange zu und tröstete Karin, dafür konnte sie sich in ihr Heft mit den Vermutungen bezüglich dessen, wie das gelungene Leben einer richtigen Frau (Nr. 17) auszusehen hat, aber 17 Pluspunkte anrechnen. Dann fragte sie hastig, warum das mit Edgar, den sie will, so schwierig ist, aber mit Godot, »… äh, Lutz«, den sie nicht will, so unglaublich leicht und bizzelig.

»Ja. Das kenne ich.« Karin seufzte. »Ich kann mit jedem dieser verdammten Deppen da draußen auf Teufel komm raus flirten, weil ich die nicht will. Und mit Paul, den ich immer wollte, ging es nicht vor und nicht zurück. Dabei wollte ich nichts im Leben so wie den.« Jetzt weinte sie wieder. Aber Lisbeth beschloss, auf weitere Pluspunkte im Heft über das gelungene Leben einer richtigen Frau zu verzichten, und fragte geradeheraus, schließlich wollten sie in einer halben Stunde losfahren, ob Karin ihr nicht verraten könne, wie sie das mache mit den Männern, wie genau sie damals im Goldenen Anker Edgar bezirzt habe. Sie habe sich den Pony aus dem Gesicht gepustet, aber mehr habe Lisbeth von der Sache nicht verstanden. Karin lachte schallend los. Lisbeth hielt sich den Hörer ein Stück vom Ohr weg. Schließlich raffte Karin – die hörbar gern noch weitergelacht hätte, schon um nicht mehr weinen zu müssen – den Rest ihrer Contenance zusammen und sagte: »Ganz einfach: Man muss den anderen möglichst oft in Situationen bringen, in denen er schön ist, und man muss sich selbst schön finden. Was du dir nicht glaubst, glauben die anderen dir erst recht nicht. Sei schön, Lisbeth, und mach, dass er sieht, dass du ihn schön findest. Mehr gibt's nicht zu tun.«

»Na ja ...« Lisbeth seufzte. »Ihn finde ich schon schön, allein diese Augen, und wie sanft er mich berührt hat, und er ist so nett gewesen zu Paul ... Aber mich ... Mich selbst finde ich nicht besonders schön. Und ansonsten findet mich, glaube ich, auch keiner schön. Was macht man in so einem Fall?«

»Fake it till you make it. Alte indianische Weisheit. Und übrigens: Ich hab deinen Freund Edgar zwar angeflirtet damals, aber der hat eher mitleidig reagiert. Hat gesagt, ich hätte zu viel getrunken und solle ins Bett gehen, und wann ich das letzte Mal Urlaub gemacht habe, hat er gefragt. Der ist treu wie Gold. Der will nur dich. Nicht dass ich das hätte sagen müssen – aber ihr wart beide so nett zu Paul. Und ich hab dich wirklich gern.«

»Schön ...«, murmelte Lisbeth, als sie ins Auto stieg und sich anschnallte, »ja, klar, bin ich, kein Problem«, dann drehte sie den Zündschlüssel.

Die Nachmittage, vormittags hatten sie gearbeitet, verbrachten Edgar und Lisbeth auf der bei Army-Köhler in Brandenburg gekauften Doppelluftmatratze auf dem Butzsee, einmal kam auch Tante Ruth mit raus, lag in ihrem preußischblauen Badeanzug aus den Fünfzigern am Strand und las. Die Nächte verbrachten sie auf der Doppelluftmatratze im Zelt. Einmal, als ihnen schon ganz schwindlig war vom auf der Luftmatratze liegen, standen sie auf und probierten es mit einer Partie Schach, doch Edgar war eine Niete beim Schach.

Lisbeth war öfter im Haus als früher, »sensationell«, murmelte Ruth, die in ihrer eigenen Küche kein Bein mehr auf die Erde bekam, wenn Lisbeth in der Mittagspause statt zu schlafen ins Haus kam, um ihnen einen Salat mit Ziegenkäse, Pinienkernen und Honig zu machen oder Rote-Bete-Salat mit Meerrettich, Honig, Kresse und Nüssen. Sie kochte Aprikosensirup, der im Prosecco sogar noch besser schmeckte als Aperol. Lisbeth lächelte die ganze Zeit und kochte und kostete und machte Notizen in ihrem Rezeptheft, und Ruth stand in der Küchentür, lächelte auch und ließ Lisbeth machen. Manchmal bot sie Lisbeth, um sie zu ärgern, ein Leberwurstbrot an, oder sie beschwerte sich Blaubeerpfannkuchen essend darüber, dass sie zwei Kilo zugenommen hatte, oder beim Steinpilzrisotto, dass sie – nun schon fast hundert Jahre alt – so ein Risotto noch nie zustande bekommen hätte.

»Altes italienisches Rezept.« Lisbeth tippte auf ein unscheinbares Kochbuch mit blauem Leineneinband.

Edgar arbeitete viel, war gut gelaunt, wenn er heimkam, hatte Hunger, hatte immer eine Hand auf Lisbeths Nacken oder ihrem Arm, vielleicht schlief sie deshalb nur noch, wenn sie wirklich müde war, und zählte nur noch, wenn gezählt werden musste. Leberwurst hatte sie seit dem 21. 6. nicht mehr gegessen. Sie waren glücklich, und dass dies nicht nur Lisbeths und Edgars Glück war, sondern auch Tante Ruths, die das Ganze ja hellsichtig eingefädelt hatte, sah Lisbeth der alten Frau an. Aber es erschreckte sie auch, dass ihr nie aufgefallen war, wie müde Ruth war, dass sie oft gebeugt ging, weil ihr die Gelenke weh taten. Von nun an wurde Ruth einmal pro Tag auf die Couch geschickt, und Lisbeth massierte ihr die Füße und den Nacken oder rieb ihr den Rücken mit Franzbranntwein ein, der jahrelang im Badezimmerschränkchen gestanden hatte. »Ich wusste doch, dass du das kannst«, stöhnte Ruth genüsslich, und Lisbeth, die zu diesen »Sessions« – das Wort hatte sie von Huhni – ein Kopftuch trug, damit ihr die Wuschelhaare nicht zu allen Seiten vom Kopf abstanden, hatte Lust zu zischen.

Eines idyllischen Nachmittags klingelte das Telefon, und Stefan von der taz, den Lisbeth nie zurückgerufen hatte, war dran. Er habe auf Facebook ein Foto von Lisbeth, dem Schaf, einem Hund und einem Mann in Gold gesehen, dahinter ein Schild, *Hier entstehen Apartments und Stadthäuser*. Ob Lisbeth nicht doch mal vorbeikommen könne.

Lisbeth musste ohnehin zurück, die korrigierten Seiten abgeben und sich um neue Aufträge kümmern. Davon abgesehen hielt es ein echter Berliner wie Lisbeth einfach nicht lange ohne Berlin aus. Aber sie würde von nun an drei Tage pro Woche mit Ruth und Edgar verbringen, hatten sie ausgemacht, Tante Ruth hatte ihr für die Hausgemeinschaft eine Flasche *Schande der Jungfrau* mitgegeben, und Edgar hatte sie zum Abschied so geküsst, dass ihr das Herz sonst wo hingerutscht war.

Im Hallenbad roch es noch nach Lisbeths Mitbewohnern, der Badplan, der Putzplan und die Regeln fürs Zusammenleben hingen noch im Flur. Auf dem Küchentisch lagen 23 Wohnungsschlüssel. Ansonsten keine Spur von der Hausgemeinschaft. Der mit dem Pelzstirnband hatte wahrscheinlich mit eiserner Hand dafür gesorgt, dass eine erstklassige »Endreinigung« durchgeführt wurde. Im Kühlschrank mindestens 300 Gramm eingeschweißte Leberwurst und ein Fach voller Fanta. Darauf ein Zettel:

Liebelein, ich bin froh, dich kennengelernt zu haben, wir haben uns gut umeinander gekümmert, und so sollten wir es weiter halten, findest du nicht? Ich hab noch einen Schlüssel zu deiner Wohnung, meinen findest du am Haken bei dir im Flur. Freust du dich? Deine Babsi G.

Eine Schrecksekunde starrte Lisbeth dorthin, wo gelegentlich die schweigende Amsel gesessen hatte, dann zuckte sie mit den Schultern und machte sich eine Fanta auf. So war das eben mit den Menschen. Einer bedürftiger als der andere.

Nachdem sie bei der Blonden eingekauft hatte, die mürrisch war, als wäre Lisbeth nie weg gewesen, ging sie zu der Ausschüttlerin. Sie traute sich nicht zu klingeln. Aber sie hatte eine Postkarte geschrieben, auf der sie sich für die Unterstützung der Frau bedankte.

Sie kennen mich vermutlich gar nicht. Ich wohne gegenüber, und ich weiß nicht, was ich die letzten Monate ohne Sie gemacht hätte. Danke!

Lisbeth stellte eine Flasche Aprikosensirup neben die Tür, legte eine Schachtel Pralinen dazu und ihre Postkarte.

Dann streifte sie durch den Kiez, machte für Tante Ruth, die inzwischen ein echter Fan war und mehr über Banksy und 1UP wusste als Lisbeth, Fotos von den neuen Graffiti, in denen es hauptsächlich um Gentrifizierung ging. *Stoppt Genrifizierung* war grün an eine Wand gesprüht. *Geht klar*, stand in schwarzen Krakelbuchstaben darunter. Aber in der Oranienstraße gab es auch neue Bilder, richtige Kunstwerke aus Papier waren an die Mauer geleimt – Phantasiegestalten mit großen müden Augen über den Dächern einer Phantasiestadt.

Im Flur der Hausgemeinschaft hängte sie einen Zettel auf.

Ihr fehlt mir!
Am 1. 9. um 20 Uhr Übernachtungsparty im Hallenbad.
Planung von Guerilla-Projekten bei Pizza und Bier.
Ladet ihr Lola und die Punks ein?

Sie warf jedem ihrer früheren Mitbewohner einen ihrer Wohnungsschlüssel in den Briefkasten und freute sich ehrlich darauf, dass sie immer mal jemanden in ihrem Hallenbad vorfinden würde, wenn sie nach Hause kam, oder dass jemand die vegetarische Lasagne aufgegessen haben würde, die sie für sich und Edgar gekocht haben würde. Trotzdem wollte sie jetzt keinen treffen. Sie war so lange weg gewesen. Leise stieg sie die Treppe hoch.

Sie hatten seinen Namen an der Klingel gelassen. Lisbeth klingelte. Zu zweit standen sie eineiig in der Tür. Ließen Lisbeth rein, es roch intensiv nach Gras. An der Türklinke zum Bad hing ein lila Spitzenhemdchen, das Lisbeth als Babsis identifizierte. Auf dem Boden gab es von der Wohnungstür aus eine Spur meistenteils grauer Shirts, Socken, Slips zum Wohnzimmer, das über und über voller Bücher, Zeitungen, Manuskripte war. Die Zwillinge holten sich 2 Bierflaschen, Lisbeth boten sie nichts an. Sie setzte sich aufs Sofa. Erst waren die beiden einsilbig, herablassend. Aber Lisbeth gab nicht nach, sie redete, erklärte, beschwor die beiden, lächelte unerbittlich.

Irgendwann senkte der eine beschämt den Blick. »Danke.« Er stieß den anderen in die Seite. »Danke«, sagte auch der, dann holte er ein Blatt und einen Stift, und sie machten Notizen, waren irgendwann begeistert von ihren Einfällen, lachten, diskutierten fiebrig. 2 Stunden später ging sie. Die Punks hatten eine Liste abzutelefonieren.

Der Grabstein war schon aufgestellt, *König von Kreuzberg* stand darauf. Rechts und links stand jeweils eine volle Flasche Bier. Und jemand hatte Lisbeths Lavendel und die Rose auf das Grab gepflanzt.

Lisbeth stellte ihre Tasche neben die Grabstelle, setzte sich darauf, strich ihren Rock glatt, legte die flache Hand an den Stein und erzählte Paul in Gedanken, was sich so ereignet hatte die letzten Wochen. Dass sie keine Leberwurst mehr aß, nicht mehr zählte, zu zivilen Zeiten schlief.

»Du würdest dich zu Tode langweilen mit mir – so normal, wie ich inzwischen bin«, sagte sie laut, und eine Frau in einer beigefarbenen Weste, in der Hand hielt sie eine kleine Schippe, drehte sich nach ihr um und beäugte sie argwöhnisch. Lisbeth grüßte und wandte sich wieder Paul zu.

»Weißt du, die beiden Punks wohnen jetzt in deiner Wohnung«, sagte sie, »die haben deine ganzen Möbel behalten, und zu denen passt das Blümchensofa noch weniger als zu dir. Es ist zum Piepen. Karin vermisst dich schrecklich. Dich und deine tollen Weisheiten, du Großmaul! Dass ich das nicht eher gemerkt hab … Du warst so ein feiger Hund. Das Geile an einem eigenen Leben wär doch gewesen, die Frau verdammt noch mal auch zu lieben, die man liebt. Aber das konnteste nich hinkriegen, und ich war zu sehr mit mir selbst beschäftigt, um dich mit der Nase drauf zu stoßen. Ach, Paul, mein Freund …«

Zu dem Gespräch mit Stefan von der taz am nächsten Vormittag erschienen die beiden Punks zwar in Müllabfuhr-Latzhosen, aber sie hatten ihre Shirts gebügelt. Stefan war erst betont irritiert, schließlich hatte er nur mit Lisbeth gerechnet. Aber er bot doch allen dreien einen Stuhl an und entspannte sich zusehends, während die Punks redeten, abwechselnd, der eine den Satz des anderen fortführend. Stefan grinste, hörte zu, krempelte die Ärmel seines gestreiften Hemdes hoch und orderte ein Stück Kuchen.

Mit dem 1981 gegründeten Kinderbauernhof als Herzstück des Projekts sollte das alte Kreuzberg in Veranstaltungen, Lesungen, Kunstprojekten vorgestellt, wiederbelebt und für junge Leute erfahrbar gemacht werden. Das Schaf Guerilla-Paul sollte als Maskottchen des Ganzen die Werbung unterstützen und in mehreren der Aktionen vorkommen. Die Punks redeten mit Feuereifer, legten dar, was sie in den ersten beiden Oktoberwochen auf die Beine zu stellen gedachten. Godot – das hatten sie gestern am Telefon ausgemacht – würde das Schaf vor seiner Galerie auf die Straße stellen und auf einer Leinwand künstlerisch – mit Farbe und dickem, farbigem Seil – den Weg nachverfolgen, den Paul durch den Kiez nehmen würde. Lisbeth grinste, weil sie schon wusste, dass das Schaf vor die Galerie kacken und sich nur bis zur nächsten Laterne bewegen würde, wo es sich hinlegen und interessiert das Publikum beäugen würde. Aber wie sie Godot kannte, würde er selbst daraus etwas Phantastisches machen, deshalb sagte sie nichts. Karlchens geplanter Kinderzirkus wurde erwähnt. Einen Abend lang sollte auf der Spree-Brache an der Köpenicker das Frontkino wiederauferstehen. Und die junge Künstlerin, die für *Fokus Fleisch- und Wurstwaren* die Schnitzel und Wiener gestrickt hatte, wollte Paul, den Minihahn und die Tödliche Dagmar mit märchenhaften, schrägen Outfits ausstatten und eine Modenschau machen. Die Wagenburgler mussten noch überzeugt werden. Die Skater hatten so viele Ideen, dass es schwer werden würde, sich auf eine oder zwei zu einigen. Dass sie ein Skatebord für Paul konstruieren wollten, fand Lisbeth irgendwie süß – zumal Paul wie ein kleiner Junge alles machen wollte, was die Großen machten –, aber er würde sich sämtliche Stöckerbeine brechen. Also hatte sie das untersagt.

Als die 3 Männer nach 2 Stunden immer noch die Köpfe zusammensteckten – gerade tranken sie das erste Bier und überlegten, ob Paul im Oktober täglich in der Zeitung »berichten« sollte oder ob es am Ende nur eine große Fotostory geben würde –, stand Lisbeth auf und verabschiedete sich. Jetzt war so viel von dem Schaf geredet worden, dass sie es kaum noch aushielt. Die Punks umarmten Lisbeth. »Grüßt mir Babsi«, sagte sie und ging.

Karlchen sah aus wie neu. Er trug einen braunen Cordanzug und eine Schiebermütze, aber das war es nicht, zumindest nicht nur. Er gab Lisbeth einen Kuss auf die Wange, dann setzte er mit einer 8-köpfigen Gruppe von vielleicht 5-jährigen Kindern seine Führung über das Gelände fort. Lisbeth stellte ihm Cookies und eine Flasche Aprikosensirup in das Häuschen und ging zu Paul. Das Pink auf seiner Stirn war immer noch zu sehen. Er lag, sein Kopf auf Leslies Rücken, auf der Wiese und döste. Als Lisbeth ihn rief, hob er die langen, cremefarbenen Wimpern, schaute kurz her, dann schloss er die Augen wieder. Sie rief noch einmal. Er rührte sich nicht. Auch beim dritten und vierten Rufen nicht. Er hatte Lisbeth vergessen.

»Aha«, sagte sie, klopfte 7 Mal auf den Kopf des Straßenbesens, der am Gatter hing. Sie blickte auf ihre Hand, schlammig. Sie blickte hinüber zu Paul. Der rieb sein Kinn an Leslies Rückgrat. Lisbeth senkte den Kopf, beugte sich dem, was sie sah, beugte sich tief, schlich gebückt vom Gatter weg an den Rand des Trubels, griff mit letzter Kraft nach einem Zaunpfahl, verschnaufte und zählte sich dann gebückt den Zaun entlang bis zum Eingang des Kinderbauernhofs. Von dort aus rief sie Edgar an. »Hilfe, ich stecke fest«, flüsterte sie, »ich zähle wieder, Edgar. Weißt du, was das heißt? Ich zähle ...«

»Gut, dass du anrufst«, sagte Edgar munter, als hätte sie nichts geflüstert. »Beim Obsternten, beim Gartenplanen, selbst auf dem Klo – ich denke den ganzen Tag in einer Endlosschleife, dass du die interessanteste und liebenswürdigste Frau bist, die ich kenne, obwohl du die Angewohnheit hast, manchmal irgendwo oder an irgendwem festzustecken. Du bist schön. Wunderschön.«

»Aha«, sagte Lisbeth, und noch einmal »aha«.

Sophie Senoner

NACHTAKTIV

Roman

ISBN 978-3-548-28472-9

Ein Roman wie Berlin: schnell, scharf, witzig und romantisch

Der Winter in Berlin ist hart. Vor allem dann, wenn man Single ist – so wie Heloise und ihre beiden Freundinnen Luise und Mia. Gemeinsam machen sie regelmäßig die Clubs der Stadt unsicher. Doch wenn Louise ehrlich ist, dienen lange Nächte und One-Night-Stands nur dazu, ihren Exfreund zu vergessen. Letztlich sucht sie genau wie alle anderen die große Liebe. Aber das ist gar nicht so einfach …

Auch als ebook erhältlich e-book

www.ullstein-buchverlage.de

ullstein

UB681